U0109404

古典詩歌研究彙刊

第三三輯

龔鵬程 主編

第 3 冊

李商隱詩歌研究（下）

宋寧娜 著

國家圖書館出版品預行編目資料

李商隱詩歌研究（下）／宋寧娜 著 -- 初版 -- 新北市：花木
蘭文化事業有限公司，2023〔民 112〕
目 2+224 面；17×24 公分
（古典詩歌研究彙刊 第三三輯；第 3 冊）
ISBN 978-626-344-209-2（精裝）
1.CST：（唐）李商隱 2.CST：唐詩 3.CST：詩評
820.91 111021849

ISBN-978-626-344-209-2

古典詩歌研究彙刊
第三三輯 第 三 冊 ISBN：978-626-344-209-2

李商隱詩歌研究（下）

作　者	宋寧娜	
主　編	龔鵬程	
總 編 輯	杜潔祥	
副總編輯	楊嘉樂	
編輯主任	許郁翎	
編　輯	張雅淋、潘玟靜	美術編輯　陳逸婷
出　版	花木蘭文化事業有限公司	
發 行 人	高小娟	
聯絡地址	235 新北市中和區中安街七二號十三樓	
	電話：02-2923-1455 ／傳真：02-2923-1452	
網　址	http://www.huamulan.tw 信箱 service@huamulans.com	
印　刷	普羅文化出版廣告事業	
初　版	2023 年 3 月	
定　價	第三三輯共 8 冊（精裝）新台幣 16,000 元	版權所有・請勿翻印

李商隱詩歌研究（下）

宋寧娜　著

目

次

第五章 李商隱詩唱歎的是
不能忘懷之情

　　李商隱的詩，過去不是認為「浮豔之辭」，就是解釋為「以美人代王孫，以閨怨代陳詞」向在上者陳情的作品，事實上卻是對宋若荀刻骨銘心感情，他不斷地觸景生情、睹物傷情，唱歎的是至死難忘的情。

一、李商隱與宋若荀生死戀情

　　李商隱是一個情感真摯、執著的詩人，他對宋若荀的感情至死未休，用一生的感情付出寫出了空前絕後的愛情詩史。

　　　　春心莫共花爭發，一寸相思一寸灰。(《無題　來是空言》)

　　李商隱的許多無題詩，如《無題　近知名阿侯》、《無題　八歲偷照鏡》、《無題　照梁初有情》、《無題　長眉畫了》、《無題　鳳尾香羅》、《無題　白道縈回》、《無題　待得郎來》、《無題　昨夜星辰》、《無題　來是空言》、《無題　紫府仙人》、《無題　相見時難》看起來好像無主題，實質上都是對戀情刻骨銘心感受，可以說是「一寸相思一寸灰」。如《無題　照梁初有情》中「照梁初有情，出水舊知名」，以宋玉《神女賦》中「其始來也，耀乎若白日初出照屋樑」，形容戀人氣質非凡；以何遜《看伏郎初婚》中「霧夕蓮出水，霞朝日照梁。

何如花燭夜，輕扇掩紅妝」，自己與宋氏小妹相處「霧夕詠芙蓉，何郎得意初」（《漫成三首》）情景。《無題二首‧長眉畫了》：「長眉畫了繡簾開，碧玉行收白玉臺。為問翠釵釵上鳳，不知香頸為誰回？壽陽公主嫁時妝，八字宮眉捧額黃。見我佯羞頻照影，不知身屬冶遊郎。」是宋若荀初到唐宮情景；《無題　鳳尾香羅》是宋若荀尚未下決心拋棄宮廷生活時心情，《無題　待得郎來》：「待得郎來月已低，寒暄不道醉如泥。五更又欲向何處？騎馬出門烏夜啼。戶外重陰暗不開，含羞迎夜復臨臺。瀟湘浪上有煙景，安得好風吹汝來。」是兩人開始互不理解；《無題二首　昨夜星辰》是開成年間兩人在「畫樓西畔桂堂東」佛宮相會被人發現後所作，「豈知一夜秦樓客，偷看吳王苑內花」，李商隱由秘書省正字貶為弘農尉。《無題　白道縈回》、《無題　紫府仙人》是李商隱對執意學道宋若荀埋怨。而《無題四首》是李、宋二人相會、分離的種種感受。前兩首七律：「來是空言去絕蹤，月斜樓上五更鐘。夢為遠別啼難喚，書被催成墨未濃。蠟照半籠金翡翠，麝薰微度繡芙蓉。劉郎已恨蓬山遠，更隔蓬山一萬重。」「颯颯東風細雨來，芙蓉塘外有輕雷。金蟾齧鏁燒香入，玉虎牽絲汲井回。賈氏窺簾韓掾少，宓妃留枕魏王才。春心莫共花爭發，一寸相思一寸灰。」寫詩人與女子之間隱曲愛情，她像夢幻一樣飄忽無定，難以會合，以至留下終身難忘惆悵，是詩人對愛情的執著追求和無比失望，也是詩人對婚姻自由悲憤呼聲。其中「賈氏窺簾韓掾少，宓妃留枕魏王才」，以《文選‧曹子建‧洛神賦》中魏東阿王（曹植）漢末求甄逸女既不遂，太祖（曹操）回與五官中郎將（曹丕），植殊不平，晝夜思想，廢寢忘食。黃初中入朝，帝（曹丕）示植甄后玉縷金帶枕，植見之不覺泣，時已為郭后讒死，（丕）乃以枕賚植。……植將息洛水上，思甄后，忽見女自來云，「我本託心君王，其心不遂，此枕是我在家時從嫁，前與五官中郎將，今與君王，遂用薦枕席。」用《洛神賦》中「黃初三年，余朝京師，還濟洛川，古人有言，斯水之神，名曰宓妃」典故比戀人宋若荀。之三：「含情春晼晚，暫見夜闌杆。樓響將登怯，

簾烘欲過難。多羞釵上燕，真愧鏡中鸞。歸去橫塘曉，華星送寶鞍。」
以宋玉《九辨》中「白日宛宛其將入兮」，來者為「宋玉」，言暮春某
夜與戀人在橫山東瀨某房舍中幽會時心中不安，兩人既羞澀又慚愧，
對樓梯響聲和透過簾子燈光都心存畏懼，不能像鏡背所鑄鸞鳳一樣永
結連理，歸去時只有晨星相伴，淒涼悲傷。之四是七古：「何處哀箏隨
急管，櫻花永巷垂楊岸。東家老女嫁不售，白日當天三月半。溧陽公
主年十四，清明暖後同牆看。歸來展轉到五更，梁間燕子聞長歎。」
就當年皇家公主年紀小小就擇嫁夫婿，而不准宮女有正常婚姻表現憤
怒。而大中五年《無題 相見時難》則是李商隱預感來日無多，感歎
難以與戀人再見。

　　李商隱對宋若荀的感情是真摯的，但自私的婚戀觀最終成為他
們感情「殺手」。當年宋氏姐妹被稱作「洛陽花」，後來她們進入長
安建章宮，「長安三月十五日，兩街看牡丹，奔走車馬。慈恩寺遠果
院牡丹，先於諸牡丹半月開；太真院牡丹，後諸牡丹半月開。」「大
和中，車駕自夾城出芙蓉園，路幸此寺」，[註1] 因此曲江附近寺院牡
丹引起李商隱關注，《牡丹 壓徑復緣溝》：「壓徑復緣溝，當窗又映
樓。終銷一國破，不啻萬金求。鸞鳳戲三島，神仙居十洲。應憐萱草
淡，卻得號忘憂。」指姐妹倆住在曲江芙蓉園附近。李商隱大和三年
《牡丹》詩：「錦帷初卷衛夫人，繡被猶堆越鄂君。垂手亂翻雕玉佩，
折腰爭舞鬱金裙。石家蠟燭何曾剪，荀令香爐可待薰？我是夢中傳彩
筆，欲書花雲寄朝雲。」「衛夫人」又稱魏夫人，為善書者，宋若荀也
喜愛書法；梁冀妻孫壽善為妖態作折腰步，與李商隱《可歎》詩中
「梁家宅裏秦宮入，趙后樓中赤鳳來」事有關，善舞「大垂手」、「小
垂手」的戚夫人與「珠箔輕明拂玉墀，披香新殿斗腰肢」（《宮妓》）的
戀人難道無關？「石家蠟燭」暗指宋若荀曾在金谷園中。李商隱將
《牡丹》詩寄予他戀人，是「傳彩筆」江淹寄給巫山「朝雲」，表面看
比喻貼切、美麗動人，其中充滿了諷刺、挖苦之詞，表現了他性格中

[註1] 〔宋〕錢易：《南部新書》，中華書局，2002年版，第49頁。

惡毒、刻薄。李商隱《回中牡丹為風雨所敗》:「下苑他年未可追,西州今日忽相期。水亭暮語寒猶在,羅薦春香暖不知。舞蝶殷勤收落蕊,有人惆悵臥遙帷。章臺街裏芳菲伴,且問宮腰損幾枝?浪笑榴花不及春,先期零落更愁人。玉盤迸淚傷心數,錦瑟驚弦破夢頻。萬里重陰非舊圃,一年生意屬流塵。前溪舞罷君回顧,並覺今朝粉態新。」是在安定郡看到為風雨所敗牡丹想起長安下苑牡丹,曲江養花人用帷幕為牡丹防凍;其中「水亭暮語寒猶在」、「有人惆悵臥遙帷」明顯是指「裏緯深下莫愁堂,臥後秋霄細細長」(《無題 鳳尾香羅》)的「莫愁」,看到為風雨所敗牡丹不禁聯想到當年被稱作牡丹如今被皇帝摧殘的戀人,牡丹花如「玉盤迸淚」,如「錦瑟驚弦」,「先期零落」的「殘花」使詩人心驚。此詩明顯是對過去情事懷念,夾雜著不滿和埋怨,深深地刺痛了宋若荀的心。

李商隱《燕臺四首》、《河內詩》、《河陽詩》是人生不同階段對感情生活的回憶和咀嚼,表現出他們感情發展和變化。《燕臺四首》是大和末年從兗幕後所作,回顧了與戀人湘川相識、楚宮生情、東都花雪、西京流螢相處時光,涉及宋若荀進入唐宮後隨皇帝到宜陽玉陽宮、澠池紫桂宮、同州玉華宮、寶雞九成宮以及往滄州撫軍等經歷,雖然有些不滿,但主要還是希望戀人能夠離開皇宮,回到他身邊。《河內詩》是宋若荀逃出唐宮往江南後李商隱思念,他不斷地用回憶當年情事來打動對方,感動自己,「梔子交加香蓼繁,停辛儲苦留待君」,希望如同心梔子花那樣得到宋若荀的諒解,像能夠再生的香蓼草那樣恢復感情。因多次追隨宋若荀與友人不得,他如「揚朱哭路歧」心灰意懶,尤其大中二年《錦瑟》朦朧意象後隱藏的是對當年感情的失望,導致宋若荀更加憤怒,即使後來李商隱再想挽回也無計可施,《河陽詩》就是宋若荀與友人們連招呼都不給他打一個就離開河陽,後來收到消息他們已經到了海南島,他痛心地說:「照說你得到皇帝赦免後我們應當可以得到安寧的生活了,可是卻更遠地和我分離了!」「你就像那月中的嫦娥一樣飛昇了,不知道怎樣才能到你所

在的桂宮？你什麼時候才能回來？怎樣才能與你會合？」「照說牽牛織女經常可以相見，但你就像那好單棲的伯勞鳥一樣飛遠了，我的淚水就像湘江邊-千枝斑竹的淚痕那樣多啊！」面對宋若荀「逐故夫」舉動，流淌的是摻雜著斑斑血跡的淚水，表現的是一生的遺憾和痛苦。

　　　　深知身在情常在，悵望江頭江水聲。(《暮秋獨遊曲江》)

　　李商隱畢竟對宋若荀一往情深，離散後凡是看到過去兩人所用之物，走到兩人定情、離別之處，總是觸景生情、傷心不已，許多詩表現了他生死不渝感情。

　　李商隱對宋氏姐妹住過的曲江別宅一生難以忘懷。《曲江》詩中「死憶華亭聞唳鶴，老憂王室泣銅駝」，《元和郡縣志》：「華亭縣西華亭谷，陸遜、陸抗宅在其側。」明確指出宋若憲作為皇帝重要侍從和諫議官，曾經反對鄭注向皇帝建議修濬曲江，但是這樣的忠君愛國行為只落得象陸機遭宦官陷害而死，如索靖的空有遠見，成為「訓、注之亂」大變亂中政治犧牲品。再，《與同年李定言曲水閒話戲作》：「海燕參差溝水流，同君身世屬離憂。相攜花下非秦贅，對泣春天類楚囚。碧草暗侵穿苑路，珠簾不卷枕江樓。莫驚五勝埋香骨，地下傷春亦白頭。」看到宋氏姐妹以前居住「別宅」現在無人照管，「石家舊宅空荒草」(無名氏詩)，想到宋若憲被賜死屍骨沉溺水下(「腸斷吳王宮外水，濁泥猶得葬西施」《景陽井》)，亦應傷春於九原之下而發添白絲吧？《街西池館》是李商隱來到某處宅第時所作，當年白居易《凶宅》詩謂當年「長安多大宅，列在街西東」，〔註2〕主人往往為被貶將相或是寢疾公卿，十年不利主人，因此一般人不敢購買居住，而白居易認為「人凶非宅凶」，只要是「吉士」住在那裡也無妨，但是後來該宅主人也遭到厄運，姐妹倆一被賜死，一被逐流浪；而今朝廷召回該宅主人，從此可以不必為居住而犯愁了。《曲池》是在曲江邊與

〔註2〕《全唐詩·卷四百二十四·白居易》。

戀人分別之作:「日下繁香不自持,月中流豔與誰期。迎憂急鼓疏鐘斷,分隔休燈滅燭時。張蓋欲判江灩灩,回頭更望柳絲絲。從來此地黃昏散,未信河梁是別離。」看到曲江的水、岸邊的柳,聽到宮中鐘聲,就生發出無人相伴心緒;而友人相聚分別更使詩人心中生出無限悲傷。大中十年《暮秋獨遊曲江》:「荷葉生時春恨生,荷葉枯時秋恨成。深知身在情常在,悵望江頭江水聲。」充分表明曲江既是李商隱的歡樂,又是他的傷心之地,即使是看到別人遊曲江,也會勾起心中思念和隱痛。

《鏡檻》詩是李商隱在曲江宋氏姐妹別宅所作。「鏡檻芙蓉入,香臺翡翠過」,《拾遺記》:「石虎春雜寶異香為屑,使數百人於樓上吹散之,名曰芳塵臺。」謂你們所住地方離芙蓉園不遠,水檻如鏡,青青柳條遮掩著花臺。「撥弦驚火鳳,交扇拂天鵝」,《唐會要》:「貞觀中有裴神符者,妙解琵琶,作《勝蠻奴》、《火鳳》、《傾盃樂》三曲,聲度清美,太宗深愛之。」《拾遺記》:「周昭王時塗修國獻丹鶴,夏至取鵠羽為扇,兩美女更搖此扇,侍於王側。」隱指宋若憲和宋若苟為皇帝近臣。詩人來到開滿芙蓉的水邊鏡殿,經過樹木森森的香臺,似乎聽到當年在那裡彈奏《火鳳》曲,看到她們姐妹侍立在皇帝身旁。接下來:「隱忍陽城笑,喧傳郢市歌。仙眉瓊作葉,佛髻鈿為螺」,用宋玉《登徒子好色賦》:「嫣然一笑,惑陽城,迷下蔡。」你在郢州和河陽、下蔡的歌唱至今都為人傳揚,記得當年一起在王屋山修道,你的眉長長如同柳葉,發彩如佛髻自然蜷曲,髮髻上插著用瓊玉作螺鈿首飾。「五里無因霧,三秋只見河。月中供藥剩,海上得綃多」,《後漢書》:「張楷,字公超,居弘農山中,學者隨之成市,後華陰山南遂有公超市。性好道術,能作五里霧。」你在弘農山中,你我甚至都不如牛郎織女還能一年一度在七夕過河相會;你就像那在月中監督月兔搗藥的嫦娥,嘗盡孤獨滋味,又如南海鮫人寄寓人家,不廢織紝用以謀生。(左思《吳都賦》注:俗傳鮫人從水中出,曾寄寓人家,積日賣綃。)「玉集胡沙割,犀留聖水磨。斜門穿戲蝶,小閣鎖

飛蛾。騎簷侵轤卷，車帷約舫軛。傳書兩行雁，取酒一封駝」，當年你被皇帝派往川中監督玉作，知道玉器如何切割、如何琢磨，犀牛角加工時又是用什麼樣的水來冷卻；宮中衣食不愁，所用為各地所進貢，如今所住之處只有蝴蝶穿過斜門，小閣因為久關而飛蛾難以進出；當年你所騎之馬還要披上馬衣，坐車有帷蓋可以避熱，當年你我一月書信不斷，如今通訊只能靠大雁傳書；當年你不會喝酒，一飲劍南所產美酒就爛醉如泥，而今卻飲漠北大月氏國駱駝奶所作苦酒解渴。「橋回涼風壓，溝橫夕照和。待烏燕太子，駐馬魏東阿」，曲江別宅靠近御溝，附近柳樹成陰，騎馬過橋時必須用手拂開柳條，而今你回到長安正是夏末涼風初起時候，看到流出紅葉的御溝映照著夕陽，又有什麼感想呢？你像那燕太子居留秦地，為的是期望皇帝開恩（燕太子質於秦，秦王遇之無理，欲歸，秦王不聽，繆言曰：「令烏頭白，馬生角，乃可。」丹仰天歎，烏即白頭，馬為生角，秦王不得已而遣之。）可是皇帝並沒有為你們平反；你又從洛陽去了曹植封地東阿，為的是聊解鄉國之愁。（《洛神賦》：余從京師，言歸東藩，背伊闕，越鐶轅，經通谷，陵景山，日既西傾，車殆馬煩，爾乃稅駕乎蘅皋，秣駟乎芝田，容與乎陽林，流眄乎洛川。）「想像鋪芳褥，依稀解醉羅。散時簾隔露，臥後幕生波」，我現在只能想像你的情景，回憶當年情事（《文選・雪賦》：「援綺衾兮坐芳褥」，鮑照詩：「珠簾無隔露」，李商隱《燕臺四首　夏》：「輕帷翠幕波迴旋」）。「梯穩從攀桂，弓調任射莎。豈能抛斷夢，聽鼓事朝珂」，王逸《九思》：「緣天梯兮北上。」《御覽》引《述異記》：「昔戰國時魏國苦秦之難，有民徵戍不還，其妻思之而卒，冢上生木，枝葉皆向夫所在而傾，謂之相思木。今秦趙間有相思草，狀若石竹，而節節相續，一名斷腸草，又名愁婦草，亦名媚草，人呼為寡婦莎，蓋相思之流也。」你希望通過勤勞王事取得功勳，可以為宋氏平反，但是齊魯軍事之餘你不免如寡婦那樣暗自悲傷。夢做到這裡，聽到承天門曉鼓聲。你能完全忘記過去的一切，再去宮中嗎？李商隱用場景切換方式，夢境和現實並列，將戀人身世敘

述得生動形象。

安國寺紅樓及晉昌坊楚國寺也常常引起他的懷念。大中六年《李夫人三首》中，李商隱不斷回憶當年宮中紅樓定情之夜、曲江相處之地及鄭驛水亭分離之處：「鸞絲繫條脫，妍眼和香屑。壽宮不惜鑄南人，柔腸早被秋眸割。清澄有餘幽素香，鰥魚渴鳳真珠房。不知瘦骨類冰井，更許夜簾通曉霜。土花漠漠雲茫茫，黃河欲盡天蒼蒼。」我與她曾在宮中內道場幽會，她臂上套著用絲綢纏著的鐲子，眼睛很好看，身上有著淡淡的幽香；宮裏面不惜用南邊來的金子鑄就神像，而我早已為她的眼睛所傾倒，不去注意旁邊的事物。我們又曾在曲江邊別宅相會，那裡的布置真是豪華。我們在鄭驛相別，傷心得整夜坐等天亮；雖然死的死，遠去的遠去，但是我和她的感情不會變，除非黃河水盡，蒼天啊你可以為證！以《荊楚歲時記》中的牛郎織女、謝靈運《東陽溪中贈答詩》：「可憐誰家婦，緣流灑素足。明月在雲間，迢迢不可得。可憐誰家郎，緣流乘素舸。但問情若為，月就雲間墮。」中相愛夫婦來形容他與宋若荀之間深刻情誼，即使是出於柳仲郢好意也不能接受。可見，李商隱對宋若荀確實是「深知身在情長在」的感情。

　　　　春蠶到死絲方盡，蠟炬成灰淚始乾。(《無題　相見時難》)

李商隱對宋若荀感情是深刻的，即使是在宋若荀多次表示對其已經「絕情」情況下仍難以自遣，真可謂「春蠶到死思方盡，蠟炬成灰淚始乾。」

崇讓坊在洛陽城東南，連接白居易履道坊宅。崇讓坊有大竹、桃、柳、石榴、紫薇、荷花等植物，成為李商隱一生不能忘懷的「物華」。李商隱《賦得桃李無言》、《小桃園》都說到崇讓宅桃樹和「桃葉桃根雙姐妹」，從此「桃」成為戀人代稱。白居易《永豐坊西南角園中有垂柳一株，柔軟極茂，白尚書曾賦詩傳入樂府遍流京都，近有詔旨取兩枝植於禁苑，乃知一顧增十倍之價非虛言也，因此偶成絕句，非

敢繼和前篇》，《唐詩紀事》：李商隱賦云：「豈如河畔牛星，隔歲只聞一過；不比苑中人柳，終朝剩得三眠。」注：漢苑中有人形柳，一日三起三倒。李商隱《垂柳　垂柳碧鬖茸》中洛陽宮中垂柳有可能取自永豐里，永豐里為洛陽長夏門東第一街，西南即為崇讓坊。另盧貞《白尚書篇》云：「一樹春風千萬枝，嫩如金色暖如絲。永豐西角荒園裏，盡日無人屬阿誰？」《河南尹盧貞和》：「一樹依依在永豐，兩枝飛去杳無蹤。玉皇曾採人間曲，應逐歌聲入九重。」《刑部尚書白居易和》：「一樹衰殘委泥土，雙枝榮耀植天庭。定知玄像今春後，柳宿光中添兩星。」白居易、盧貞如此惦念的崇讓坊園主人，不會是王茂元，而可能是宋氏姐妹，如今柳樹因為主人遭難而衰微；李商隱《離亭賦得折楊柳二首》「暫憑樽酒送無聊，莫損愁眉與細腰。人世死前惟有別，春風爭擬惜長條。含煙惹霧每依依，萬絮千條拂落暉。為報行人休盡折，半留相送半迎歸」希望她不久之後能回到洛陽。

詩集中四首關於洛陽「崇讓宅」詩與李商隱「不了情」有關：

《臨發崇讓宅紫薇》：一樹穠姿獨看來，秋庭暮雨類輕埃。不先搖落應為有，已欲別離休更開。桃綬含情依露井，柳綿相憶隔章臺。天涯地角同榮謝，豈要移根上苑栽。

《崇讓宅東亭醉後沔然有作》：曲岸風雷罷，東亭霽日涼。新秋仍酒困，幽興暫江鄉。搖落真何遽，交親或未亡。一帆彭蠡月，數雁塞門霜。俗態雖多累，仙標發近狂。聲名佳句在，身世玉琴張。萬古山空碧，無人鬢免黃。驊騮憂老大，鶗鴃妒芬芳。密竹沈虛籟，孤蓮泊晚香。如何此幽勝，淹臥劇清漳。

《七月二十九日崇讓宅宴作》：露如微霰下前池，風雨回塘萬竹悲。浮世本來多聚散，紅蕖何事亦離披。悠揚歸夢惟燈見，濩落生涯獨酒知。豈到白頭長只爾，嵩陽松雪有心期。

《正月崇讓宅》：密鎖重關掩綠苔，廊深閣回此徘徊。先知風起月含暈，尚自露寒花未開。蝙拂簾旌終展轉，鼠翻窗網小驚猜。背燈獨共餘香語，不覺猶歌《起夜來》。

　　紫薇是白居易宅中樹木。白居易《紫薇花》詩中「紫薇花對紫薇翁，名目雖同貌不同。獨佔芳菲當夏景，不將顏色託春風。潯陽官舍雙高樹，與善僧庭一大叢。何似蘇州安置處，花堂欄下月明中。」明說是蘇州刺史任後移來洛陽履道坊新宅的紫薇花，李商隱《臨發崇讓宅紫薇》對兩人不能結合十分惆悵，為什麼你當年要進入皇宮呢？造成今天這樣的不幸！《崇讓宅東亭醉後沔然有作》是從江漢歸來對戀人身世寄予深切同情，「如何此幽勝，淹臥劇清漳」，為什麼原先住在這幽勝之處人如今落得在江邊流浪呢！「驊騮憂老大，鶗鴂妒芬芳」與《昨夜》中「不辭鶗鴂妒年芳，但惜流塵暗燭房。昨夜西池涼露滿，桂花吹斷月中香」地點相同，都是指白居易履道坊宅南崇讓坊某人宅第。也就是說，李商隱詩一再涉及的洛陽崇讓宅，應當就是宋氏姐妹在洛陽時曾經居住過地方。《七月二十九日崇讓宅宴作》「浮世本來多聚散，紅蕖何事亦離披」，其中的「紅蕖」、「曲岸」、「密竹」、「孤蓮」與李商隱當年「霧夕詠芙蓉」環境何其相合！以風雨中竹子、將凋謝紅蓮比喻自己與戀人的離散，但是話風一轉，「豈到白頭長只爾，嵩陽松雪有心期」，「難道我和你就這樣永遠分離嗎？你說我初冬時節在嵩山中嶽寺見面，我想就可以結束分離的日子了。」對即將到來的會見抱有十分希望。直到大中十一年詩人去世前《正月崇讓宅》，詩人特意到崇讓宅舊地重遊，可是明顯已有神思恍惚之嫌，居然感到是在與戀人「共語」，似乎聽到她《起夜來》的歌聲（《樂府解題》：《起夜來》，其辭意猶念疇昔思君之來也。），由此可見宋若荀在李商隱心中的份量，洛陽崇讓宅確實是李、宋相愛的地方。

　　《西溪叢語》：「洛陽崇讓坊有河陽節度使王茂元宅。」李商隱《重寄外舅司徒公文》中有：「嗚乎哀哉！千里歸途，東門故第。」謂王茂元宅第在洛陽東門。既然崇讓坊在洛陽城東南，因此有人認為崇讓宅是王茂元故居，李商隱思念的是王氏，可是有許多地方不能說通，《王十二兄與畏之員外相訪，見招小飲，余予以悼亡日近不去，因寄》中，李商隱以兒女「豈能忘」、「秋霖腹疾俱難遣，萬里西風夜正

長」為理由，未免憤激之情溢於言表，可見與王家關係並非很好，起碼這一段時間關係不太好，不會一再去王茂元故居「重溫舊情」；尤其有強解作求王茂元薦舉而不得，更是難以解釋。而且洛陽崇讓坊並非只有河陽節度使王茂元一家住宅，李商隱《七月二十八日夜與王、鄭二秀才聽雨夢後作》以夢的形式表達對宋若荀執意修道不滿，由此可見王茂元宅與宋氏姐妹崇讓宅相隔不遠。

　　總之，雖然李商隱和宋若荀因愛生怨，甚至生恨，但是他們的感情是如此刻骨銘心，直到生命的終了，這是李商隱詩歌創作的主題，也是他一生情感依託。

二、李商隱與宋氏姐妹翰墨緣

　　李商隱是晚唐著名詩人，從小接受的是古文訓練，後來在令狐楚、崔戎幕中學習今文章奏，《樊南甲集序》云：「樊南生十六能著《才論》、《聖論》，以古文出諸公間。後聯為郡相國、華太守所憐，居門下時，敦定奏記，始通今體。後又兩為秘省房中官，恣展古集，往往咽嚕於任、范、徐、庾之間。有請作文，或時得好對切事，聲勢物景，哀上浮壯，能感動人。十年京師寒且餓，人或目曰韓文杜詩，彭陽章檄，樊南窮凍人或知之。」可見李商隱並不是一開始就善於寫詩，應當有詩歌創作方面的師友，《唐才子傳》云：令狐「楚工詩，當時與白居易、劉禹錫唱和甚多」，當年洛陽白社和開封梁園盛會，成為李商隱和宋氏姐妹及杜牧等友人翰墨緣開始。

　　　　荷葉生時春恨生，荷葉枯時秋恨成。（《暮秋獨遊曲
　江》）

　　早在長慶年間，李商隱就開始向白居易、劉禹錫等名家學習詩歌創作，與宋氏姐妹切磋詩藝，詩歌創作技藝日臻完善。宋氏姐妹進入唐宮在初秋，因此有《荷花》詩：「預想前秋別，離居夢棹歌」之說，「荷葉生時春恨生，荷葉枯時秋恨成」（《暮秋獨遊曲江》）可見他們的文字交往始於荷花盛開時節。

　　宋氏五女為宋之問裔孫，對「沈宋體」素有心傳，其父宋庭芬平日以經義、詩賦課五女，若莘、若昭、若倫、若憲、若荀「皆聰慧，年未及笄，皆能屬文」。〔註3〕「德宗每年徵四方學術直言極諫之士，至者萃於闕下，上親自考試，絕請託之路。是時文學相高，當途者咸以推賢進善為意。」〔註4〕貞元四年宋氏姐妹由李抱真表薦入宮。「德宗晚年絕嗜欲，尤工詩，臣下莫及」，〔註5〕宴請大臣時經常與臣下詩詞唱和，宋氏五女應制成篇，詩文亦為當時所重。長慶元年，李商隱在「湘川」、「郢都」結識宋若荀，深為她的文才吸引，大和年間李商隱在王屋山和嵩山、終南山與宋若荀姐妹有較多接觸，大和八年《東還》詩中「歸去嵩陽尋舊師」，不僅指道教傳承，也指詩詞寫作方面的師友。

　　李商隱向白居易、宋氏姐妹學詩情況可以從他的《漫成三首》中找到證據：「沈約憐何遜，延年毀謝莊。此時誰先賞，沈范兩尚書。」「沈約」指延譽者，「延年」為毀譽者；李商隱自比何遜，何遜（480？～518），字仲言，東海郯人。八歲能賦詩，弱冠（州）舉秀才，因出身寒微，不得高仕，梁天監中為水部郎。與吳均俱為梁武帝賞識，但不久失意，晚年為盧陵王蕭續記室，世稱「何記室」。何遜早年即以詩文著稱，范雲見其文大加讚賞，結為忘年交。何遜詩清新有得，重視表現友情，時比之陰鏗、謝朓，沈約嘗謂之曰：「吾每讀卿詩，一日三復，猶不能已。」〔註6〕齊梁之間，范雲與沈約、江淹、丘遲同名，歷仕宋、齊、梁三朝，永明間曾出使北魏，受到魏孝文帝稱讚。何遜對范雲十分敬慕，何遜《落日前墟望贈范廣州》：「我心懷碩德，

〔註3〕《舊唐書‧列傳第二‧后妃下‧女學士宋氏尚宮》。
〔註4〕〔宋〕王讜撰：《唐語林》，周勳初校證，中華書局，1987年7月第一版，第277頁。
〔註5〕〔宋〕王讜撰：《唐語林》，周勳初校證，中華書局，1987年7月第一版，第300頁。
〔註6〕張伯偉編校：《稀見本宋人詩話四種‧朝鮮版唐宋分門明賢詩話》，江蘇古籍出版社，2002年4月第一版，第339頁。

思欲命輕車。高門盛遊侶，誰肯進畎漁。」謂范雲對自己獎掖有加。范雲較何遜年長許多，與白居易和李商隱忘年交相似，李商隱「此時誰先賞，沈范兩尚書」用杜甫詩句「沈范早知何水部」意；文中經常出現「何遜著名，係沈約之三讀」(《獻相過京兆公啟一》)。《燕臺四首‧夏》中「石城景物類黃泉，夜半行郎空柘彈」即以何遜詩句「柘彈隨珠丸，白馬黃金勒」指自己，而以莫愁所居「石城」代戀人。「沈范兩尚書」中「范雲」當與白居易有關。《南史》：「范雲，字彥龍，梁建武將軍，廣州刺史，富文才，下筆即成。」有詩：「洛陽城東西，卻作經年別。昔去雪如花，今來花如雪。」時人懷疑他是昨天構思好的。李商隱《送王十三校書分司》中回憶當年「洛陽花雪夢隨君」情景，提及「定知何遜緣聯句，每到城東憶范雲」事，可見不能忘懷自己當年學詩老師白居易。「沈尚書」與宋氏姐妹有關。沈約為南朝齊梁文學家，字休文，吳興武康人（今浙江德清武康鎮），據《金華志》云沈約於齊隆昌元年（公元494年）出為東陽太守，作八詠詩題於玄暢樓，後人因以為「八詠樓」；宋氏姐妹父親宋庭芬曾為金華東陽令。大中年李商隱赴梓幕時《韓冬郎即席為詩相送一座盡驚他日余方追吟連宵侍坐徘徊久之句有老成之風因成二絕寄酬兼呈畏之員外》中還提起「為憑何遜休聯句，瘦盡東陽姓沈人」，可見當年洛陽花雪「沈約」是宋若荀。宋人詩話有「李端中宴詩成，有『薰香荀令偏憐少，敷粉何郎不解愁』」句，[註7] 由此李商隱《韓翃舍人即事》中「橋南荀令過，十里送衣香」將自己又比作後漢荀淑八子之一。

　　李商隱對宋氏姐妹評價很高。《漫成五章》中的一到三章，就是對當年宋氏姐妹詩歌技藝推崇：

　　　　沈宋裁詞矜變律，王楊落筆得良朋。
　　　　當時自謂宗師妙，今日惟觀對屬能。
　　　　李杜操持事略齊，三才萬象共端倪。

[註7] 張伯偉編校：《稀見本宋人詩話四種》，江蘇古籍出版社，2002年4月第一版，第354頁。

集賢殿與金鑾殿，可是蒼蠅惑曙雞。

生兒古有孫征虜，嫁女今無王右軍。

但問琴書終一世，如何旗蓋仰三分。

　　詩云沈佺期、宋之問研究音律、篇章，使唐詩由句、字數及押韻都不甚嚴格的古體詩向雕章琢句、對仗嚴格、音韻協調的今體詩——律詩和律絕轉變，你們姐妹繼承和發揚了沈、宋詩歌技藝，同時文章也寫得很好，使王勃、楊炯、盧照鄰、駱賓王初唐文章四傑有了「良朋」。天寶以來，李白、杜甫齊名，貞元以來朝士詩人眾多，裴度、劉禹錫、白居易、元稹等均獨步當時，杜牧、李賀等青年詩人也嶄露頭角。「三才」指「李白天才絕，白居易人才絕，李賀鬼才絕。」〔註8〕三人使詩歌形式有很大變化，拓寬了詩歌表現內容，使唐詩創作進一步臻於完善。集賢殿是皇帝賜宴中書門下及禮官學士地方，集賢殿書院由宰相知院事，有學士、直學士、侍讀學士、修撰官等，是當時最高學術機關，李白、杜甫曾因在集賢殿奏賦三篇而得到皇帝賞識，皇帝曾在金鑾殿為李白親自調羹。《新唐書·文藝·杜甫傳》：天寶十三載，朝獻太清宮，饗廟及郊，甫奏賦三篇。帝奇之，使待制集賢院，命宰相試文章。當年白居易與裴度「同直金鑾宮」（《夢裴相公》），〔註9〕有詩《晚春重到集賢院》〔註10〕，而宋氏姐妹曾為宮中「女學士」，主持承旨、宣詔事宜，奉命與朝臣詩歌唱和，常稱聖意。「蒼蠅」，曹植《贈白馬王彪》：「鴟梟鳴衡軛，豺狼當路衢。蒼蠅間白黑，讒巧令親疏。」「曙雞」《詩　雞鳴》：「女曰雞鳴，士曰昧旦。」謂女云雞鳴，男曰天未亮不肯起床，此處用《韓詩序》解「雞鳴」為「讒人也。」薛君《章句》云：「雞遠鳴，蠅聲相似也。」〔註11〕指元

〔註8〕〔宋〕錢易撰，黃壽成點校：《南部新書·丙》，中華書局，2002 年版，第 32 頁。

〔註9〕《全唐詩·卷四百三十三·白居易》。

〔註10〕《全唐詩·卷四百四十二·白居易》。

〔註11〕參見羅根澤：《中國文學批評史》，世紀出版集團上海書店出版社，2003 年 1 月版，第 75 頁。

積。元稹也是元和體的代表人物，受到穆宗信任，為白居易好友，可是人品得不到同人尊重，《資治通鑒‧元和十五年》：「初，膳部員外郎元稹為江陵士曹，與監軍崔潭峻善。上（穆宗）在東宮，聞宮人誦稹詩而善之，及即位，坦峻歸朝，獻稹歌詩百餘篇。上問：『稹安在？』對曰：『今為散郎。』夏五月，庚戌，以稹為祀部郎中，知制誥。朝論鄙之。會同僚食瓜於閣下，有青蠅集其上，中書舍人武儒衡以扇揮之曰：『適從何來，遽集於此！』同僚皆失色，儒衡意氣自若。」謂同在集賢殿與金鑾殿，但是詩人人品有高下，如蒼蠅發出嗡嗡之聲者不是沒有。「雞鳴」亦為《相和歌詞》中《雞鳴》篇，描寫仕宦之家富麗堂皇景象，「黃金為君門，璧玉為軒堂」，「舍後有方池，池中雙鴛鴦。鴛鴦七十二，羅列自成行。鳴聲何啾啾，聞我殿東廊。兄弟四五人，皆為侍中郎」，「桃生露井上，李樹生桃旁。蟲來囓桃根，李樹代桃僵」，影射宋氏五女當年鼎盛之際遭遇危機。「宗師」指令狐楚，當年元稹奉承令狐楚為一代宗師，謂其所選《御覽》詩「思深語近，韻律調新，屬對無差，而風情宛然」，〔註 12〕劉禹錫亦謂其「武帳通奏，柏梁陪燕，嘉酉高韻，冠於一時」〔註 13〕，令狐楚自己也以文壇宗師自詡經常主持詩會，現在看起來他只是對仗工夫罷了，與你們姐妹相比，不過是「非雞則鳴，蒼蠅之聲」（《毛詩‧齊風‧雞鳴》）罷了，無法與你們辭章詩歌造詣相比。你們姐妹才華出眾，兼有諸方面長處，可是世上與你們相配的孫權這樣雄才大略人太少，你宋氏小妹與衡山晉代魏夫人（華存）一樣善書法，可是沒有王羲之這樣的人相配，只能琴書終一世；而今更是遭人誣陷，流落江南，難道真是「運在東南」不成？「何如旗蓋仰三分」為感歎宋氏姐妹的坎坷，《吳志‧吳主傳》注：「陳化為郎中令使魏，魏文帝問曰：『吳魏峙立，誰將平一海內者乎？』化對曰『……舊說紫蓋、黃蓋，運在東南。』」對她們姐妹的遭

〔註 12〕傅璇琮：《唐詩論學叢稿》，北京：京華出版社，1999 年 10 月第一版，第 234 頁。
〔註 13〕《全唐文‧卷六十‧劉禹錫：唐故相國贈司空令狐公集序》。

遇寄予深刻同情。李商隱對宋氏姐妹文才評價，符合《舊唐書》中
「五女，皆聰慧，庭芬始教以經藝，年未及笄，皆能屬文」，「德宗俱
召入宮，試以詩賦，兼問經史中大義，深加賞歎。德宗能詩，與侍臣
唱和相屬，亦令若莘姐妹應制。每進御，無不稱意」記載。

　　　　身無彩鳳雙飛翼，心有靈犀一點通。(《無題二首　昨
　夜星辰》)

　　李商隱和宋若荀有著共同詩文愛好，歷代詩歌精品成為他們創
作某種參照。《詩經》、《楚辭》、《漢樂府》、《南北朝民歌》等歷代名
著，司馬相如、班昭、曹植、陶淵明、枚乘、潘岳、謝靈運、謝朓、
徐陵、庾信、江淹、沈約等作品，以及宋之問、沈佺期等詩人名句、
出典，都在李、宋二人詩中有所表現，明顯可見兩人在詩歌創作方面
共通的知識基礎，由此實現兩人精神世界的互通和契合。

　　《離騷》執著怨憤，屈原忠君愛國成為李商隱和宋若荀共同的理
想和追求。屈原《離騷》中「吾令帝閽開關兮，倚閶闔而望予；時曖
曖其將罷兮，結幽蘭而延佇」的忠君遭逐形象，李商隱引為同樣忠於
皇帝而遭厄運的劉蕡和宋氏姐妹，有「上帝深宮閉九閽，巫咸不下問
銜冤」(《哭劉蕡》)，「有美扶皇運，無誰薦直言。已為秦逐客，復作初
冤魂」謂宋若荀在江漢、瀟湘流浪，對屈原當年心境有深刻體會。漢
樂府的精彩敘事，漢無名文人《古詩十九首》成為李商隱和宋若荀交
流感情常見篇章，如「青青陵上柏，磊磊澗中石」(之三)與李商隱
《房中曲》中「今日澗底松，明日山頭蘗」；古詩「錦衾遺洛浦，同袍
與我違」(之十六)與李商隱《閨情》中「春窗一覺風流夢，卻是同袍
不得知」；李商隱與宋若荀相隔萬里，「錦段知無報」但仍如《古詩十
九首》之十八：「客從遠方來，遺我一段綺。相去萬餘里，故人心尚
爾！文采雙鴛鴦，裁為合歡被。著以長相思，緣以結不解。以膠投漆
中，誰能別離此！」表現夫婦間執著相思；古詩「迢迢牽牛星，皎皎
河漢女，……河漢清且淺，相去復幾許。盈盈一水間，脈脈不得語」
(之十)使李商隱想起郢州相遇以來情感經歷；「明月何皎皎，照我

羅床幃。憂愁不能寐，攬衣起徘徊。」則是李商隱大中末年《正月崇讓宅》「密鎖重關掩綠苔，廊深閣回此徘徊。先知風起月含暈，尚自露寒花未開。蝙拂簾旌終展轉，鼠翻窗網小驚猜。背燈燭共餘香語，不覺猶歌《起夜來》」的詩歌主題，也是他一生情感生活真實寫照。可以說，《古詩十九首》成為李、宋二人愛情生活的詩歌讖語，不幸而言中，因此李商隱《擬意》中以「曾來十九首，私讖詠牽牛」結尾。

　　建安文學清峻英拔，成為他們模仿對象。曹操的沉雄蒼茫、曹丕的清婉娟秀、曹植的清新纏綿，在李商隱和宋若荀作品中都有反映。如《詩經》意蘊含籍，《詩經·野有蔓草》：「野有蔓草，零露漙兮。有美一人，清揚婉兮。邂逅相遇，適我願兮。野有蔓草，零露瀼瀼。有美一人，清揚婉兮。邂逅相遇，與子皆臧。」曹丕《善哉形二首》之二：「有美一人，婉如清揚。妍姿巧笑，和媚心腸。知音識曲，善為樂方。哀弦微妙，清氣含芳。流鄭激楚，度宮中商。感心動耳，綺麗難忘。離鳥夕宿，在彼中州。延頸鼓翼，悲鳴相求。眷然顧之，使我心愁。嗟爾昔人，何以忘憂。」明顯從《詩經》而來，李商隱《擬意》中「悵望逢張女，遲會送阿侯」邂逅彈箏女子也是遵循這一路。曹植和宓妃不僅是他們戀愛精神偶像，也是他們詩歌創作模仿對象。李商隱「一桃與一李」比戀人姐妹出自曹植詩句「南國有佳人，容華若桃李」，[註14]「斑騅只係垂楊岸，何處西南任好風」（《無題　鳳尾香羅》）用曹植《七哀詩》「願為西南風，長逝入君懷」；曹植《雜詩》「轉蓬離本根，飄颻隨長風」和《吁嗟篇》中「吁嗟此轉蓬，居世何獨然」是李商隱《無題二首　昨夜星辰》中「走馬蘭臺類轉蓬」用語；曹植《美女篇》：「媒氏何所營？玉帛不時安。佳人慕高義，求賢良獨難。眾人徒嗷嗷，安知彼所觀。盛年處房室，中夜起長歎。」成為李商隱嗟歎宋若荀「東家老女嫁不售，白日當天三月半」（《無題四首　來是空言》）來源；尤其李商隱《賦得雞》：「稻糧猶足活諸雛，妒敵專場好自娛。可要五更驚曉夢，不辭風雪為陽烏。」和韓偓《觀雞鬥偶

〔註14〕曹植：《雜詩七首》之四。

作》：「何曾解報稻梁恩，金距花冠氣遏雲。白日梟鳴無意問，為將芥羽害同群。」〔註15〕點明都在曹操建都和築鬥雞臺的鄴都所作，並且都引用了曹植關於鬥雞詩句：「鬥雞東郊道，走馬長楸間。」（《名都篇》）「長宴坐戲客，鬥雞觀閒房。群雄正翕赫，雙翹自飛揚。揮羽邀清風，悍目發朱光。觜落輕毛散，嚴距往往傷。」（《鬥雞篇》）可見兩人內心精神高度相通。

　　南北朝時期是文學開始自覺時代，劉宋詩人謝靈運、鮑照在景物描寫、詩賦意境方面獨步一時，齊、梁、陳之際開始講求詩歌聲律對仗，謝朓、江淹、何遜和沈約等詩人追求音韻的和諧流暢和形式美，因而大、小謝，鮑參軍，何記室等人作品成為李商隱和宋若荀詩歌創作靈感來源。如關於曹操「西陵」，陸機曾有《弔魏武帝文並序》述曹操遺囑云：「吾婢妤妓人皆著銅爵臺，於臺堂上施八尺床穗帳，朝晡上脯糒之屬，月朝十五，輒向帳作伎，汝等時時登銅爵臺，望吾西陵墓田。」江淹《銅爵妓》：「武皇去金閣，英武長寂寞。雄劍頓無光，雜佩亦銷爍。秋至明月圓，風傷白露落。清夜何湛湛，孤獨映藍幕。撫影愴無從，誰懷憂不薄？瑤色行應罷，紅芳幾為樂。徒登歌舞臺，終成螻蟻郭。」謝朓《銅雀妓》：「穗帷飄井干，樽酒若平生。鬱鬱西陵樹，詎聞歌吹聲。芳襟染淚跡，嬋娟空復情。玉座猶寂寞，況乃妾身輕。」何遜也有《銅雀妓》詩：「秋風木葉落，蕭瑟管絃清。望陵歌對酒，向帳舞空城。寂寂簷宇廣，飄飄帷幔輕。曲終相顧起，日暮松柏聲。」李商隱在詩歌意境基礎上結合戀人成為陵園妾現實，寫出了更為沉痛的《燒香曲》，以戀人手捧「漳宮舊樣博山爐，楚嬌捧笑開芙蕖」如同當年魏西陵女妓，後來又有「俱是蒼生留不得，鼎湖何異魏西陵」（《過景陵》）、「西陵魂斷夜來人」等詩句，表現詩人心中憤怒。再，謝朓有「餘霞散成綺，澄江淨如練」（《晚登三山還望京邑》），李商隱有「霞綺空留段，雲峰不帶根」（《魏侯第東北樓堂郢叔言別聊用書所見成篇》），「逢著澄江不敢詠，玄暉應喜見詩人」（《江

〔註15〕《全唐詩．卷六百八十一．韓偓》。

上憶嚴五廣休》）等。齊梁時期文壇領袖沈約許多佳作，也成為李、宋二人描寫相思情感的模仿對象。如沈約《夜夜曲》之二：「河漢縱且橫，北斗橫復直。星漢空如此，寧知心有憶？孤燈暖不明，寒機曉猶織。零淚向誰道，雞鳴徒歎息。」用銀河、孤燈、思婦夜織至雞鳴的意象，寫出戀人之間的相互思念，李商隱詩作中有關月夜、燈、織女牽牛內容比比皆是；沈約《效古》：「可憐桂樹枝，單雌憶故雄。歲暮異棲宿，春至猶別離。」設想桂樹枝也有雌雄，在李商隱《鵝》詩中也有「羈雌長共故雄分」。江淹、張衡是李商隱推崇對象，有「若無江淹五色筆，奈何河陽一縣花」句，《後漢書·張衡傳》：「衡嘗思圖身後之事，以為吉凶倚伏，幽微難明，乃作《思玄賦》。」江淹著有雜體詩三十首，《文選》列入《雜擬》類，宋若荀也著有詩格類著作，因此《題李上謨壁》中「舊著《思玄賦》，新編《雜擬》詩」所指也是宋若荀，「佞佛將成縛，耽書或類淫。常懷五殺贖，終著《九州》箴」，「逸翰應成法，高辭肯浪吟？數須傳庾翼，莫獨與盧諶。假寐憑書籠，哀吟叩劍潭」（《自桂林奉使江陵，途中感懷，寄獻尚書》），謂雖流落江湖仍與詩人結社賦詩，如「皇甫謐」、「百里奚」那樣熱愛閱讀、勤於著作，但是心中愁苦，身體瘦弱；她如陳遵一樣將書法作品藏去了名字，所作詩賦為人隨便吟誦，即使知道有人將她作品隨便解釋和運用也只是敲敲劍鼻無奈而已，不再把聲名放在心上。

　　唐離漢不遠，許多漢賦名篇是宋若荀和李商隱學習重點，如司馬遷、曹操父子作品，宋玉《高唐賦》、賈誼《弔屈原賦》、曹植《洛神賦》、孫綽《遊天台山賦》、陶淵明《歸去來兮辭》、謝靈運《江妃賦》等篇章意境都在他們詩歌中有所表現和延伸。李商隱和宋若荀詩中經常出現彌衡（173～198），彌衡《鸚鵡賦》中：「性辨慧而能言，才聰明以識機」的「靈鳥」，然而「歸窮委命，離群喪侶，閉以雕籠，剪其翅羽，漂流萬里，崎嶇重阻。」是將彌衡性格、命運與自己對照，從而可以理解李商隱《聽鼓》中所謂「欲問漁陽摻，時無彌正平」；李商隱「青雀西飛竟未回」（《漢宮詞》）以蔡琰《琴賦》中「青

雀西飛，別鶴東翔」比自己與戀人勞燕分飛。任昉以「博物」和「動輒用事」〔註16〕著稱，范雲以「輕便婉轉如流風回雪」〔註17〕馳名，徐陵和庾信同有「綺豔」〔註18〕之號，庾信更喜典故，都在李商隱詩文中有所表現，按李商隱自己的話來說就是「往往咽嚜於任、范、徐、庾之間」（《樊南甲集序》）。李商隱《鴛鴦》以徐陵《鴛鴦賦》中交頸千年、相隨萬里的「無勝比翼」、民間傳誦的韓憑夫婦對比自己「雌去雄飛萬里天，雲羅滿眼淚潸然」，而「山雞映水那自得，孤鸞照鏡不成雙」（徐陵《鴛鴦賦》）則是李商隱和宋若荀詩中一再提到的「鸞鳳」、「鏡」及「青陵臺」等詩寫作主題由來；梁代江淹（444～505）《蓮花賦》、唐宋之問（約656～712）《秋蓮賦》，成為李商隱詩詠「荷花」由來。庾信（513～581）詩文具有「清新」、「凌健」特點，也是他們推崇對象，李商隱詩句中多見與庾信關聯。如庾信有「倚弓於玉女窗扉」，李商隱有「寒氣先侵玉女扉」（《對雪二首》）；庾信有「竹染湘妃之淚」，李商隱有「湘淚淺深滋竹色」（《潭州》）；庾信有「楚有七澤，人有三戶」，李商隱有「但使故鄉三戶在，彩絲誰惜懼長蛟」（《楚宮》）；庾信有「以鶉首而賜秦，天何為而此醉」，李商隱有「自使當時天帝醉，不關秦地有山河」（《咸陽》）；庾信有「華亭鶴唳，豈河橋之可聞」，李商隱有「死憶華亭聞唳鶴」（《曲江》）；庾信有「君子則方成猿鶴」，李商隱有「野鶴隨君子」（《西溪》）；庾信有「燃腹為燈」，李商隱有「仍計腹為燈」（《洞庭魚》）；庾信有「豈知灞陵夜獵，猶是故時將軍」，李商隱有「日暮灞陵原上獵，李將軍是故將軍」；庾信有「將軍一去，大樹飄零」，李商隱有「大樹思馮異」（《武侯廟古柏》）、「風飄大樹感熊羆」（《過故府中武威公交城舊莊感事》）。李商隱認為戀人宋若荀文風極似庾信，也和庾信一樣十五歲入宮為侍讀，受到皇帝寵信，除了以「宋玉」、「沈約」與宋若荀並提之

〔註16〕鍾嶸：《詩品》卷中。

〔註17〕《北周書·庾信傳》。

〔註18〕毛先舒：《詩辯坻》。

外，「庾信」也是指代她的另一別名。宋玉故居在江陵城北三里，庾信自傳性作品《哀江南賦》謂其八世祖庾滔始居於此，侯景之亂時庾信父親庾肩吾也逃難於此，不久死於此，宋若荀亦曾在郢州為別駕，後來流落江陵，與其有相似命運。庾信《哀江南賦》「誅茅宋玉之宅，穿徑臨江之府」，李商隱《過鄭廣文舊居》中有「可憐留著臨江宅，異代應教庾信居」。正因為運用兩人都熟悉名賦中典故，他們的詩篇才成為相互之間可理解而旁人難以猜測和解釋的作品。

南北朝民歌也成為李商隱和宋若荀吸收詩歌營養、交通情感基本材料。如李商隱詩歌中一再提及的南朝民歌《子夜歌》中「黃蘗向春生，苦心隨日長」(《子夜春歌》)、「春蠶不應老，晝夜長懷絲」(《作蠶》)、「理絲入殘機，何悟不成匹」(《子夜歌》)中比喻、同音所代表思念之苦、之綿長，在李商隱詩歌中比比皆是，宋若荀也用《子夜歌》作為對「故夫」李商隱既思又恨的詩歌體裁。南朝樂府詩歌《西洲曲》中許多細膩情感比喻成為李商隱和宋若荀詩歌創作的經常性主題和相互信息交換載體：「憶梅下西洲，折梅寄江北。單衫杏子紅，雙鬢鴉雛色。西洲在何處，兩槳橋頭渡。日暮伯老飛，風吹烏柏樹。樹下即門前，門中露翠鈿。開門郎不至，出門採紅蓮。採蓮南唐秋，蓮花過人頭。低頭弄蓮子，蓮子清如水。置蓮懷袖中，蓮心徹底紅。憶郎郎不至，仰首望飛鴻。鴻飛滿西洲，望郎上青樓。樓高望不見，盡日欄杆頭。欄杆十二曲，垂手明如玉。捲簾天自高，海水搖空綠。海水夢悠悠，君愁我亦愁。南風知我意，吹夢到西洲。」成為後來李商隱詩中有關「梅」、「杏花」、「蓮」、「蓮子」、「伯勞」、「白石郎」等常用典故由來，如「青溪白石不相望，堂中遠甚蒼梧野」(《燕臺四首》)，「玉灣不釣三千年，蓮房暗被蛟龍惜」，「伯勞不識對月郎，湘竹千條為一束」(《河陽詩》)，「荷葉生時春恨生，荷葉枯時秋恨成」(《暮秋獨遊曲江》)都或明或暗地用到《西洲曲》中表現纏綿情感的物華或環境。而《拔蒲歌》中「與君同拔蒲，竟日不成把」在《促漏》詩中為「南塘漸暖蒲堪結，兩兩鴛鴦護水紋」。甚至一些民間俚曲也

成為李商隱和宋若荀共同學習和借用基礎。如《吳歌》中的《神弦曲》、《子夜歌》、《前溪曲》、《團扇歌》，以及曲牌中的《楊柳枝》，《西曲》中的《莫愁樂》、《楊叛兒》、《作蠶絲》、《東飛伯勞歌》、《河中之水歌》等，都與李、宋二人世界密切相關。如「小姑居處本無郎」（《無題》）化自《神弦曲》，「春蠶到死絲方盡，蠟炬成灰淚始乾」（《無題 相見時難》）直接從《作蠶絲》「春蠶不應老，晝夜常懷絲。何惜微軀盡，纏綿自有時」中引出，更見執著精神。

李商隱和宋若荀詩作既有著明顯對作、仿作和合作跡象，也具有各自不同特點和風格。早期的詩作明顯可以看出李商隱不如宋若荀，但是越到後來倆人風格、用詞越來越接近和相通，後來李商隱作品在氣魄方面明顯高出宋若荀，但還是看得出是互相影響結果。隨著生活經歷的差異和思想分歧的擴大，李商隱和宋若荀詩歌特點越來越不同，明顯的是李商隱一貫「性靈」風格與宋若荀長期浸潤「風教」觀點拉開了距離。李商隱提出詩歌表現自我，「況屬詞工，言志為最」（《獻侍郎鉅鹿相公啟》），強調真情實感抒發，因此雖然他的詩雖有「沉博含蘊」特點，仍然給人以情真意切印象，無論悲喜憤怒都淋漓盡致，如他本人所說：「有請作文，或時得好切對事，聲勢物景，哀上浮壯，能感動人。」（《樊南甲集序》）以「感動」他人為作文目的，因而「善為誄奠之詞」；〔註19〕宋若荀則不然，她的詩前期「綺麗清新」，中年以悲傷和反思為主，逐漸進入純熟灑脫階段，越到後來「理」的成分越來越多，多是對人生批判和領悟。康德認為詩的藝術是至高無上的，因為它能深入理念境域，這一點在李商隱詩中較為少見。

玉郎會此通仙籍，憶向天階問紫芝。（《重過聖女祠》）

李商隱詩中許多宗教用詞是與宋若荀互相影響結果。

李商隱早期詩中詞語明顯受宋若荀道教影響。如大和九年詩《燕臺四首 夏》中「安得薄霧起湘裙，手接雲軿呼太君」，與李白

〔註19〕《舊唐書・列傳一百四十・文苑下・李商隱》。

《桂殿秋》：「仙女侍，董雙成，漢殿夜涼吹玉笙。曲終卻從仙官去，萬戶千門惟月明。河漢女，玉連顏，雲軿往往在人間。九霄有路去無跡，嫋嫋香風生佩環。」中的「董雙成」與《全唐詩》卷七宋若莘（華）《嘲陸暢》詩：「十二層樓倚翠空，鳳鸞相對立梧桐。雙成走報監門衛，莫使吳語入漢宮。」中的「雙成」有關，指小妹宋若荀。李商隱《代董秀才卻扇》：「莫將畫扇出帷來，遮掩春山滯上才。若道團圓似明月，此中須放桂花開。」實際上是從何遜《看伏郎新婚詩》「霧夕蓮出水，霞照日照梁。何如花燭夜，輕扇掩紅妝」化出，「董秀才」即為善文戀人、王母侍女「董雙成」。李商隱《瑤池》：「瑤池阿母綺窗開，黃竹歌聲動地哀。八駿日行三萬里，穆王何事不重來。」《華嶽下題西王母廟》：「神仙有分豈關情，八馬虛追落日行。莫恨名姬中夜沒，君王猶自不長生。」是西王母和穆天子互致歌詞故事，自然而然地將道教神話作為詩歌寫作題材，並且用道教典故寄託和表達自己情感。後來《漢宮》：「通靈夜醮達清晨，承露盤晞玉帳春。王母不來方朔去，更須重見李夫人。」《漢宮詞》：「青雀西飛竟未還，君王長在集靈臺。侍臣最有相知渴，不賜金莖露一杯。」尤見李商隱、宋若荀道教關聯的有關於「晦日」的幾首詩。李商隱《戊辰會靜中出貽同志二十韻》為修道者逢戊辰出靜而作，其中有「瑤簡被靈誥，持符開七門」說到自己生有所秉，但迷戀世間榮華，以至迷失了性靈，現在我決心還精補髓，以期固神安心，希望你如雲林右英夫人授許長史詩中所言：「來尋真中友，相攜侍帝辰」，給與撫慰和援助。

　　李商隱後期之所以信仰佛教也是受宋若荀影響。雖然宋若荀對佛教並非完全信仰，剃削只是為了逃避官府追捕甚至為了生活，但是佛教關於「一切皆空」說法無疑也會使她敏感的神經逐漸麻木，從而使人生痛苦逐漸減輕乃至得到某種解脫。這種感受無疑也會影響李商隱，導致李商隱也對佛經感興趣。如《題僧壁》時還對佛教教義有所懷疑，《題白石蓮花寄楚公》：「白石蓮花誰所共，六時長捧佛前燈。空庭苔蘚繞霜路，時夢西山老病僧。大海龍宮無限地，諸天雁塔幾多

層。漫誇鴨子真羅漢，不會牛車是上乘。」白石蓮花指宋若荀在廬山
東林寺如佛教徒慧遠那樣結詩社，詩中涉及對佛教教義博大精深欽
佩；《送臻師二首》，更是對佛教經典已經十分熟悉，對佛教故事運用
已經十分貼切境界。但李商隱與宋若荀一樣僅僅是將佛教作為解脫
世間痛苦的一種方法，並沒有成為他們內心占統治地位的世界觀和
人生觀，實際推崇的仍是儒家和道家學說，李商隱大中六年《寄太原
盧司空三十韻》中「目傾徒窺管，於今愧繫瓶。何有叨末席，還得叩
玄扃」，為了向盧鈞解釋戀人一度為僧的無奈之舉。宋若荀在大起大
落人生際遇和不斷擴大的社會接觸過程中，在借助宗教逐漸跳出個人
境遇同時也將禪宗意境和方法用於詩歌創作，具有一定通達態度；同
時採取了對宗教批判態度，仍以儒家關注人生和以社會為責任，而李
商隱則反而從「若信貝多真實語，三生同聽一樓鐘」(《題僧壁》)質疑
態度走向了「刻意事佛，方願打鐘掃地，為清涼山行者」(《樊南乙集
序》)的虔誠，不能不說是仕途打擊和「喪失家道」後悲哀。

　　總之，李商隱與宋若荀不僅是生死相戀愛人，更是詩文創作師
友、宗教信仰方面同志，在一定程度上保持著中國知識分子特有的對
宗教批判態度。

三、李商隱詩見證追尋戀人歷程

　　李商隱多次不遠萬里探望宋若荀，追隨她的足跡幾乎走遍中國。
他經常處在與戀人一起遠走高飛、擇地隱居還是繼續仕途的兩難選
擇中，時而消極，時而振奮，但始終難以捨棄報國之志，更放不下已
有家庭和兒女，因而一次次的相聚、分離成為他們生活，也是他許多
情深意長詩篇靈感來源，唱歎的是不能忘懷之情，但同時也耗盡了詩
人的體力和精力，逐漸走向身心疲憊。筆者以宋若荀流浪寄寓主要
地點如江南、江東、湖湘、荊漢、川中、商洛、嶺南和東西兩京為重
點，將李商隱有關詩歌歸類試譯，表現李商隱追尋戀人地域之廣、內
心之苦。

（一）兩浙

　　兩浙主要指長江下游東南之地，主要指潤常蘇湖杭越金衢等地，唐代分屬浙西和浙東觀察使管轄，也包括淮南的揚州、楚州、滁州等地。

　　開成五年九月，李商隱在知道宋若荀逃出虎口到達許渾家鄉潤州後，毅然辭去弘農尉官職作江鄉之行。開成末年和會昌、大中年間，盧商、盧簡辭、李景讓、鄭朗、敬晦、崔瑤和元晦、楊漢公、李拭、李褒等先後為浙西和浙東觀察使，李德裕、李紳、杜悰、李讓夷為淮南，駐揚州，李商隱與友人多次來到兩浙。

　　唐代蘇州為上郡，經濟繁榮，城市規整，風景名勝很多，由於李商隱幼時在蘇州，白居易早年在蘇州為官，宋若荀開成五年到蘇州依靠白居易好友盧商，後來又多次來到蘇州，李商隱有關蘇州詩不少：

《陳後宮　茂苑城如畫》
茂苑城如畫，閶門瓦欲流。
還依水光殿，更起月華樓。
侵夜鸞開鏡，迎冬雉獻裘。
從臣皆半醉，天子正無愁。
《通典》：以吳之長洲苑為名，於是皆以茂苑為吳郡矣。
左思《吳都賦》：造姑蘇之高臺，臨四遠而特建；帶朝夕之濬池，佩長洲之茂苑。
《北齊書》：後主好彈琵琶，自為《無愁之曲》，民間謂之無愁天子。
《南史・陳後主紀》：後主盛修宮室，無時休止。稅江稅市，徵取百端。
當年蘇州城中央的子城是全城建築中心，子城北城樓稱「月華樓」，在蘇州南門烏鵲橋附近。
〔南朝宋〕范泰《鸞鳥詩序》：昔罽賓王結罝峻祈之山，獲彩鸞鳥，欲其鳴而不能致。夫人曰：「嘗聞鳥見其類而後鳴，可懸鏡以映之。」王從其言。鸞睹影感契，慨然悲鳴，哀響中宵，一奮而絕。
《晉書・武帝紀》咸寧四年冬，太醫司馬程據獻雉頭裘，帝以奇技異服，典禮所禁，焚之於殿前。

《北齊書》：後主好彈琵琶，自為無愁之曲，民間謂之無愁天子。

〔譯文〕

吳郡城池美得像畫上畫的一樣，閶門附近更是繁華富庶，從齊雲樓上看月光下家家屋頂似乎是浸潤在水中一樣。

陳時大興土木，盛修宮室，除了吳王在太湖邊建造的行宮之外，子城北月華樓也是那時著名建築。

月光照在湖面上，就像鸞鳳鏡鏡面；冬天用雉羽做成的衣裳也不會可惜，真是富庶無比啊！

大臣們都喝醉了，陳後主彈起琵琶《無愁之曲》，他可真是個無愁天子啊！

《吳宮》

龍檻沉沉水殿清，禁門深掩斷人聲。

吳王宴罷滿宮醉，日暮水漂花出城。

《吳郡志》卷八：館娃宮，《吳越春秋》、《吳地記》皆云闔閭城西有山號硯石山，山在吳縣西三十里，上有館娃宮。《吳邑記》：今靈巖山寺即其地，有琴臺、西施洞、硯池、玩花池，山前有採香涇，皆宮之古蹟。

白居易《送蘇州李使君赴郡二絕句》：館娃宮深春日長，烏鵲橋高秋夜涼。風月不知人世變，奉君直似奉吳王。下注：館娃宮，今靈巖寺也。

〔譯文〕

日暮時分來到吳王館娃宮前，靠近水邊殿宇還看得清清楚楚，只是宮門深掩，敲門裏面沒有人應聲。

好像吳王正在裏面舉行盛大宴會，宮中的人都喝得酩酊大醉，宮女趁機溜出門去會見自己的情人。

《遊靈迦寺》

碧煙秋寺泛湖來，水打城根古堞摧。

盡日傷心人不見，石楠花滿舊琴臺。

《吳地記》：靈迦寺在橫山北，隋建，今上方寺也。縣西門外有硯石山，亦名石鼓，又有琴臺在。附近有唐儞墓。

石楠，亦稱千年紅。薔薇科，常年灌木或小喬木，高可達十二米。葉互生，革質，倒卵形，細鋸齒。初夏開花，白色復傘狀花序。小梨果球形，熟時紅色。分布於我國淮河以南地區。

〔譯文〕

秋天石湖水碧綠碧綠的，乘船來到橫山北上方山靈迦寺，湖水不住地拍打著城牆根。

你我在橫塘旅店裏愁眉相對，在唐衢墓也只是傷心，到這寺廟空無一人，你我更是無言相對，只有石楠花落滿在琴臺上。

《景陽井》

　　景陽宮井剩堪悲，不盡龍鸞誓死期。

　　腸斷吳王宮外水，濁泥猶得葬西施。

蘇州東山陸巷明王鏊故居後院有井可以照見人，女眷以此梳妝。

《陳書》：隋軍陷臺城，張貴妃與後主俱入於井，隋軍出之。晉王廣命斬貴妃，榜於青溪中橋。

皮日休《館娃宮懷古五絕》之五：響履廊中金玉步，採香徑中綺羅身。不知水葬今何處，溪月彎彎欲效顰。

《吳越春秋·逸篇》：吳亡後，越浮西施於江，令隨鴟夷以終。隨鴟夷者，子胥之讒死，西施有力焉。胥死，盛以鴟夷，今沈西施，所以報子胥之忠，故云隨鴟夷以終。

《墨子》：西施之沈，其美也。

〔譯文〕

看到吳王行宮中用來照鏡的井，我就想起金陵城中景陽井，當年陳後主和張貴妃、孔貴人躲在井裏，最後二妃被隋軍殺死在清溪。

當年西施被派往吳國作間諜，用讒言殺死了大臣伍子胥，吳國敗亡後被沉於江，後來葬在三山島小姑山旁水中。你姐姐忠於王室，最後她的屍骨也被拋在渭水中，連西施、張麗華都不如啊！

《玄微先生》

　　仙翁無定數，時入一壺藏。

　　夜夜桂露溼，村村桃水香。

　　醉中拋浩劫，俗處起神光。

　　藥裹丹山鳳，棋函白石郎。

　　弄河移砥柱，吞日倚扶桑。

　　龍竹裁輕策，鮫絲熨下裳。

樹栽嗤漢帝，橋板笑秦王。

徑欲隨關令，龍沙萬里強。

張正見：漾色隨桃水。

《度人經》：唯有元始浩劫之家，部制我界。《廣異記》：儒謂之世，釋謂之劫，道謂之塵。

《漢書・禮樂志》：用事甘泉圜丘，昏祠之明，夜常有神光集於祠壇。

《漢武內傳》：仙藥有蒙山白鳳之脯。杜甫：藥裏關心詩總廢。

《樂府・白石郎曲》：積石如玉，列松如翠，郎豔獨絕，世無其二。李賀：沙浦走魚白石郎。

《列仙傳》：白石先生常煮白石為糧，因就白石山居，故名。

《萬花谷別集》引《搜神記》：昔人入南谷山中，見一小池，橫石橋，遂邅馬過橋，見二少年臨池弈棋，置白玉棋局，見騎馬者，拍手負局而走。

《西京雜記》：鞠道龍說淮南王：「方士能劃地為江河。」

《真誥》：霍山鄧伯元受服青精石飯吞日丹景之法。欲得延年，日出二丈，正面向之，口吐死氣，鼻嘹日精。

《楚辭》：暾將出兮東方，照吾檻兮扶桑。《十洲記》：扶桑在碧海中，樹長數千里，一千餘圍，兩兩同根，更相依倚，故曰扶桑。

《後漢書・方術傳》：壺公以竹杖與長房曰：「乘此任所之。」長房乘杖，須臾來歸，投杖葛陂中，視之，則龍也。

《韻會》：熨，火展布。《南史》：何敬容衣裳不整，伏床熨之。

《史記・老子傳》：見周之衰，乃遂去。至關，關令尹喜曰：「子將隱矣，彊為我著書。」老子乃著上下篇，言道德之旨五千餘言而去，莫知其所終。

《漢武故事》：王母以桃食帝，帝留核欲種之，王母笑曰：「此逃三千年一著子，非下土所植也。」

《列仙傳》：老子西遊，關令尹喜先見其氣，候物色而接之，果得老子，與俱至流沙之西，服具勝實，莫知其所終。

《漢書・班超傳》：咫尺龍沙。龍沙，沙漠也。

〔譯文〕

你劉仙翁來去沒有定數，一會兒在衡山，一會兒在羅浮，現在又到了太湖三山島，就像費長房一樣從壺中跳進跳出，外人無法知道你的行蹤。

三山島又稱蓬萊，不啻人間仙境，飲用的是桂花樹上露水，桃花花瓣飄落在水

中，在村裏河面上漂浮著。

你劉先生對人世浩劫一笑了之，但是一旦主持國家祭祀，夜裏常有神光集於祠壇。

你深諳醫理，所製仙藥用蒙山白鳳脯包裹；你智慧散淡，住在白石山中下棋為樂。

你能畫地為河，移動黃河中砥柱，每天對著東方吐故納新，可以吞下扶桑。

你柱著龍竹做的拐杖，穿著熨得很平整的絲綢衣服。

漢武帝希望得到仙桃延年益壽，秦始皇派徐福往東海求長生之藥，在你看來都是小事一樁。

如今又準備西往流沙，向胡人宣傳老子的道德經，使他們脫離迷信佛教愚昧。

水陸交通要道處潤州和揚州、歷朝古都金陵、軍事重鎮京口，見證了歷代興衰。李商隱與友人在此寫下許多詠史之作。

《南朝　玄武湖中》
玄武湖中玉漏催，雞鳴埭口繡襦回。
誰言瓊樹朝朝見，不及金蓮步步來。
敵國軍營飄木柿，前朝神廟鎖煙煤。
滿宮學士皆顏色，江令當年只費才。
《宋書·文帝紀》：元嘉二十三年，築北堤，立玄武湖。

張衡《渾天制》：以玉虬吐漏水入兩壺。

《南史·武穆裴皇后傳》：上數幸琅邪城，宮人常從，早發至湖北埭雞始鳴，故呼為雞鳴埭。

《南史·（陳）張貴妃傳》：後主（陳叔寶）每引賓客對貴妃等遊宴……其曲有《玉樹後庭花》、《臨春樂》等，其略云：「璧月夜夜滿，瓊樹朝朝新。」大抵皆美張貴妃、孔貴嬪之容色。

《南史·齊本紀》：（東昏候蕭寶卷）又鑿為金蓮花，以貼地，令潘妃行其上，曰：「此步步蓮花也。」

《南史·陳後主紀》：隋文帝……命大作戰船，人請密之。文帝曰：「吾將顯行天誅，何密之有？」（楊堅）使投柿（碎木片）於江，曰：「彼若能改，吾又何求。」

《陳書》：後主於郭內大皇佛寺起七層塔，未畢，火從中起，飛至石頭，燒死者甚眾。張祜詩：古牆丹轂盡，深棟黑煤生。

《資治通鑒》：太市令章華上書極諫，略曰：「高祖、世祖、高宗功勤亦至矣。陛下不思先帝之艱難，惑於酒色，祠七廟而不出，拜三妃而臨軒。今隋軍壓境，如不改弦易張，麋鹿復遊於姑蘇矣。」帝怒，斬之。

《陳書・武帝紀》：十月乙亥，即皇帝位。丙子，幸鍾山，祀蔣帝廟。

《資治通鑒・至德三年》：中書舍人傅宰……於獄中上書曰：「……陛下酒色過度，不虔郊廟。」

《南史・張貴妃傳》：起臨春、結綺、望仙三閣，高數十丈，並數十間，其窗戶、壁帶、懸楣、欄檻之類皆以沈檀香為之，又飾以珠玉，間以珠翠，外施珠簾，內有寶床、寶帳，起服玩之屬皆瑰麗，近古未有……以宮人有文學者袁大舍等為女學士，後主每引賓客對貴妃等遊宴，則使諸貴人及女學士與狎客共賦新詩，互相贈答……選宮女有容色者以千百數，令習而歌之。

《南史・江總傳》：總字總持……後主即位，歷吏部尚書、僕射、尚書令……既當權任宰，不親政務，但日與後主遊宴後庭……與陳暄、孔范、王差等十餘人，當時謂之狎客。

〔譯文〕

玄武湖的曉雞剛啼，我好像看到齊廢帝蕭寶卷和陳後主陳叔寶就已經開始遊宴，雞鳴埭上聚集了許多宮人。

玉樹瓊花朝朝開放，后妃們盡情舞蹈。

其實那時局勢已經很危險，隋朝軍隊已經布置好了進攻，可是陳後主還在那裡大興土木、荒淫遊戲；當然，他還不如後來用金蓮花鋪地的齊廢帝，也是在這裡丟掉了天下。

陳後主和宮中貴人、女學士賦詩喝酒，江總等也隨著一起喧鬧，不知國之將亡；當年你們姐妹不是也和袁大舍一樣陪著皇帝宴樂，與那些御用文人吟詩唱和的嗎？

《詠史　歷覽前賢》

歷覽前賢國與家，成由勤儉敗由奢。
何須琥珀方為枕，豈得珍珠始是車。
運去不逢青海馬，力窮難拔蜀山蛇。
幾人曾預南薰曲，終古蒼梧哭翠華。

《韓非子・十過》：由余聘於秦，秦穆公問之曰：「……願聞古之明主得國失國何常以？」由余對曰：「臣嘗得聞之矣，常以儉得之，以奢失之。」

《西京雜記》：趙昭儀上皇后三十五條，有……琥珀枕。

《史記‧田敬仲完世家》：梁王（魏瑩）曰：「若寡人國小也，尚有徑寸之珠照車前後各十二乘者十枚。」

《南史》稱頌武帝劉裕：「清簡寡欲，嚴整有法度，未嘗視珠玉輿馬之飾，後庭無紈綺絲竹之音。」

《漢書‧武帝紀》：元鼎四年……秋，馬生渥窪水（今甘肅安西，青海西北）中，武帝作天馬之歌。

楊億《漢武》詩：力通青海求龍種。用漢武帝伐大宛事。

《隋書‧西域傳‧吐顧渾》：青海周圍千餘里，中有小山，其俗至冬輒放牝馬於其上，言得龍種。吐谷渾嘗得波斯草馬，放入海，因生驄駒，能日行千里，故時稱青海驄焉。

《華陽國志‧蜀志》：蜀有五丁力士，能移山……秦惠王許嫁五女於蜀，蜀遣五丁迎之，還到梓潼，見一大蛇入穴中，一人攬其尾掣之，不禁，至五人相助，大呼拽蛇。山崩，壓殺五人及五女。

《禮記‧樂記》：昔者舜作五弦之琴以歌南風。注：南風，長養之風也。疏：其辭曰：「南風之薰也，可以解吾民之慍兮。」

《禮記‧檀弓》：舜葬於蒼梧之野。

《文選‧司馬長卿‧上林賦》：建翠華之旗。注：以翠羽為葆也。

〔譯文〕

查看歷史成敗教訓，沒有不是在勤儉基礎上昌盛、在奢侈情況下敗亡的。

不一定非要琥珀為枕、珍珠照車，才顯得國家強盛富裕。

當年漢武帝國力強盛，伐大宛得汗血馬，國運衰敗之時，原先青海地方天馬也不出現了；秦國誘蜀國修金牛道，耗費國力乃至滅亡，即使有能移山五丁也沒有用。

有幾個皇帝能像舜帝那樣愛護民力，像他這樣仁慈，作琴歌《南風》；又到處巡遊，直到死在蒼梧這個地方。

《詠史　北湖南埭》

北湖南埭水漫漫，一片降旗百尺竿。

三百年間同曉夢，鍾山何處有龍盤。

北湖，即玄武湖也。南埭，上水閘也。《輿地志》：吳大帝鑿東渠，名青溪，通潮溝以泄玄武湖水，南入秦淮。溪口有埭，後稱青溪閘口，潮溝在青溪西南，溝上為雞銘埭。

《吳書‧孫皓傳》：壬申，王濬最先到，於是受皓之降。

《南史・陳本紀》：是時韓擒虎率眾自新林至石子崗，（陳）征東大將軍任忠出降擒虎，乃引擒虎經朱雀航趨宮城。

《北史序傳》：泊紫氣南浮，黃旗東徙，時更五代，年且三百。庾信《哀江南賦》：將非江表王氣，終於三百年乎？

《吳錄》：劉備曾使諸葛亮至京，因觀秣陵山阜，乃歎曰：「鍾山龍蟠，石頭虎踞，帝王之宅也。」

《隋書》薛道衡曰：「郭璞有言：『江東分王三百年，復與中國合。』今數將滿矣。」庾信《哀江南賦》：將非江表王氣終於三百年乎？

劉禹錫《西塞山懷古》：千尋鐵鎖沉江底，一片降幡出石頭。

〔譯文〕

玄武湖和雞鳴埭水波萬頃，這裡曾經是吳國和陳朝宮城所在地，可是如今只留下高高的旗杆，上面已經多次掛起投降旗子。

據說這裡的紫金山龍蟠虎踞，應當有三百年王氣，可為什麼總是一次次的亡國呢？

《南朝　地險悠悠》

地險悠悠天險長，金陵王氣映瑤光。

休誇此地分天下，只得徐妃半面妝。

《周易・坎卦》：天險，不可升也；地險，山川丘陵也。

《丹陽記》：秦始皇埋金玉雜寶以壓天子氣，故名金陵。

《春秋運斗樞》：北斗七星，第一天樞，第二璿，第三機，第四權，第五玉衡，第六開陽，第七瑤光。

《吳錄》：張紘言於孫權曰：「秣陵，楚武王所置，名曰金陵。秦始皇時，望氣者云金陵有王者氣，故斷連崗，改名秣陵。」

《漢書・地理志》：吳地，鬥分野也，今之會稽、九江、丹陽、豫章、廬江、廣陵、六安、臨淮郡，皆吳分也。

《南史・梁元帝徐妃傳》：妃無容質，不見禮。帝二、三年一入房。妃以帝眇一目，每知帝將至，必為半面妝以俟，帝見則大怒而出。

〔譯文〕

金陵地勢以山川丘陵為主，加上長江天險，正所謂鍾山龍蟠，石頭虎踞，帝王之宅也，而且還有望氣者說這裡應北斗瑤光之星，將來要王霸業久。

可是國家的安危不僅僅依靠形勢險峻，南朝的帝王都不長久，大概是只得了江南半壁江山吧？

《覽古》

莫持金湯忽太平，草間霜露古今情。

空糊䪼壞真何益，欲舉黃旗竟未成。

長樂瓦飛隨水逝，景陽鐘墮失天明。

回頭一弔箕山客，始信逃堯不為名。

《漢書‧蒯通傳》：皆為金城、湯池，不可攻也。師古注：金以喻堅，湯喻沸熱不可近。

鮑照《蕪城賦》：製磁石以禦沖，糊䪼壞以飛文。觀基局之固護，將萬祀於一君。出入三代，五百餘載，竟瓜剖而豆分。

《吳志‧吳主傳》注：《吳書》曰，陳化⋯⋯為郎中令使魏，魏文帝問曰：「吳魏恃立，誰將平以海內者乎？」化對曰：「⋯⋯舊說紫蓋、黃旗，運在東南。」

道源注《南史》：宋廢帝景和元年，以東府城為未央宮，以石頭城為長樂宮。

《南史‧〔宋〕前廢帝本紀》：景和之年，以東府城為未央宮，石頭城為長樂宮。

《史記‧樂書》：「師曠鼓琴，再奏，大風雨飛廊瓦，左右皆奔走。」

《南史‧武穆裴皇后傳》：上（齊武帝蕭賾）數遊幸⋯⋯宮內深隱，不聞端門鼓漏聲，置鐘於景陽樓上應五鼓，及三鼓，宮人聞鐘聲，早起妝飾。

《史記‧伯夷列傳》：太史公曰：「余登箕山，其上蓋有許由冢云。」又，堯讓天下於許由，許由不受，恥之逃隱。

《莊子‧逍遙遊》：堯讓天下於許由⋯⋯許由曰：「子治天下，天下既已治也，而我猶代子，吾將為名乎？」又《徐无鬼》：缺過許由，曰：「子將奚之？」曰：「將逃堯。」

〔譯文〕

不要以為城池固若金湯就可以太平無事，歷代皇城變成雜草叢生荒地的例子實在太多了。

大興土木、裝飾宮殿有什麼用呢？你看吳‧宋、陳等朝代不是都因為在石頭城大興土木、驕奢淫逸而沒有能繼續嗎？

當年石頭城長樂宮那麼宏偉堅固又怎麼樣呢？南齊的宮殿可謂綺麗了吧，不是都沒有能保住嗎？

現在我知道那些大臣為什麼要因病「乞假」和要求去外省為官的原因了，因為他們早就看出朝廷將有大事，因此早早地離開是非之地。

《陳後宮　玄武開新苑》
玄武開新苑，龍舟宴幸頻。
渚蓮參法駕，沙鳥犯勾陳。
壽獻金莖露，歌翻《玉樹塵》。
夜來江令醉，別詔宿臨春。

《宋書》：元嘉二十三年，築北堤，立玄武湖於樂遊原北。徐爰《釋問》：本桑泊，晉大興二年創為北湖。宋元嘉間有黑魚見，因改玄武湖，以肄舟師。《陳書》：後主至德四年九月，幸玄武湖，肄艫艦閱武，晏群臣賦詩。

《穆天子傳》：天子乘鳥舟、龍舟，浮於大沼。《淮南子》：龍舟艅首，浮吹以虞。此遊於水也。《資治通鑒》：自唐以來，治競渡龍舟。

《後漢書·輿服志》：乘輿大駕，太僕師，大將軍參乘，屬車八十一乘；乘輿法駕，奉車郎御，侍中參乘，屬車三十六乘。

《晉書·天文志》：北極五星，勾陳六星，皆在紫宮中。勾陳，後宮也。王者法勾陳，設環立。《史記·天官書》：中官天極星。後句四星，大星正妃，余三星後宮之屬。環之匡衛十二星，藩臣。皆曰紫宮。索引曰：《星經》以後句四星為四輔，其句陳六星為六宮，亦主六軍，與此不同。

《甘泉賦》：伏勾陳以當兵。服虔注：勾陳，神名，紫薇宮外營陳星也。

《三輔黃圖》：建章宮有神明臺，武帝造，祭仙人處。上有承露臺，有銅仙人舒掌捧銅盤玉杯，以承雲表之露，和玉屑服之。

班固《西都賦》：抗仙掌以承露，擢雙立之金莖。

《隋遺錄》：煬帝在江都，昏湎滋深，嘗遊吳公宅雞臺，恍惚間與陳後主相遇，尚喚帝為殿下。後主舞女數十，中一人炯美，帝屢目之。後主雲，即張麗華也，乃以綠文海鼇杯斟紅粱新酒勸帝，帝飲之甚歡，因請麗華舞《玉樹後庭花》。麗華徐起終一曲……後主問帝曰：「龍舟之遊樂乎，始謂足下致治在堯舜之上，今日復此逸遊，曩時何見罪之深耶？」帝忽寤，叱之，恍然不見。

《陳書·後主沈皇后傳》後魏徵史論：「後主每引賓客對貴妃等遊宴，則使貴人及女學士與狎客共賦新詩，互相贈答，採其尤豔麗者以為曲詞，被以新聲，選宮女有容色者以千百數，令習而歌之，分部迭進，持以相樂。其曲有《玉樹後庭花》、《臨春樂》等。」

江總（519～594）南朝陳文學家，字總持，濟陽考城人（今河南蘭考）。仕梁，歷官尚書殿中郎、太子洗馬、太子中舍人。侯景亂，避難會稽，後流寓嶺南。陳文帝

時為中書侍郎，後主即位，歷任尚書僕射、尚書令，世稱「江令」。總當權倖，但有遊宴後庭，陪侍後主遊宴，號「狎客」。

《陳書・張貴妃傳》：後主於光昭殿前起臨春、結綺、望仙三閣，後主自居臨春閣。

〔譯文〕

我好像看到陳後主玄武湖上開闢的新宮苑宴請群臣，也好像看到當年你宋若荀在唐皇新造龍舟裏陪宴；

湖中蓮花好像是皇帝出行的儀仗隊，鳥兒落下的沙洲就是過去陳朝後宮所在地，你也是那時皇帝宮中人物啊！

獻上承露盤上的玉露，大臣們奉觴祝皇帝千萬壽；嬪妃唱起《玉樹後庭花》曲子，歌聲婉轉，繞梁不絕。

後主不理政務，以遊宴為務，隨侍的江總醉了，皇帝說：「就讓他在臨春閣就宿吧！」

《景陽宮井》

古堞煙埋宮井樹，陳主吳姬墮泉處。

舜沒蒼梧萬里雲，卻不聞將二妃去。

《金陵志》：景陽井在金陵臺城內，舊傳欄有石脈，以帛拭之，作臙脂痕，名臙脂井，一名辱井，在法華寺。《南史》：後主逃於井，軍人慾下石，乃聞叫聲，以繩引之，驚其太重，乃與張貴妃、孔貴人三人同乘而上，晉王廣命斬貴妃於清溪中。

〔譯文〕

金陵城牆邊倒塌的宮井，據說就是陳後主和他兩個妃子躲藏之處。

舜帝遠巡蒼梧，都沒有帶眷屬同行，這就是明主與昏君的區別吧？

《亂石》

虎踞龍盤縱復橫，星光漸減雨痕生。

不須並礙東西路，哭殺廚頭阮步兵。

《春秋左氏傳》：隕石於宋五，隕星也。

《晉書・阮籍列傳》：籍聞步兵廚營人善釀，有貯酒三百斛，乃求為步兵校尉……時率意獨駕，不由徑路，車跡所窮，輒痛哭而返。

〔譯文〕

鍾山形勢險要，亂石叢生，真如虎踞龍盤一般，隕星已經沒有光芒。

當年阮籍醉酒之後駕車任意而行，如今我雖然沒有喝醉，也不知道該往那裡走了。

《齊宮詞》
永壽兵來夜不扃，金蓮無複印中庭。
梁臺歌管三更罷，猶自風搖九子鈴。

《南史》：齊廢帝東昏侯寶捲起芳樂、芳德、仙華、含德等殿，又別為潘妃起神仙、永壽、玉壽三殿。蕭衍至，王珍國、張稷應之，夜開雲龍門，勒兵入殿。是夜，帝在含德殿，吹笙歌作女兒子，臥未熟，聞兵入，趨出，直後張齊斬送蕭衍。

《南史》：齊廢帝東昏侯鑿金蓮花以貼地，令潘妃行其上，曰：「此步步蓮花也。」

《西京雜記》：昭陽殿上設九金龍，皆銜九子金鈴。每好風日，幡眊光影，照耀一殿，鈴鑷之聲，驚動左右。

《齊書》：莊嚴寺有玉九子鈴，外國寺佛面有光相，禪靈寺瑠珠寶珥，皆剝取以施潘妃殿飾。

〔譯文〕

齊廢帝荒淫享樂，放鬆警惕，晚上睡覺甚至連宮門都沒有關，使裡應外合的敵人有機可乘，從此鑿上金蓮花庭中潘妃就不可能再為他舞蹈了。

宮殿椽桷上鈴鑷還像平時一樣被風吹動，發出動聽聲音，可是東昏侯的齊朝已經被蕭衍所滅，這正是奢侈和荒淫的結果啊！

《讀任彥升碑》
任昉當年有美名，可憐才調最縱橫。
梁臺初建應惆悵，不得蕭公作騎兵。

《南史》：任昉字彥升，能屬文，當時無輩，尤為長筆，王公表奏無不請焉。齊永元末為司徒右長史。梁武帝霸府初開，以為驃騎記室參軍。武帝踐祚，歷官御史中丞、秘書監，除為新安太守，卒。

《晉書·成帝紀》：咸和五年造新宮，始繕苑城，七年遷於新宮。《輿地圖》曰，即臺城也。

《梁書》：武帝與昉遇竟陵王西邸，從容謂昉曰：「我登三府，當以卿為記室。」昉亦戲帝曰：「我若登三事，當以卿為騎兵。」

〔譯文〕

任昉既有美名，又有才調。

　　鍾山附近臺城是晉建康宮城，當年任彥升曾和梁武帝開玩笑說誰能登三寶，結果怎麼樣呢？

《隋宮　紫泉宮殿》
紫泉宮殿鎖煙霞，欲取蕪城作帝家。
玉璽不緣歸日角，錦帆應是到天涯。
於今腐草無螢火，終古垂楊有暮鴉。
地下若逢陳後主，豈宜重問後庭花。

　　司馬相如《上林賦》：丹水更其南，紫淵徑西北。唐人避高祖李淵諱，以「泉」代之。

　　鮑照過廣陵，見漢吳王濞故城荒蕪，作《蕪城賦》，後「蕪城」為揚州別名。

　　《後漢書‧徐璆傳》注：秦以前以金、玉、銀為方寸璽。秦以來，天子獨稱璽，又以玉，群下莫得用，其玉出藍田山，題李斯書，其文曰：「受命於天，既壽永昌。」號曰傳國璽。漢高祖定三秦，子嬰獻之。

　　《東觀漢記》：光武隆準日角。鄭玄《尚書中侯》注：「日角謂庭中骨狀起如日。」朱建平《相書》：額有龍犀入髮，左角日，右角月，王天下。

　　《開河記》：煬帝御龍舟，幸江都。錦帆過處，香聞十里。

　　《後漢書‧光武帝紀》：身長七尺三寸，美鬚眉，大口，隆準，日角。《舊唐書‧唐儉傳》：高祖乃召入密訪時事，儉曰：「明公日角龍庭，李氏又在圖牒，天下屬望。」

　　《舊唐書‧高祖本紀》：隋煬帝……遣使……奉皇帝璽綬於高祖。

　　《資治通鑒》：大業元年，引河入汴，引汴入泗，以達於淮，又發民十萬，開邗溝入江，溝廣四十步，旁築御道，樹以柳，自長安至江都，置離宮四十餘所。

　　《隋書‧煬帝本紀》：上於景華宮徵求螢火，得數斛，夜出遊山放之，光遍岩谷。

　　《開河記》：時恐盛暑，翰林學士虞世基獻計，請用垂柳栽於汴渠兩堤上。……龍舟既成，泛江沿淮而下，至大梁（開封）又別加修飾，砌以七寶金玉之類，於吳越取民間女十五六歲者五百人，謂之殿腳女，至於龍舟御楫，每船用彩纜十條，殿腳女十人……白大梁至淮口，連綿不絕，錦帆過處，杳聞百里。

　　《隋遺錄》：煬帝在江都，昏湎滋深，嘗遊吳公宅雞臺，恍惚間與陳後主相遇，尚喚帝為殿下。後主舞女數十，中一人炯美，帝屢目之。後主云，即張麗華也，乃以綠文海蠡杯斟紅梁新酒勸帝，帝飲之甚歡，因請麗華舞《玉樹後庭花》。麗華徐起終一曲……後主問帝曰：「龍舟之遊樂乎，始謂足下致治在堯舜之上，今日復此逸遊，曩時何見罪之深耶？」帝忽寤，叱之，恍然不見。

〔譯文〕

層層迢迢的宮殿籠罩在煙霧之中，這裡是隋煬帝離宮，如今已經廢棄不用，但是當年可不是這樣荒蕪；雖然各地起義頻繁，局勢緊張，可是他還是堅持要巡遊揚州，後來都恨不得把揚州當作國都了。

唐高祖李淵從隋煬帝那裡接受了傳國玉璽，自認為是真命天子，如今隋煬帝乘坐龍舟可能是到天涯海角了吧？

一代代皇帝都沒有吸取隋煬帝教訓，依然窮奢極侈。雖然揚州現在見不到隋煬帝時大批螢火蟲了，但是你難道沒有看見運河邊柳樹上烏鴉還和當年一樣，歷史的悲劇正在重演。

如果說當年隋煬帝是重演了陳後主悲劇，那麼今天的君王是不是要重複隋煬帝命運呢？

《定子》

檀槽一抹廣陵春，定子初開睡臉新。

卻笑吃虛隋煬帝，破家亡國為何人。

白居易《吳宮辭》：淡紅花帔淺檀蛾，睡臉初開似剪波。坐對珠籠閒理由，琵琶鸚鵡語相和。（《全唐詩・卷四百四十五》）

〔譯文〕

揚州地方繁華鼎盛，春天這裡更是繁花似錦，定子春困午覺剛剛醒來，還是睡眼惺忪的樣子。

可笑隋煬帝奢侈亡國，不知是否為了後來的李唐君主？

《隋宮　乘輿南遊》

乘輿南遊不戒嚴，九重誰省諫書函。

春風舉國裁宮錦，半作障泥半作帆。

《隋書・煬帝紀》：大業元年開通濟渠，引谷、洛水達於河；又自板渚引河達於淮海，謂之御河。河畔築御道，樹以柳。

《太平寰宇記》：揚州江都縣十宮，在縣五里長阜縣內，並隋煬帝立也。

《資治通鑒・大業十四年》：帝至江都，荒淫益甚……見中原已亂，無心北歸，乃命治丹陽宮，將徙都之。後來宇文化及殺其於江都宮中。

《晉書・輿服志》：近世凡車駕親戎，中外戒嚴服之。

《資治通鑒・大業十二年》：江都龍舟成，送東都，宇文述勸幸江都，帝從之。

將軍趙才諫……帝大怒，以屬吏，朝臣無敢諫者。建節尉任宗上書極諫，即日杖殺之，遂啟行……奉信郎崔民象以盜賊充斥，於建國門上表諫，帝大怒，先解其頤，然後斬之。至氾水，奉信郎王愛仁復上表請還西京，斬之。至梁都，郡人邀駕上書曰：「陛下若幸江都，天下非陛下之有。」又斬之。

《西京雜記》：以綠地五色錦為蔽泥。即墊在馬鞍下掩護馬腹左右，遮掩泥土的巾墊。

〔譯文〕

如今你乘車南遊已不再有皇家排場，當年隋煬帝巡幸江都可是殺了不少敢於上諫的人呢！

二月春天時節，整個國家都在為他的南遊裁剪宮錦，一半用來做馬鞍下遮掩泥土的巾墊，一半用來做龍舟上的帆布。

《隋宮守歲》
消息東郊木帝回，宮中行樂有新梅。
沉香甲煎為庭燎，玉液瓊蘇作壽杯。
遙望露盤疑是月，遠聞簫鼓欲驚雷。
昭陽第一傾城客，不踏金蓮不肯來。

〔譯文〕
宮中正在奏樂，報告春天的消息。
用沉香為廷撩，用玉液作壽杯。
露盤就像月亮一樣，音樂就像驚雷。
處在昭陽第一的傾城客，不踏金蓮花不肯來。

全溪在湖州，沈亞之家在吳興；西溪在杭州，令狐家西溪有別業，宋若荀多次在那裡寄居，直到大中八年西溪分別，李商隱想起多年來的情感經歷，心中惆悵還是無從消散。

《西溪　近郭西溪好》
近郭西溪好，誰堪共酒壺？
苦吟防柳惲，多淚怯楊朱。
野鶴隨君子，寒松揖大夫。
天涯常病意，岑寂勝歡娛。

〔譯文〕

靠近城郭的西溪小院閉門謝客，什麼樣的人才能和你來往呢？

你在白蘋洲吟詩，我追尋你多次不遇，真是遺憾啊！

你那裡環境幽靜，野鶴跟隨著你，當年秦始皇所封大夫松種在周圍。

可是你走遍天涯海角，寂寞和孤獨跟隨著你。

《子初全溪作》

全溪不可到，況復盡餘醅。

漢苑生春水，昆池換劫灰。

戰蒲知雁唼，皺月覺魚來。

清興恭聞命，言詩未敢徊。

〔譯文〕

吳興全溪既然不能到，又怎麼談得上喝當地的「烏程酒」呢？

洛陽已經回春，長安昆明池也已經換了景色。

池塘中的蒲已經長得很高，大雁飛過翅膀都能掠過葉尖；池水中月影發生皺折，那是因為有魚兒遊過。

既然你要我和詩，那就只能不顧淺陋勉強從命吧！

《子初郊墅》

看山對酒君思我，聽鼓離城我訪君。

臘雪已添牆下水，齋鐘不散檻前雲。

陰移竹柏濃還淡，歌雜漁樵斷更聞。

亦擬城南買煙舍，子孫相約事耕耘。

〔譯文〕

你望山思念我，我離城訪問你，此時退衙鼓聲剛響。

牆上有臘雪浸漬痕跡，寺廟鐘聲因彤雲籠罩久久不散。

冬天的陽光移過竹林和松柏，照得地上是濃濃淡淡的影子；漁樵歌聲傳來，斷斷續續。

多想和你令狐緒一樣在城南買一所農舍，子孫為鄰居一起種地度日。

《酬令狐郎中見寄》

望郎臨古郡，佳句灑丹青。

應自邱遲宅，仍過柳惲汀。

封來江渺渺，信去雨冥冥。

勾曲聞仙訣，臨川得佛經。

朝吟扯客枕，夜讀漱僧瓶。

不見銜蘆雁，空留腐草螢。

土宜悲坎井，天怒識雷霆。

象卉分疆近，蛟涎侵岸腥。

補嬴貪紫桂，負氣託青萍。

萬里懸猶抱，危於訟閣玲。

《事文類聚》：山濤啟事曰：「舊選尚書郎，極清望也。」

《南史・丘池傳》：池字希範，吳興烏程人，八歲便屬文……頹遷殿中郎。梁武帝平建業，遷中書郎。

《梁書》：柳惲字文暢，少工篇什，為吳興太守。《南史・柳惲傳》：為吳興太守，為政清靜，人吏懷之。

白居易《白萍洲五亭記》：湖州城東南二百步抵霅溪，溪連汀洲，洲一名白萍，梁吳興太守柳惲於此賦詩云：「汀洲採白萍。」因以為名也。

杜甫《寄彭州高三十五使君適虢州岑二十七長史參三十韻》：詩好幾時見，書程無信將。

孟浩然《初年樂城館中臥疾懷歸作》：往來鄉信斷，留滯客情多。

《真誥》：勾曲洞天東通林屋，北通岱宗，西通峨嵋，南通羅浮。

《南史・陶弘景傳》：於是止於句容之句曲山。恒曰：「此山下是第八洞天，名金陵華陽之天，周圍一百五十里，昔漢有咸陽三茅君得道來掌此山，故謂之茅山。」乃中立山館，自號華陽陶隱居，遍歷名山，訪求仙藥。弘景既得神符秘訣，以為神丹可成，而苦無藥物，帝（蕭衍）給黃金、朱砂、曾青、雄黃等，後合飛丹，色如霜雪，服之體輕。

臨川，今江西撫州。《宋書・謝靈運傳》：帝不欲復使東歸，以為臨川內史。《廬山記・蓮社高賢傳》：靈運　見遠公，肅然心服，乃即寺翻《涅槃經》，名其臺曰翻經臺。求入白蓮社，遠公以其心雜而止之。

《翻譯名義》：君稚迦，即澡瓶也，舊雲軍持。僧以瓶貯水隨身攜帶，用以漱口、淨手。

《楚志》：衡州有回雁峰，雁至此不過，遇春而回。

《淮南子》：雁銜蘆而飛，以避矰繳。

《月令》：季夏之月，腐草為螢。

《左傳》：使莫失其土宜。昭桂江水不可飲，用水汲井。雷州，《國史補》：雷州春夏無日不雷。李商隱《異俗》：未驚雷破柱。

《海錄》：鳥荒象卉，尋隔於皇風。《舊唐書·志第二十一·地理四》：象州，在桂管十五州範圍，屬桂州下都督府，領陽壽、西寧、桂州、武仙、武德五縣。在桂林、柳州以南，大瑤山之西。

《桂海虞衡志》：象出交阯山谷。《海錄》：鳥荒象卉，尋格於皇風。

《史記·秦始皇本紀》：桂林、象郡、南海。按象郡，漢為日南郡，與交阯同屬交州。

《北夢瑣言》：蛟形如蟆蟥，涎沫腥黏，掉尾纏人而齧其血。

《拾遺記》：闍河之北紫桂成林，實大如棗，群仙餌焉。

青萍，古寶劍名，〔魏〕陳琳《答東阿王（曹植）箋》：君候體高俗之才，秉青萍、干將之器。

《因話錄》：古者三公開閣，郡守比古諸侯，亦有閣。《晉書·羊祜傳》：祜在軍長輕裘緩帶，身不披甲，玲閣之下，侍衛者不過十數人。錢起：戌樓雲外靜，訟閣竹間清。

〔譯文〕

聽說你令狐綯以右司郎中為湖州，想必可以在當地留下美好政績，寫出名句流傳千古。

聽說宋若荀在你駐守的吳興烏程和雪溪白萍洲居住。

我和她僅僅通過書信知道一些近況，目前她還在流浪。

她曾經在句容茅山修道，後來又在廬山看佛經。

雖然身處羈旅，但是還不忘讀書寫詩，往往是一大早起來就在驛站吟詩，夜深了用水漱漱口繼續讀書。

我聽說她後來從揚州駕著小船到過衡山，去過回雁峰。

她還到了雷州那個春夏無日不雷的地方，因為雷聲而驚怕不已。

一直向南直到象州和卉州馬援立銅柱分界地，那裡樹林中有一種稱為「蛟」的像蟆蟥那樣的小動物會吸人血，致人死命。

她因為長期流浪而身體贏瘦，在商山時為了補充體力吃當地出產的紫桂；她為當年冤案悲憤交加，隨身帶著一柄玉劍，希望用它親手殺死那些禍害朝廷的姦臣。

她確實有向皇帝上書心願，但是對於是否馬上去中原抱著猶疑態度，當年宋申錫冤案受訟的事還心有餘悸，尤其危險很可能再次臨及。

《夜出西溪》
東府憂春盡，西溪許日曛。
月澄新漲水，星見欲銷雲。
柳好休傷別，松高莫出群。
軍書尚倚馬，猶未能當文。

〔譯文〕

在揚州度過春天，到西溪已接近夏天。

梅雨季節雨水偏多，池塘都漲滿了水；雲很多，夜裏難得看見星星。

柳條雖好，卻被人折來傷別；松樹貞直，高大的早早被砍伐。

你到軍隊中任職，雖然像陳遵那樣文思敏捷倚馬成文，但文書職責還不一定能勝任。

《西溪》
悵望西溪水，潺湲奈爾何。
不驚春物少，只覺夕陽多。
色染妖嬈柳，光含窈窕蘿。
人間從到海，天上莫為河。
鳳女彈瑤瑟，龍孫撼玉珂。
京華他夜夢，好好寄雲波。

〔譯文〕

我惆悵地望著西溪水潺潺流去，想起孔子所說的「逝者如斯川」，對已經過去的年華無可奈何。

我已經不再驚奇春天物華少了，只是覺得自己剩下的歲月已經不多了。

每當看到柳條在春光中舞蹈，看到松蘿細長美好的樣子，就想起長安曲池邊你們姐妹當年別它。

我追隨你一直到東海邊，可是你又去了西海，我們就像天上銀河兩邊的牛郎和織女一樣總是相隔遙遠。

你彈瑟抒散離別心緒時悲痛樣子，還常常在我眼前，而灞橋分別時我抓住你馬勒上的玉珂時的傷痛心情，至今仍然在痛。

可是這一切都已經成了過去的京華之夢了，也已經如同雲彩和水波一樣去而不返了。

　　在浙西杭州、睦州、會稽、金華、衢州，宋若荀也度過了難忘的時光：

《江上憶嚴五廣休》
征南幕下帶長刀，夢筆深藏五色毫。
逢著澄江不敢詠，征西留與謝功曹。

〔譯文〕
　　征南幕下，沈淹的五色長豪筆也好像被深藏起來，難以描繪這清麗景色，桐江澄清的水質不敢詠歎，征西的美景留給謝功曹吧！

（二）三江

　　三江指江東、江南、江西一帶，由於崔龜從、韋溫、高元裕、裴休、裴諗先後為丹陽、宣歙和鍾陵，李商隱為探望戀人，也到過這一帶。
　　江東指以丹陽為中心的丘陵地區，即今江蘇西南和安徽東南部分地區。宋若荀多次來江東，和州牛渚、句容茅山、丹陽白雲山，李商隱與石屏村謝叟有來往，因而異日有詩《謝先輩防紀念拙詩甚多，異日偶有此寄》。

《齊梁晴雲》
緩逐煙波起，如妒柳綿飄。
故臨飛閣度，欲入回波銷。
縈歌憐畫扇，敞景弄柔條。
更乃天南位，牛渚宿殘宵。
左思《吳都賦》：江湖險陂。注：指江湖之阻，洞庭之險。
《宣州圖經》：牛渚山突出江中，謂之牛渚圻，古津渡處也。

〔譯文〕
晴雲隨著江波緩緩升起，好像是在和飄飛的柳絮比哪個上升得更快；
雲朵掠過江邊的飛閣，又似乎向著江中飄去。
你的歌聲縈回繞梁，畫扇舞動腰肢，就像外面柳條那麼柔軟。
如今已經到了南方，是和州牛渚山古渡的傍晚。

《春宵自遣》

地勝遺塵事，身閒念歲華。

晚晴風過竹，深夜月當花。

石亂知泉咽，苔荒任徑斜。

陶然詩琴酒，忘卻在山家。

陶潛《辛丑歲七月赴假還江陵夜行塗口》：閒居三十載，遂與塵事冥。

陳子昂：歲華盡搖落，芳意竟何成？

〔譯文〕

此地風景絕佳，與塵事隔絕，忘機閒居，管什麼春秋代序、美人遲暮。

傍晚的風吹過竹林嘩嘩作響，深夜明月映照著山花，一片安寧寂靜。

泉流亂石中聲音幽咽，徑斜苔荒不加修茸，環境幽僻。

友人相處，賦詩彈琴、喝酒談天，在這裡居住真是蕭散自得啊！幾乎忘記是在山裏了！

《訪白雲山人》

瀑進懸崖屋，陰陰草木青。

自言山底住，長向月中畊。

晚雨無多點，初蟬第一聲。

煮茶未歸去，刻竹為題名。

《茅山志》：升元觀，其西峰曰白雲。

〔譯文〕

瀑布高懸，草木青青，

你在那白雲山下居住，月夜經常屋外徘徊，有時到藥圃中除草。

仲夏傍晚的雨下得不大，蟬兒剛剛開始鳴叫，

新茶煮得噴香，又在毛竹上刻上自己的名字。

《白雲夫舊居》

平生誤識白雲夫，再到仙簷憶酒壚。

牆外萬株人絕跡，夕陽惟照欲棲烏。

〔譯文〕

我過去不知道白雲山人住在哪裏，如今當壚的卓文君住在寧國白雲山。

院牆外都是樹，夕陽只照到樹梢上的烏鴉。

《謝先輩防紀念拙詩甚多，異日偶有此寄》

曉用雲添句，寒將雪命篇，

良辰多自感，作者其皆然。

熟寢初同鶴，含嘶欲並蟬。

題時常不展，得處定應偏。

南浦無窮樹，西樓不住煙。

改成人寂寂，寄予路綿綿。

星勢寒垂地，河聲曉上天。

夫君自有恨，聊解此中傳。

《國史補》：互相推敲，謂之先輩。

《相鶴經》：晝夜十二鳴，隆鼻短喙則少眠。《詩義疏》：長夜半高鳴，聞八九里。

李白：松高白鶴眠。項斯：鶴睡松枝定。皮日休：鶴靜共眠覺。

《楚辭》：送美人兮南浦。江淹《別賦》：送君南浦，傷如之和！

鮑照：始出西南樓。庾肩吾：天禽下北閣，織女下西樓。

《古辭》：綿綿思遠道。

《劉子厚集序》：粲然如繁星麗天，而芒寒色正。

《楚辭》：望夫君兮未來。

〔譯文〕

你謝先輩保存了我許多的詩，覺得晦澀難懂，其實我大多用興隱喻方法，例如早上用雲來代表，冬天則以雪來命篇。

每逢良辰佳節總是會感觸多多，我也是這樣，但表現的方法各人有所不同。

我最初用鶴代表自己，以蟬指代宋若荀，隱曲表現兩人的遭遇和情感。

有關時事詩歌往往結合感受，因而有人認為我的詠史詩用事失體、立論偏頗。

我以江淹《別賦》中「送君南浦，傷如之和」命意，因此有關曲江南塘的詩都與離別有關，而洛陽崇讓宅旁西樓則是當年美好情緣回憶。

我把時令物華與內心感受相聯繫，將孤獨、寂寞、掛念等寫成文字寄給遠方的愛人。

詩中之境天闊野曠，寒星勢如垂地，銀河遙入天際，似聞河水響徹蒼穹，這一切都為的是烘托我和她遠隔萬里的不變感情。

我和她心中都有不便明言的遺憾，因而隱喻和假借就成為相互聯繫和交流的符號，得以傳達彼此信息和情感。

《訪隱》

路到層峰斷，門依老樹開。

月從平楚轉，泉自上方來。

韭白羅朝饌，松黃暖夜盃。

相留笑孫綽，空解賦天台。

謝朓：平楚正蒼然。注：平楚，叢木廣遠也。

《維摩經》：汝往上方界，分度四十二恒河沙佛土。

潘岳《閑居賦》：綠葵含露，白韭負霜。

《本草》：松花曰松黃。裴硎《傳奇》：酒有松醪春。《本草圖經》：松花上黃粉曰松黃，山人及時拂取，作湯點之甚佳。

《文選·孫綽·天台山賦》序：天台山者，山嶽之神秀者也。事絕於常編，名標於奇紀，然圖像之與，豈虛也哉！若夫遠寄冥搜，篤信鬼神者，何肯遙想而存之？與馳情運思，不任吟想之至，聊奮藻以散懷。

〔譯文〕

路在層層山峰間似有非有，寺廟門旁是一古樹。

月亮從廣遠的叢林上由東往西，山泉來自上方的僧舍。

白色的韭芽，黃色的松酒，友人們相聚真是快樂啊！

孫綽根據自己想像所作的《天台山賦》，哪有我們親臨此地所感受的山嶽神秀啊！

在宣州，廬山。

《北樓》

春物豈相干，人生只強歡。

花猶曾斂夕，酒竟不知寒。

異域東風濕，中華上象寬。

此樓堪北望，輕命倚危欄。

〔譯文〕

春天的物候與我的感受豈是相干，

花朵不閉，酒也不知寒。

到了這個地方才知道濕，不如中原大地的寬。

宣州北樓可以遠望，倚靠著危欄可以看見北方的寬闊。

到了白居易構築草堂寺的廬山東、西林寺，就像到了自己的家：

《華師》
　孤鶴不睡雲無心，衲衣筇杖來西林。
　院門晝鎖迴廊靜，秋日當階柿葉森。

〔譯文〕
　華師在出家，我如孤鶴無睡，如雲無心，穿著衲衣、柱柱著拐杖來到西林寺，
我來探望，只見院門反鎖，望進去只有秋日的柿子綠葉森森。

《明禪師院酬從兄見寄》
　貞吝嫌茲世，會心馳本原。
　人非四禪縛，地絕一塵喧。
　霜露欹高木，星河壓故園。
　斯遊倘為勝，九折幸回軒。

　《易》：城復於隍，勿用師，自邑告命。貞吝。陸機：援貞吝以基悔，雖在我而
不臧。

　《世說》：簡文帝入華林園，顧謂左右曰：「會心處不必在遠。」

　《莊子》：立之本原，而知通於神。

　《大寶積經》：菩薩至於空處修習四禪。《楞嚴經》：一切苦惱所不能逼名為初
禪，一切憂懸不能逼名為二禪，身心安穩得無量樂名為三禪，一切諸苦樂境所不能
動，有所得心，功用純熟為四禪。《維摩經》：貪著禪味，是菩薩縛。

　《南史‧隱逸顧歡》：釋迦成佛，有塵劫之數。

　《漢書‧王尊傳》：王陽為益州刺史。行部至邛崍九折阪，歎曰：「奉先人遺體，
奈何數乘此險。」後以病去。

　顏真卿《石樽聯句》：山公此徊軒。

〔譯文〕
　我來之前占問不吉，但還是來了，因為我知道她內心還是希望我來看她的。
　她並非完全是被禪理所縛，而是喜愛這裡的幽靜環境。
　秋天倚靠在高樹之下，晚上看天上的星星，比故鄉林亭還要好。
　我這次經歷險境到撫州固然沒有什麼收穫，但是能看到一些勝蹟也就不虛此
行了。

《題白石蓮花寄楚公》

白石蓮花誰所共？六時常捧佛前燈。

空庭苔蘚饒霜露，時夢西山老病僧。

大海龍宮無限地，諸天雁塔幾多層。

謾誇鶖子真羅漢，不會牛車是上乘。

道源注：鑿白石為蓮花臺，捧燈佛前。

《魏書・釋老志》：六時禮拜。佛教分一晝夜為六時，晨朝、日中、日沒、初夜、中夜、後夜。

《法華經》：文殊師利坐千葉蓮花，從大海娑竭羅龍宮自然湧出，住虛空中，詣靈鷲山。

《纂靈記》：《華嚴大經》，龍宮有三本，佛滅度後六百年，有龍樹菩薩入龍宮，誦下本十萬偈四十八品，流傳天竺，即今所傳《華嚴經》也。

道源注：佛書有三界諸天，自欲界以上皆曰諸天。《西域記》：昔有比丘見群雁飛翔，思曰：「若得此雁，可充飲食。」忽有一雁投下自殞，佛謂比丘曰：「此雁王也，不可食之。」乃瘞而立塔。

《法華經》：「舍利弗，此云鶖子，連母為佛，以其取涅槃一日之價，故不知有上乘，亦非真阿羅漢。佛為授記，乃知真是佛子，得佛法分。」

《法華經》：長者以牛車、羊車、鹿車立門外，引諸子出離火宅。

《釋迦成道記注》：羊車，喻聲聞乘；鹿車，喻緣覺乘；牛車，喻菩薩乘，俱以運載為義。前二乘，方便施設，惟大白牛車是實引重致遠，不遺一物。

《傳燈錄》：若頓悟自心即佛，依此而修者是上乘禪。

〔譯文〕

你在寺廟中捧燈侍奉，佛像坐在白石蓮花鑿成的蓮花座上。

秋天寒霜使得庭院中苔蘚發紅，我總是夢見你在洪州西山生病的樣子。

你已經去過大海東邊的扶桑，瞭解佛教的許多道理。

不要說犧牲自己就可以成羅漢身，也不見得佛教真的可以把你的所有煩惱都去掉。

（三）湖湘

《文選・阮嗣宗詠懷詩》：「三楚多秀士。」注曰：「孟康《漢書注》：『舊名江陵為南楚，吳為東楚，彭城為西楚。』」江陵是唐代水陸交匯樞紐，又是李商隱和宋若荀戀情開始之地，因而每次經過那裡李

商隱都有深刻感受。

《楚宮　復壁交青瑣》
復壁交青瑣，重簾掛紫繩。
如何一柱觀，不礙九枝燈。
扇薄常規月，釵斜只鏤冰。
歌成猶未唱，秦火入夷陵。

宋玉《風賦》：楚襄王遊於蘭臺之宮。

《太平寰宇記》：楚宮在巫山縣西二百步陽臺古城內，即襄王所遊之地。

《後漢書‧趙岐傳》藏歧復壁中數年。

《漢書‧元后傳》：曲陽侯根驕奢僭上，赤墀青瑣。

《古子夜歌》：重簾持自障，誰知許厚薄。

《渚宮故事》：宋臨川王義慶鎮江陵，於羅公洲立觀甚大，而唯一柱。《大請一統志》：湖北……荊州府……一柱觀在松滋縣東，丘家湖中。

《西京雜記》：漢高祖入咸陽宮，秦有青玉五枝燈，高七尺五寸。《漢武內傳》：七月七日，王母至，帝掃除宮內，燃九光之燈。

〔魏〕徐幹《扇賦》：仰明月以取象，規圓體之儀度。

《鹽鐵論》：若劃脂鏤冰，費日損功。

《史記‧楚世家》：二十一年，秦將白起遂拔我郢，燒先王墓夷陵。

〔譯文〕

你住在諸侯府第中，生活雖然與在皇宮中差不多，但就像當年的趙岐被藏在復壁中，不能自由出入；你所居之處掛上了重重簾子，旁人更是難以窺見。

你所在江陵就是原來楚國宮殿所在地，離楚襄王遇見神女陽臺不遠，那裡的一柱觀看來也還適合你在那裡修行。

你過去在皇宮時曾用扇子遮面，現在只能與清風明月為伴，你頭上雖然還帶著貴重釵飾，但也只能在道觀中打發時間了。

聽說皇帝即將來江陵巡狩，派人到處搜尋，因此剛剛安定下來又得逃難了。

《楚吟》
山上離宮宮上樓，樓前宮畔暮江流。
楚天長短黃昏雨，宋玉無愁亦自愁。

宋玉《九辯》：余萎約而悲愁。

〔譯文〕

你在那山上離宮樓上，樓前山下的江水在黃昏時分靜靜地流淌。

想起當年在楚都郢州與你相識時情景，那時你的心情是多麼地輕鬆啊！而今號稱莫愁的你卻一直如宋玉那樣遭人饞毀，憂患不斷。

《過楚宮》

巫峽迢迢舊楚宮，至今雲雨暗丹楓。

微生今戀人間樂，只有襄王憶夢中。

〔譯文〕

巫峽雖然離郢州很遠，楚襄王遇見朝雲故事也過了了很久，但是至今還和那時一樣，兩岸紅楓在雲雨中顯得暗淡。

一般人都貪戀世間樂事，只有我像楚襄王一樣在思念著你朝雲。

《席上作　淡雲輕雨》

淡雲輕雨拂高唐，一曲輕塵繞畫梁。

料得也應憐宋玉，只因無奈楚襄王。

〔譯文〕

又一次到巫峽，恰逢晴天，你的歌聲繞梁不絕。

照說應當憐惜你宋玉，陪你一起進川，可惜我無法從命啊！

《有感　非關宋玉》

非關宋玉有微詞，卻是襄王覺夢遲。

一自高唐賦成後，楚天雲雨盡堪疑。

〔譯文〕

不要怪宋玉對我有意見，實在是因為我知道得太晚了。

如今她已經不相信我了。

《菊》

暗暗淡淡紫，融融冶冶黃。

陶令籬邊色，羅含宅裏香。

幾時禁重露，實是怯殘陽。

願泛金鸚鵡，升君白玉堂。

陶潛《飲酒》：採菊東籬下。

《晉書・羅含傳》：及致仕還家，階庭忽蘭菊叢生，以為德行之感焉。

道源注：《嶺表錄異》云，鸚鵡螺旋尖處而朱，如鸚鵡嘴，故以此名。裝為酒盅，奇而可玩，亦有范金為其形者。梁簡文帝：車渠率酌，鸚鵡遽傾。

《古樂府》：白玉為君堂。

〔譯文〕

江邊菊花黃的黃、紫的紫，開得很是精神，

那是因為種在陶淵明籬邊，羅含宅中，是因為主人德行所致。

深秋重露還不是菊花的重創，那越來越弱的陽光才對它的生存構成威脅。

舉起鸚鵡嘴的酒杯，但願你能再次回到中書省去為皇家服務。

《過鄭廣文舊居》

宋玉平生恨有餘，遠循三楚弔三閭。

可憐留著臨江宅，異代應教庾信居。

《長安志》：韓莊在韋曲之東，退之與東野賦詩，又送其子讀書處。鄭莊又在其東南，鄭十八虔之居也。

《新唐書・文藝傳》：鄭虔，鄭州滎陽人。明皇愛其才，更為置廣文館，以虔為博士。嘗自寫其詩並畫以獻，帝大署其尾曰：「鄭虔三絕」。遷著作郎。安祿山反，劫百官置東都，偽授水部郎中，因稱風緩，求攝市令，潛以密章達靈武。賊平，貶台州司戶參軍，後數年卒。諸儒服其善書，時號鄭廣文。

《離騷序》：屈原，與楚同姓，仕於懷王，為三閭大夫。三閭之職，掌王族三姓，曰昭、屈、景。

《文選・阮嗣宗：詠懷》：三楚多秀士。孟康《漢書》注：舊名江陵為南楚，吳為東楚，彭城為西楚。

《史記・屈原傳》：漁夫曰：「子非三閭大夫與？」宋玉《九辯》、《招魂》皆為屈原作。

杜甫《詠懷古蹟》：可憐宋玉臨江宅，異代猶教庾信居。

〔譯文〕

你宋若荀就像宋玉一樣受到小人誣陷以致被皇帝逐出，至今還在湘江流浪，為三閭屈原大夫鳴不平。

希望如杜甫所說，宋玉在江邊住宅留給庾信去住，你早日回到中原來吧！

《崔處士》

真人塞其內，夫子入於機。

未肯投竿起，惟歡負米歸。

雪中東郭履，堂上老萊衣。

讀遍先賢傳，如君事者稀。

《詩》：秉心塞淵。

《老子》：塞其兌，閉其門。《莊子注》：固塞其精神也。

《莊子·至樂篇》：萬物皆出於機，皆入於機。

《文選·應休璉與從弟居君苗君冑書》：伊尹緩耕，惲邯投竿。注曰：《東觀記》：郅惲字君章，從鄭次都隱弋陽山，漁釣甚歡娛。留十日，喟然告別而去。客江夏郡，舉孝廉為郎。

《莊子》：釣於濮水，楚王使大夫往焉，曰：「願以境內累先生。」莊子持竿不顧。

《家語》：昔者由也常食藜藿之食，為親負米百里之外；親沒之後，南遊於楚，積粟萬鍾，列鼎而食，願欲食藜藿為親負米，不可復得也。

師覺授《孝子傳》：老萊子，楚人。行年七十，父母俱存。常著斑斕之衣，為親取飲，上堂腳跌，恐傷父母之心，僵臥作嬰兒啼。孔子曰：「若老萊子，可謂不失孺子之心。」

杜甫：宅入先賢傳，才高處士名。

〔譯文〕

你宋真人心塞如淵，你崔處士不事機心，

又如莊子釣魚水邊不從王徵，如子由為父母背米，

不只是一味地孝順父母，還使老人心情舒暢。

如此愛讀書而又自賢的人，真是難得啊！

由於家人被逐湖南瀏陽，宋若荀多次依靠宜春守薛袞女婿裴衡，李商隱多次在湖湘中作楊朱歧路之歎，申不盡之情。

《潭州》

潭州官舍暮樓空，今古無端入望中。

湘淚淺深滋竹色，楚歌重迭怨蘭叢。

陶公戰艦空灘雨，賈傅承塵破廟風。

目斷故園人不至，松醪一醉與誰同？

《水經注》：臨湘縣北昭山，山下懸泉，深不可測，故言昭潭無底，亦謂之湘州潭。

《舊唐書‧地理志》：秦漢為長沙郡國，晉置湘州，隋為潭州，以昭潭為名。

《水經注》：大舜陟方，二妃從之，溺於湘江，神遊洞庭之淵，出入瀟湘之浦。

《博物志》：舜二妃曰湘夫人。舜崩於洞庭之山，帝之二女啼，以涕揮竹，竹盡斑。

屈原《離騷》：蘭芷變而不芳兮，荃蕙化而為茅。何昔日之芳草兮，今直為此蕭艾也。

《晉書‧陶侃傳》：劉弘為荊州刺史，以侃為江夏太守，又加侃為督護，使與諸軍並力拒（陳）恢，侃乃以運船為戰艦，所向必破。後討杜弢，進克長沙，改封長沙郡公。

《史記‧屈原賈生列傳》：賈誼為長沙王太傅。

《西京雜記》：賈誼在長沙，鵩鳥集其承塵，俗以鵩鳥至人家，主人死。誼作鵩鳥賦。

《後漢書‧雷義傳》：金主伺義不在，默投金於承塵上。

《太平寰宇記》：賈誼廟在長沙縣南六十里，廟即誼宅。

杜牧《送薛種遊湖南》：賈傅松醪酒。

〔譯文〕

傍晚長沙官舍樓上空無一人，我在這裡白白地等了好幾天。

斑竹是因為舜的兩個妃子娥皇、女英眼淚所致，就像你們姐妹倆所流的淚；江邊蘭蕙叢生，陣陣楚歌聲似在訴說當年屈原被子蘭誣陷、楚王將他放逐在湘江邊心情，就像你們姐妹一樣忠心反遭迫害。

湘江邊沙灘上已不見當年陶侃大勝陳恢的戰艦，供奉賈誼的廟也已經破敗不堪，他們當年可都是朝廷的重臣啊！

我在這裡望眼欲穿地等你回來，希望與你一起喝著此地特有的松針酒，解除你的煩惱，可是你現在人在哪裏呢？

《楚宮　湘波如淚》

湘波如淚色漻漻，楚厲迷魂逐恨遙。

楓樹夜猿愁自斷，女蘿山鬼語相邀。

空歸腐敗猶難復，更困腥臊豈易招。

但使故鄉三戶在，彩絲誰惜懼長蛟。

《水經》：湘水出靈陵始安縣陽朔山，東北過酆縣西，又北至巴江山，入於江。

《說文》：滲，水清深也。

《春秋·左氏昭七年傳》：鬼有所歸，乃不為厲。

戴叔倫《過三閭廟》：沅湘流不盡，屈子怨何深！日暮秋風起，蕭蕭楓樹林。

王逸《招魂序》：宋玉憐哀屈原……厥命將落，故作招魂，欲以復其精神。宋玉《招魂》：湛湛江水兮上有楓，目擊千里兮傷春心。

屈平《九歌·山鬼》：雲填填兮雨冥冥，猿啾啾兮狖夜鳴。

屈平《楚辭·山鬼》：若有人兮山之阿，被薜荔兮帶女蘿。

《後漢書·樊宏傳》：樊宏卒，遺敕薄葬，以為棺柩一藏，不宜復見，如有腐敗，傷孝子之心。

《禮記·檀弓》注：復，謂招魂。

《左傳·哀公四年》：以弁楚師於三戶。注曰：「今丹水縣北三戶亭。」《史記·項羽本紀》：楚南公曰：「楚雖三戶，亡秦必楚。」《正義》：三戶在鄲西三十里。

《初學記》：屈原五月五日自投汨羅江而死。楚人哀之，每至此日，以竹筒貯米投水祭之。漢建武年，長沙歐回見人自稱三閭大夫，謂回曰：「見祭甚喜，常苦蛟龍所竊，可以菰葉塞上，以彩絲弔縛之，二物蛟龍所畏。」

〔譯文〕

湘江的水又清又深，就像那流淌不完的淚水，當年被冤屈而死的鬼魂們無所依歸，變成了厲鬼在這一帶游蕩。

我坐在江邊，江心沙洲上楓樹林裏傳來猿啼聲使人心中更加愁悶，走到嶽麓山下，似乎屈原筆下的山鬼正披帶著薜荔和女蘿向我走來。

湘波黯淡，冤魂如存，被貶謫大臣有許多已經死去，即使吟誦宋玉的《招魂》也沒有用了；更何況他們中有人屍首還被拋入水中，葬身魚腹了呢！

以前有人說，即使楚國只剩下昭、屈、景三戶，滅掉秦國的也必然是楚人；如今我更相信被冤屈、被貶謫人鬼魂一定會像楚人一樣，向迫害他們的人討還血債！

《賈生》

宣室求賢訪逐臣，賈生才調更無倫。

可憐夜半虛前席，不問蒼生問鬼神。

《三輔黃圖》：宣室，未央前殿正室也。

《史記·屈原賈生列傳》賈生（誼）徵見，孝文帝方受釐，坐宣室，上因感鬼

神事而問鬼神之本，賈生因其道所以然之狀。至夜半，文帝前席。

〔譯文〕

漢孝文帝劉恒聽說賈誼是個賢臣，好不容易叫人把他從流放地找回來，為要聽聽他治國的高見；你如今在長沙居留，什麼時候也能像賈誼那樣被召回京呢？

可是皇帝與他徹夜深談，問的不是百姓的疾苦，而是鬼神如何如何。

《裴明府居止》

愛君茅屋下，向晚水溶溶。

試墨書新竹，張琴和古松。

坐來聞好鳥，歸去度疏鐘。

明日還相見，橋南覓酒濃。

《賓退錄》：明府，漢人以稱太守，唐人以稱縣令。

《史記》：高祖常從王媼武負貰酒。注；貰，賒也。

〔譯文〕

茅屋建在江邊，夕陽把一圈圈的水紋返照在屋頂和牆上。

你為了試新作的墨而在竹子上書寫，又在古松下撫琴，

聽著鳥兒歸林的歌唱，直到附近寺廟中晚鐘響起才回到茅屋，閒適的生活真是使人羨慕啊！

明天我再來，一起到橋南的小酒店賒酒喝。

《復至裴明府所居》

伊人卜宅自幽深，桂巷杉籬不可尋。

柱上雕蟲對書字，槽中瘦馬仰聽琴。

求之流輩棋易得，行矣關山方獨吟。

賒去松醪一斗酒，與君相伴灑煩襟。

李白：東谿卜宅歲將淹。

《揚子》：雕蟲篆刻，壯夫不為。

《說文序》：六曰鳥蟲書，所以書幡信也。《白帖》蟲書，蝌蚪文也。

《荀子》：伯牙鼓琴，而六馬仰秣。

〔譯文〕

你所選宅院在幽深巷子裏，桂樹和杉樹鬱鬱蔥蔥難以找尋。

屋柱上有你雕刻旗幡上所書寫蝌蚪文，馬廐中軍中歸來瘦馬正在聽你彈琴。

　　飽覽了高手棋路一般的棋手就不在話下了，你已經走遍關山，薛套前輩去世時你在這裡獨自吟詩。

　　還是去村頭酒店賒取松醪酒，與你一起飲酒驅除煩惱吧！

《贈鄭讜處士》
浪跡江湖白髮新，浮雲一片是吾身。
寒歸山觀隨棋局，暖入汀洲逐釣輪。
越桂留烹張翰鱠，蜀薑供煮陸機蓴。
相逢一笑憐疏放，他日扁舟有故人。

《維摩經》：是身如浮雲，須臾變滅。

《晉書》：張翰為齊王冏大司馬東曹掾，冏時執權。翰見秋風起，思吳中菰菜、蓴羹、鱸魚膾，遂命駕而歸。俄而冏敗。

道源注《搜神記》：左慈少有神道，嘗在曹公座，公曰：「今日高會，所少者松江鱸魚為膾。」慈求銅盤貯水，釣於盤中，引一鱸魚出。公曰：「今既得鱸，恨無蜀中薑耳。」慈曰：「亦可得也。」公恐其近路買，因曰：「吾有使至蜀買錦，可敕令增市二端。」須臾還，得生薑。歲餘，使還，果增二端。問之曰：「某年某月見人於肆，下以公敕，故增耳。」

《輿地志》：華亭谷出佳魚蓴菜，陸機云「千里蓴羹」即此。

何遜《七召》：海椒魯豉，河鹽蜀薑。《世說》：陸機詣王武子，武子前置數斛羊酪，指以示陸曰：「卿江東何以敵此？」陸曰：「有千里蓴羹，但未下鹽豉耳。」

〔譯文〕
她宋玉浪跡江湖，我如浮雲到處追隨。
天氣寒冷時候她在山觀中看人下棋，暖和了就駕著小船來往。
她從越地到吳興，又從蜀中回到華亭。
你若是遇到她，留意她是否會到湘中。

（四）荊漢

　　荊漢包括荊南和漢南。荊南指以江陵為首府的澧、朗、峽、夔、忠、萬、施、歸八州，漢南是以襄陽為首府的武陵、巴郡、漢中、南陽及江夏、弘農、廣漢、武都郡地，是中原與西川、東南之間交通要道和軍事重地，李石、鄭涯、鄭蕭、盧商、楊漢公先後為荊南，盧鈞、盧簡辭、李景讓先後為山南東道節度使，宋若荀多次在此居住。

　　洞庭湖邊岳陽，長江邊江陵，又稱郢州，是去湘入川必經之地，每次經過李商隱總想起當年湘川相識和郢州相處的情形，發出聲聲歎息。

《風》
回拂來鴻急，斜催別燕高。
已寒休慘淡，更遠尚呼號。
楚色分西塞，夷音接下牢。
歸舟天外有，一為戒波濤。
《禮記・月令》：仲秋之月，盲風至，鴻雁來，玄鳥歸。季秋之月，鴻雁來賓。
《水經注》：江水又過夷陵縣南，歷峽東徑宜昌縣北，又徑狼尾灘、黃牛霞、西陵峽，出峽東南流徑故城北，又東歷荊門、虎牙之間，過夷道縣北，又南過江陵縣南。注曰：荊門在南，上合下開，暗徹山南，有門象虎牙在北，石壁色紅，間有白文，類牙形，並以物象受名。此二山楚之西塞也，水勢峻急。
《新唐書・地理志》：山南道……峽州夷陵郡，中，本治下牢戍，夷陵（縣），上，西北二十八里有下牢鎮，有黃牛山。

〔譯文〕
深秋，疾風中鴻雁正向南，燕子也被西風催著飛向南方。
萬物在寒風中凋零，加上呼呼的風，更使人覺得江水寒冷。
我正在由荊門向宜賓方向進發。
風啊！你住住吧！江濤啊！你不要洶湧！讓她歸來的船隻少一些驚嚇吧！

《無題　萬里風波》
萬里風波一葉舟，憶歸初罷更夷猶。
碧江地沒沅湘引，黃鶴沙邊亦少留。
益德冤魂終報主，阿童高義鎮橫秋。
人生豈得長無謂，懷古思鄉共白頭。
豐都屬忠州。
《楚辭》：君不行兮夷猶。
《通典》：江夏縣，漢以來沙羨縣。《荊州圖記》：夏口城西南角，因磯為高，是名黃鶴磯。
《蜀志》：張飛字益德，領巴西太守。《寰宇記》：張飛冢在閬州刺史大廳東二

十步。

王濬，字士治，小字阿童，西晉大將，在削平東吳、實現全國統一的戰爭中立下大功。《晉書·羊祜傳》云：祜以伐吳必籍上流之勢，又時吳有童謠曰：「阿童復阿童，銜刀浮渡江。不畏岸上虎，但畏水中龍。」會益州刺史王濬為大司農，祜知其可任，濬又小字阿童，因表濬留益州諸軍，加龍驤將軍。

〔譯文〕

經過三峽險灘時船在長江中就像一片樹葉那樣渺小，在風浪中顛簸情景不禁後怕。

從水路到鄂州夏口黃鶴樓逗留，路途何止萬里啊！

又到了閬州張飛被害之處，瞻仰了益州龍驤將軍王濬墓葬；而今由所在忠州即將向晉代羊祜建功立業之處江陵。

固然多聞識見是詩人懷古詠歎所必須的，但是我不能放棄了人生所有事務一直跟隨你東西南北地走啊！

《漢南書事》

西師萬眾幾時回，哀痛天書近已裁。
文吏何曾重刀筆，將軍猶自舞輪臺。
幾時拓土成王道，從古窮兵是禍胎。
陛下好生千萬壽，玉樓常御白雲杯。

唐時稱山南東道節度使治所為漢南。

党項，古稱西羌，故稱討伐党項軍隊為西師。《資治通鑒》：會昌五、六年，党項攻陷邠寧、鹽州界城堡，發諸道兵討之，至大中四、五年，連年無功，戍饋不已，上頗厭用兵。

《漢書·西域傳》：上乃下詔，深陳既往之悔曰：「輪臺西於車是千餘里，乃者貳師敗，軍士死略離散，悲痛常在我心，今清遠田輪臺（新疆輪臺），欲起亭隧，是擾勞天下，非所以憂民也，今朕不忍聞。」

《賈誼傳》：俗吏之所務，在於刀筆筐篋，而不知大體。

《漢書·李廣利傳》：於是貳師後復行兵，多所至，小國莫不迎，出食給軍，至輪臺，輪臺不下，攻數日，屠之。

《舊唐書·地理志》：隴右道北庭都護府有輪臺縣，有輪台州都督府。

《尚書·大禹謨》：好生之德，洽於民心。

《吳都賦》：拓土畫疆，卓犖兼併。

《魏志‧王朗傳注》：車駕既還，詔三公曰：「窮兵黷武，古有成戒。」

枚乘《上吳王書》：福生有基，禍生有胎。

《漢書‧倪寬傳》：臣寬奉觴再拜，上千萬歲壽。

《莊子》：乘彼白雲，至於帝鄉。

〔譯文〕

招討胡虜的大軍幾時可以歸來呢？朝廷派去各路軍隊詔書已經下發。

文臣不是刀筆吏，其實朝廷又何尚重視有見識大臣撫慰百姓意見，只是一味強調武將功勞，不知道至今輪臺邊帥還在那裡生事貪利冒功吧？

歷史證明，開疆拓土不會使國家治平，窮兵黷武終必造成禍亂。

你皇帝有將軍們為你征戰，只是你不要好大喜功，還是好好管理你的官吏，命令邊帥利其牛馬，這樣邊境才能安定，你才能心情安寧長壽啊！

《宋玉》

何事荊臺百萬家，惟教宋玉擅才華。

楚辭已不饒唐勒，風賦何曾讓景差！

落日渚宮供館閣，開年雲夢送煙花。

可憐庾信尋荒徑，猶得三朝託後車。

《孔子家語》：楚王將遊荊臺，司馬子祺諫。《方勝輿覽》：荊臺在監利縣西三十里，土洲之南。

《方勝御覽》：荊臺在監利縣西三十里，土洲之南。《國語》：靈王為章華之臺。《後漢書‧邊讓章華賦》：靈王遊雲夢之澤，息荊臺之上。

《史記‧屈原列傳》：楚有宋玉、唐勒、景差之徒，皆好辭而以賦見稱，然皆祖屈原之從容辭令，終莫敢直諫。

宋玉《諷賦》：楚襄王時，宋玉休歸，唐勒讒之以王。《荊楚故事》：襄王與唐勒、景差、宋玉遊雲夢之臺，王令各賦大言，唐勒、景差負皆不如王意。宋玉賦曰：「方地為輿，圓天為蓋，彎弓掛扶桑，長劍倚天外。」王於是喜，賜以雲夢之田。

《左傳》：王使子西為商公，沿漢泝江將入郢，王在渚宮。注：小洲曰渚。

《郡縣志》：渚宮，楚別宮也。《一統志》：在江陵故城東南，梁元帝即位渚宮即此。

沈約《與徐勉書》：開年以來，病增慮切。

唐余知古《渚宮故事》：庾信因侯景之亂，自建康遁歸江陵，居宋玉故宅。

三朝，謂梁、魏、周也。《北史》：庾信先事梁簡文帝，後奔江陵，元帝除御史

中丞；聘西魏，遂留長安，累遷儀同三司；周孝閔帝踐祚，遷驃騎大將軍。

《詩》：命彼後車，謂之載之。

庾信《哀江南賦》：誅茅宋玉之宅，穿徑臨江之府。

杜甫《詠懷古蹟》：可憐宋玉臨江宅，異代猶教庾信居。

曹丕《與朝歌令吳質書》：從者鳴笳以啟路，文學託乘於後車。

〔譯文〕

為什麼荊州只有你宋玉一人獨擅才華呢？

你宋若荀和宋玉一樣詩文俱佳，當年受皇帝派遣為藩鎮監軍，專門從事文字工作。

曾往山南元積軍營，第二年你生病歸來，後來又從去了揚州牛僧孺鎮所。

你就像那文字清新的庾信一樣事奉三朝（敬宗、文宗、宣宗），不會再次作為文學侍從乘坐皇帝出巡的車吧？

《九日》

曾共山翁把酒卮，霜天白菊繞階墀。

十年泉下無消息，九日樽前有所思。

不學漢臣栽苜蓿，空教楚客詠江蘺。

郎君官貴施行馬，東閣無因再得窺。

《晉書》：山簡鎮襄陽，諸習氏、荊土豪組有佳園地，簡每出遊嬉，多之池上，置酒輒醉，名之曰高陽池。

劉賓客：家家菊盡黃，梁國獨如霜。

《漢書》：大宛馬嗜苜蓿，上遣使者採還，種之離宮。

《說文》：江蘺，蘪蕪。《楚辭》：覽椒蘭兮若茲兮，又況揭車於江蘺。注：江蘺，香草也。

應璩《與滿公琰書》：外嘉郎君謙下之德。注：滿寵為太守，璩嘗事之，故呼其子為郎君。

《周禮》：掌舍設梐枑再重。注：設梐，行馬也。繞舍交木以御眾。

〔譯文〕

當年曾在襄陽參與令狐相公酒會，臺階前擺滿了他喜歡的白菊。

如今他老人家已經去世十年多，重陽佳節使人回憶去過去情景。

不要以為只有當年評定邊疆功臣後來為皇家養馬，她宋若荀為國勤勞如今也像

屈原在江邊歎息。

你令狐綯如今身居高位，門口架起了行馬，我也很難見到你。

（五）川中

歸融、盧商、杜悰、周墀、柳仲郢、白敏中先後為劍南東川和西川節度使，宋若荀幾乎每年秋季都往川中依靠公卿，後來參與調解民族事務，李商隱多次追隨，寫下有關川中的許多詩篇。

《杜工部蜀中離席》

人生何處不離群，世路干戈惜暫分。

雪嶺未歸天外使，松州猶駐殿前軍。

座中醉客延醒客，江上晴雲雜雨雲。

美酒成都真堪老，當壚仍是卓文君。

《禮記·檀弓》：吾離群索居，亦已久矣。

《元和郡縣志》：雪山在松州（今四川松潘即今藏族阿壩自治州的黃龍、九寨溝一帶。），嘉城縣東八十里，春夏常有積雪，故名。即今岷山。《通典》：吐蕃國山有積雪。

《舊唐書·職官志》：魚朝恩專統神策軍鎮陝。廣德（代宗）元年，吐蕃犯京師，代宗避狄幸陝，朝恩以神策軍迎扈，及永泰元年，吐蕃犯京畿，朝恩以神策軍屯於禁中，自是神策軍衡以中官為帥。又：神策軍本號殿前射生左右廂，貞元二年改殿前左右射生軍。《資治通鑑》：是冬（廣德元年），吐蕃陷松、維、保三州，於是劍南、西山諸州皆陷。注：松州今四川松潘衛是，維、保二州在今茂州保縣。西山，即大雪山，亦名蓬婆山，在今松潘衛壘溪營西。

《國史補》：酒則有……劍南之燒春。

《楚辭·漁夫》：屈原曰：「舉世皆濁我獨清，眾人皆醉我獨醒。」

《史記》：相如與文君俱至臨邛，盡賣車騎，買酒舍，沽酒，而令文君當壚，相如自著犢鼻褲，滌器於市中。

〔譯文〕

人生離別獨居是經常有，戰爭又起，軍中催我回去，我們不得不暫時分別。

至今朝廷使臣還未從雪山歸來，松州還駐紮著神策軍，可是吐蕃和回鶻又在邊境滋生事端了。

居然還有人要往西海「化胡」去，對時局的看法有的清醒，有的不清醒，就像

江上的雲，有晴天的雲，也有雨天的雲。

　　成都這個地方氣候溫和，又出產美酒，是個養老的好地方，今天宴席掌廚仍然是卓文君（宋若荀），情不能已，還是找個藉口先離開吧。

　　《籌筆驛》
　　猿鳥猶疑畏簡書，風雲常為護儲胥。
　　徒令上將揮神筆，終見降王走傳車。
　　管樂有才真不忝，關張無命欲如何。
　　他年錦里經祠廟，梁父吟成恨有餘。

　　《方輿勝覽》：籌筆驛在綿州綿谷縣（今四川廣元）北九十九里，蜀諸葛亮出師，嘗駐軍籌劃於此。《全蜀藝文志》：利州（今四川綿陽至廣元一帶），碑目舊有李義山碑在籌筆驛，因兵火不存。

　　《抱朴子》：周穆王南征，三軍之眾一朝盡化，君子為猿、為鶴，小人為蟲、為沙。韓愈《送區弘南歸》：穆昔南征軍不歸，蟲沙猿鶴伏以歸。

　　《毛詩·小雅·出車》：豈不懷歸，畏此簡書。傳：簡書，戒命也。正義：古者無紙，有事書之於簡，謂之簡書。

　　《漢書·揚雄傳》：木擁槍係，以為儲胥。

　　鮑照《飛白書勢銘》：君子品之，最是神筆。

　　《孫子·地形》：料敵制勝，計險厄遠近，上將之道也。

　　《蜀志·諸葛亮傳》：亮以丞相錄尚書事假節，張飛卒後，領司隸校尉。

　　《蜀志·後主傳》：鄧艾至城北，劉禪自縛詣軍壘門。……（後主）舉家東遷洛陽。

　　《史記·遊俠列傳》：條侯（周勃）為太尉，乘傳車，將至河南。傳車《禮記·玉藻》注：驛傳之車馬，所以供急遽之令。

　　《蜀志·諸葛亮傳》：每自比管仲、樂毅，時人莫之許也，惟博陵崔州平、潁川徐庶元直與亮友善，謂為信然。

　　《蜀志·關羽傳》：關羽字雲長，本字長生，河東解人……先主劉備為漢中王，拜羽為前將軍，假節鉞，是歲羽率眾攻曹仁於樊……而曹公遣徐晃救曹仁，羽不能克，引軍退還，孫權已據江東，盡虜羽妻子，羽軍遂退。權遣將逆擊羽，斬羽及子平於臨菹（今湖北當陽）。

　　《蜀志·張飛傳》：飛字益德，涿郡人也，少與關羽俱事先主……先主為漢中王，拜飛為右將軍，假節。章武元年，遷車騎將軍，令司隸校尉……先主伐吳，飛當率兵

萬人,自閬中會江州,臨發,其帳下將張達、范彊殺飛,持其首順流而奔孫權。

《蜀志·揚戲傳》:關張赳赳,出身匡世……濟於艱難,贊主弘業……悼惟輕慮,隕身匡國。

《益州記》:益州城張儀所築,錦城在州西,蜀時故宮也,其處號錦里。

《成都記》:先主廟西院即武侯廟。

《蜀志·諸葛亮傳》:亮躬耕壟畝,好為《梁父吟》。

《白虎通》:梁父者,泰山旁山名。

〔譯文〕

諸葛亮號令嚴明,當年籌筆驛駐軍,此地山勢險峻,猿鳥不近,好像千百年之後還畏懼他的戒命;風雲屯聚,好像在為義貫神明的孔明軍隊護衛藩籬壁壘。

雖然有像諸葛亮這樣高明將帥運籌帷幄,也沒有能挽救蜀國滅亡,鄭艾接受後主劉禪降表後將其押往洛陽。

即使有才同管仲、樂毅軍師諸葛亮,指揮若神,也有關羽、張飛這樣猛將,命運不眷顧劉備又能怎麼樣呢?

先前我在成都經過武侯祠,哀吟《梁父吟》時,就已經恨歎不盡,何況今日到了他用兵之地的籌筆驛呢?

《井絡》

井絡天彭一掌中,漫誇天設劍為峰。
陣圖東聚夔江石,邊柝西懸雪嶺松。
堪歎故君成杜宇,可能先主是真龍。
將來為報奸雄輩,莫向金牛訪舊蹤。

左思《蜀都賦》:遠則岷山之精,上為井絡。《蜀志·秦宓傳》注:《河圖括地象》曰:「岷山之地,上為東井絡,帝以會昌,神以建福,上為天井。」

《華陽國志·蜀志》:秦以李冰為郡守,冰知天文、地理,謂汶山為天彭門,乃至縣,見兩山對如闕,因號天彭闕。按天彭山在今四川灌縣。

《晉書·桓溫傳》:初,諸葛亮造八陣圖於魚復平沙之上,壘石為八行,行相去二丈,溫見之,謂此常山蛇勢也。

《明一統志》:八陣圖在夔州府城南,其陣聚細石為之,各高五尺,皆布列得當,中間相去九尺,正中間,南北卷,悉方廣五尺,各六十四聚,或為人散亂,及為夏水所沒,水退後,復如故。

《三國志·吳志·周瑜傳》:劉備以梟雄之姿,必非久為人用者。恐蛟龍得雲雨,

終非池中物也。

《魏志·武帝紀》：嘗問許子將（劭）：「我何如人？」子將不答。固問之。子將曰：「子治世之能臣，亂世志奸雄。」太祖大笑。

《水經注》：秦惠王欲伐蜀而不知道，作五石牛，以金置尾下，言能屎金。蜀王負力令五丁引之成道。秦使張儀、司馬錯尋路滅蜀，因曰石牛道。

〔譯文〕

岷山號為天井，地勢險峻，四周的山峰如劍直插雲霄。

夔州城南江邊八陣圖是當年諸葛亮布下的疑陣，從這裡看得見西邊終年積雪山上的青松。

蜀國君王已經變成了杜鵑，劉備當年也許真的是中山靖王後裔吧？

做皇帝的其實都是奸雄之輩，當年秦惠王為了伐蜀不知道路，不是也用了欺騙辦法嗎？要不怎麼會有金牛道呢？

《利州江潭作》

神劍飛來不易銷，碧潭珍重駐蘭橈。

自攜明月移燈疾，欲就行雲散錦遙。

河伯軒窗通貝闕，水宮帷箔卷冰綃。

此時燕脯無人寄，雨滿空城蕙葉凋。

原注：感孕金輪所。《舊唐書·則天皇帝本紀》：如意二年，加金輪神皇帝號。

《九城志》武士矱為利州都督，生後明空於其地。《名勝記》：古利州廢城，在今保寧府廣元縣，縣之臨清門川主廟，即唐皇澤寺，縣之南有黑龍潭，蓋後母感龍而孕也。

《豫章記》：吳末亡，恒有紫氣見於斗牛之間，張華聞豫章人雷煥妙達緯象，乃邀煥宿，屏人問曰：「惟斗牛之間有異氣，是寶物之精，上徹於天耳。」孔章具言精在豫章豐城，遂以章為豐城令。

《晉書·張華傳》：煥到縣，掘獄屋基，入地四丈餘，得一石函，光氣非常，中有雙劍……遣使送一劍並土與華，留一自佩……華得劍愛之……報煥書曰：「詳觀劍文，乃干將也，莫邪何復不至？雖然，天生神物，終當合耳……」華誅，失劍所在。煥卒，子華為州從事，持劍行經延平津，劍忽於腰間躍出墮水，使人沒水取之，不見劍，但見兩龍，各長數丈，蟠縈有文章，沒者懼而返。須臾光彩照水，波浪驚沸，於是失劍。

《漢書·鄒陽傳》：臣聞明月之珠，夜光之璧，以暗投人於道，眾莫不按劍而眄

者，何則，無因而至前也。

宋玉《高唐賦》：昔者楚襄王與宋玉遊於雲夢之澤，望高唐之觀……玉曰：「昔者先王，嘗臨高唐，怠而晝寢，夢見一婦人，曰：『妾巫山之女也……妾在巫山之陽，高丘之阻，朝為行雲，暮為行雨，朝朝暮暮，陽臺之下。』」

〔晉〕木華《海賦》：天瑣、水怪、鮫人之室……若乃云錦散文於沙納之際。

屈平《九歌·河伯》：紫貝闕兮珠宮。

《大戴禮記》：蚌、蛤、龜珠，與月盛虛。《博物志·異人》：南海外有鮫人，水居如魚，不廢織紝，其眼能泣珠。《文選·左思·吳都賦》：皇室潛織而卷綃，淵客慷慨而泣珠。注：俗傳鮫人從水中出，曾寄寓人家，積日賣綃……鮫人臨去，從主人索器，泣而出珠滿盤，以與主人。

《龍女傳》：事聞梁武帝，召問傑公。傑公曰：「……龍畏蠟，愛美玉而嗜燕。若遣使通信，可得寶珠。」帝大喜，乃詔有能使者，厚賞之……甌越羅子春兄弟二人上書自言：「家代與陵水、羅水龍為婚……請通帝命。」……乃齎燒燕五百枚，入洞穴至龍宮……獻龍女。龍女食之大喜……以大珠三、小珠七，雜珠一石，以報帝命。子春乘龍載珠還國，食頃之間，便至江岸。

道源注：《南部新書》：「龍嗜燒燕肉，食燕肉人不可渡海。」

《太平寰宇記》：利州理綿谷縣，有龍門山石穴，高數十丈。又東山之北有燕子谷。

陸機：蕙葉憑林衰。

〔譯文〕

此地黑龍潭據說是武則天母親感孕之所，張華之劍也許就在這裡，你的小船即將從這個地方起程往南，自己好好珍重吧。

你和你姐姐同屬珠玉之類，眾人即使仰慕但也按劍而睨無因接近，我以為自己如楚襄王遇見巫山神女，但你不久就如織女被天帝囚禁。

當年皇帝派你來川中監督玉作，住處窗戶以貝鑲嵌，回到曲江別宅後又擔任了皇家寶藏監管，後來負責尚服，如鮫人不住織紝。

可惜我當年沒有羅子春兄弟那樣用燕脯向龍王求情的能力，可以免使你像雨中凋零蕙葉那麼憔悴。

《詠三學山》

五色玻璃白晝寒，常在佛腳印楠檀。

萬絲織出三衣妙，貝葉經傳一偈難。

夜看聖燈紅菡萏，曉驚飛石碧琅玕。

更無鸚鵡因緣塔，八十山僧試說看。

三學山在金堂縣（成都東北部）。《錦繡萬花谷續集·潼川路·懷安軍》題詠，《全唐詩外編·續補遺卷十·李商隱》，中華書局，1982 年版，第 488～491 頁。

《玉篇》：玻璃，玉也，西國寶。

《法苑珠林》：漢州三學山寺，唐開皇十二年，寺東壁有佛跡現，長尺八寸，闊七寸。

三衣為出家衣（僧迦梨，即大衣，作於三世諸佛法式）、俗服（郁多羅僧，即七條，弟子趨道場時著服）、具於俗服（安陀會，即五條，將至道場常用坐起），三衣均為修行服裝。

《傳法正宗紀》：釋迦命迦葉曰：「吾以清靜法眼實相無相妙法，今付於汝。」說偈曰：「法本法無法，無法法亦法。今付無法時，法法何曾法。」又，二祖阿難曰：「昔如來以正法眼藏付大迦葉，迦葉入定而付於我，用傳汝等。汝受吾教，當聽偈言。」

《法苑珠林》：三學山寺有神燈，自空而現，每夕常爾，齋時則多。初出一燈，流散四空，千有餘現，大風起吹小燈滅，已，大燈還出，小燈流散四空，迄至天明。

《四川通志》：三學山《飛石記》，邑宰張西撰。

《文苑英華·鸚鵡舍利塔記》：前歲有獻鸚鵡鳥者，有河東裴氏，以此鳥名載梵經，智殊常類，始告以六齋之禁。比及辰後非時之食，或教以持齋名號者，其後則唱言阿彌陀佛，穆如笙竽，念念相續。今年七月，瘁而不懌，馴養者乃鳴磬告曰：「將西歸乎，為爾擊磬。」每一擊一阿彌陀佛，自十念成，奄然而絕。命火焚餘，果舍利十餘粒。時高僧慧觀嘗詣三學山巡禮聖蹟，請以舍利於靈山建塔。貞元十九年八月韋皋記。

〔譯文〕

三學山上冰雪如玻璃世界，寺廟東壁佛跡印還在那裡。

據說錫蘭國來的僧衣具有神妙功能，佛家貝葉經文和偈言從迦葉以來傳到今天。

晚上三學山寺神燈就像紅紅的蓮花在空中飄蕩，等到天明一看只有高高低低的石頭。

聽說有會念「阿彌陀佛」鸚鵡的舍利子葬在寺中，請這位八十歲高僧說說它當年的故事吧！

（六）洛陽

洛陽是宋若荀度過少女時代的地方，白居易履道坊宅邸是她最

可靠的住處，周圍嵩山、王屋山和中條山、雲台山都留下宋若荀的修道和隱居蹤跡。

《十字水期韋潘侍御同年不至，時韋寓居水次故郭邠寧宅》

伊水濺濺相背流，朱欄畫閣幾人遊。

漆燈夜照真無數，蠟炬晨炊竟未休。

顧我有懷同大夢，期君不至更沈憂。

西園碧樹今誰主，與近高窗臥聽秋。

初唐郭子儀兼邠寧、鄜坊節度使，《舊唐書》：開成三年十月，以郭旼為邠寧節度使，四年五月卒。郭旼為郭子儀從子。《封氏聞見記》：郭令宅居親仁地四分之一，諸院往來乘車馬，僅客於大門出入，各不相識。

《水經》：伊水出南陽縣蔓渠山，東北至洛陽縣南入洛。

《述異記》：闔閭夫人墓，周圍八里，漆燈照耀爛如日月焉。《史記正義》：帝王用漆燈冢中，則火不滅。李賀；鬼燈如漆點松花。

《晉書》：石崇以蠟代薪。

《莊子》：且有大覺，而後知其大夢也。

曹植：清夜遊西園。鮑照《蕪城賦》：璿淵碧樹。注：玉樹也。

〔譯文〕

伊水和洛渠在此匯合交流，水聲濺濺，你住在履道坊白傅宅中，與誰一起遊覽呢？

夜晚邙山鬼火如漆燈在松林間遊弋，金谷園中還用蠟炬來做早炊嗎？

你我如今大夢初覺，而住在郭邠寧舊宅的韋侍御，遙想當年郭子儀是否也有同感呢？

西園如今又換了誰是主人呢？不要去管，還是一起在窗邊聽秋天風吹枯荷聲吧！

《涉洛川》

通谷陽林不見人，我來遺恨古時春。

宓妃漫結無窮恨，不為君王殺灌均。

《洛陽記》城南五十里有大谷，舊名通谷。

曹植《洛神賦》：余從京師言歸東藩，背伊闕，越轘轅……日既西傾，車殆馬煩，爾乃駕乎蘅車，秣駟乎芝田，容與乎陽林，流沔乎洛川。

《洛神賦》：恨人神之道殊，怨盛年之莫當。

原注：灌均，陳王之典箋，饞諸王於文帝者。

《魏志·陳思王植傳》：黃初二年，監國謁者灌均希旨奏植醉酒悖慢，劫脅使者，有司請治罪，帝以太后故，貶爵安鄉侯。

〔譯文〕

我來到洛陽城南五十里的通谷，只見深深山谷，沒有遇見一個人，但是我知道這裡曾經是曹植遇見洛神的地方。

當年宓妃恨曹丕殺死了曹植，是因為灌均在曹丕面前說了陳思王曹植的壞話。

大中二年春，詩人們前往雁門關觀察軍事，回程中經過鄴城，李商隱想起當年在延津和宋若荀相處時光，如今宋若荀不肯原諒他再娶，情意蕭索，負疚、懊悔之意明顯，寫下「知有宓妃當時意，春松秋菊可同時」（《代魏宮私贈》）詩句，但同時也還有對宋若荀固執己見看法，將其比作北齊馮小憐，引起更大衝突。

《代魏宮私贈》

　來時西館阻佳期，去後漳河隔夢思。

　知有宓妃當時意，春松秋菊可同時。

原注：黃初三年已隔存歿，追代其意，何必同時，亦光子夜吳歌之流變。

《魏志·文昭甄皇后傳》：黃初……二年六月遣使賜死。

曹植《洛神賦》：黃初三年，余朝京師，還濟洛川。古人有言，斯水之神，名曰宓妃，感宋玉對楚王神女之事，遂作斯賦。

《魏志·陳思王植傳》：黃初二年，植貶爵安鄉侯，改封鄄城侯，四年封雍丘王，其年朝京都，上疏曰：「至止之日，馳心輦轂，僻處西館，未奉闕庭。」

《水經注》：魏武引漳流，自城西東入，經銅雀臺下。

《史記索隱》：如淳曰：「宓妃，伏羲女，溺死洛水，遂為洛水之神。」

曹植《洛神賦》：榮曜秋菊，華茂春松。

〔譯文〕

當年陳思王在延津西館僻處等候甄后，因為魏王她不能前來；如今你去後，我又在漳河銅雀臺懷念當年種種。

如果當年我知道宓妃真的對曹植有意，那麼春天之後的秋天我們也許還會重逢的吧？

《北齊二首》

一笑相傾國便亡，何老荊棘始堪傷。

小憐玉體橫陳夜，已報周師入晉陽。

巧笑知堪敵萬機，傾城最在著戎衣。

晉陽已陷休回顧，更請君王獵一回。

北齊：朝代名，公元 550 年高歡子高洋代東魏稱帝，國號齊，建都鄴，今河北臨漳西南，史稱北齊。有今洛陽以東的晉、冀、魯、豫及內蒙古一部分。577 年為北周所滅。共歷六帝，二十八年。

《詩·大雅·瞻仰》：哲夫成城，哲婦傾城。《漢書·外戚傳》：李延年侍上起舞，歌曰：「北方有佳人，絕世而獨立，一顧傾人城，再顧傾人國。寧不知傾城與傾國，佳人再難得。」

《吳越春秋·夫差內傳》：夫差聽讒，子胥（伍員）據地垂涕曰：「以曲為直，捨讒攻忠，將滅吳國，城郭丘墟，殿生荊棘。」

《史記·淮南王列傳》：召伍被與謀，被悵然曰：「王安得此亡國之語乎？臣聞子胥諫吳王曰：『臣今見麋鹿遊姑蘇。臣今亦見宮中生荊棘，露沾衣也。』」王怒。

《北史·馮淑妃傳》：名小憐，大穆后從婢也。穆后愛衰，以五月五日進之，號曰續命，慧黠，能彈琵琶，工歌舞，後主（高緯）惑之，坐則同席，出則范馬，願得生死一處。

宋玉《諷賦》：主人之女又為臣歌曰：「內怵惕兮徂玉林，橫自陳兮君之旁。」司馬相如《好色賦》：花容自獻，玉體橫陳。

《楞嚴經》：我無欲心，應汝行事，於橫陳時，味同嚼蠟。

《北史·齊後主紀》：武平七年十二月，周武帝來救晉州，庚戌戰於城南，齊師大敗，帝棄軍先逃。晉陽在太原，齊雖都鄴，向以晉陽為根本，晉陽一失，北齊的大勢即去。

《北史·馮淑妃傳》：周師之取平陽，帝獵於三堆，晉州亟告急，帝將還，淑妃請庚獵一圍，帝從其言……及帝至晉州，城已欲沒矣。

〔譯文〕

為了博得佳人一笑而不惜亡國，這樣例子還少嗎？難道一定要到了宮殿中長滿了荊棘才知道警醒嗎？

當年北齊君王還在和妃子調笑工夫，周朝的軍隊已經進入晉陽了。

據說無人能抵抗美人的巧笑，妃子穿著軍裝更是顯得英姿颯爽。

　　她撒嬌說晉陽既然已經失去，也沒有必要再去回顧了，要求君王再獵一圍，君王怎能不答應她呢？

《賦得雞》
　　稻粱猶足活諸雞，妒敵專場好自娛。
　　可要五更驚曉夢，不辭風雪為陽烏。
　　劉孝威《鬥雞篇》：丹雞翠翼張，妒敵得專場。
　　《廣雅》：日名耀靈……亦名陽烏。

〔譯文〕
　　照說餵給雞吃的飼料也已經足夠了，可是它們之間還要爭鬥，為的是可以單獨佔領一塊地方。
　　鬥雞是不是也像汝南雞一樣不管風雨，每天早上太陽出來之前啼叫呢？

《代元城吳令為答》
　　背闕歸藩路欲分，水邊風日半西曛。
　　荊王枕上原無夢，莫枉陽臺一片雲。
　　《魏志・吳質傳》注：質字季重，以才學通博，為五官將（曹丕）及諸侯（曹植等）所禮愛，……出為朝歌（今河南淇縣）長，後遷元城（今河北大名縣）令。
　　荊王即楚襄王。宋玉《神女賦》：楚襄王與宋玉遊於雲夢之浦，使玉賦高唐之事，其夜王寢，果夢於神女遇。

〔譯文〕
　　日頭已經西下，你我各自向著京師和東阿的路，即將在河邊分別；就像我崔羅什與你吳質之女必定是死後才能相會一樣。
　　其實楚襄王與神女故事本來就是虛構的，我怎麼能指望在陽臺之外遇到神女呢？

（七）關陝

　　中條山是宋若荀「家山」，從洛陽往長安的新安、陝州、華陰，以及黃河對岸永濟、芮城、平陸，是宋若荀經常來往地方。

《靈仙閣晚眺寄鄆州韋評事》
　　愚公方住谷，仁者本依山。
　　共誓林泉志，胡為樽俎間。

華蓮開菡萏，荊玉刻屛顏。
爽氣臨周道，嵐光出漢關。
滿壺從蟻泛，高閣已苔斑。
想就安車召，寧其負矢還！
潘遊全璧散，郭去半舟閒。
定笑幽人跡，鴻軒不可攀。

靈仙閣在永樂縣。《金石錄》：鎮嶽靈仙寺碑，薛收撰，貞觀元年。

《水經注》：時水又北，逕杜山，北有愚公穀。齊桓公時公隱於谿，鄰人有認其駒者，公以與之，故稱愚公。《寰宇記》：愚公穀在臨淄西二十五里。

《論語·雍也》：智者樂水，仁者依山。

《梁書·庾詵傳》：性託夷簡，特愛林泉。

《晏子春秋》：孔子曰：「不出樽俎之間，而知千里之外，可謂折衝也。」

《寰宇記》：荊山，在鼎湖縣南，出美玉。

司馬相如《大人賦》：放散畔岸，驤以屛顏。注：不齊貌。

《詩·小雅·何草不黃》：有棧之車，行彼周道。

潼關古為桃林塞，東漢末設置。

曹植《酒賦》：素蟻浮萍。

《漢書·儒林傳》：武帝使使束帛加璧，安車以蒲裹輪，駕駟迎申公。《禮記·曲禮上》：大夫七十而致事，……適四方，乘安車。鄭玄注：安車，坐乘，若今小車也。孔穎達疏：古者乘四馬之車，立乘。此臣既老，故乘一馬小車，坐乘也。

《漢書·司馬相如傳》：拜相如為中郎將，建節往使。至蜀，太守以下郊迎，縣令負弩矢先驅，蜀人以為寵。

《晉書》：潘岳與夏侯湛並美姿容，行止同輿接茵，京師謂之連璧。

《後漢書》：李膺與郭泰同舟而濟，眾賓望之，以為神仙。

顏延之《五君詠》：交呂既鴻軒，攀嵇亦鳳舉。

〔譯文〕

你韋評事仁者愛山，如愚公移山矢志不渝。

你性託夷簡，特愛林泉，不出樽俎之間而知千里之外。

從靈仙閣西望華山峰頂，好像荷花已經開了；南眺高峻的荊山，那是出產美玉的地方。

秋高氣爽，望去大路上車輛來來往往，山色映照潼關，十分清晰。

斟上滿壺的酒，杯中如蟻泛起，高閣苔斑，越見冷峻。

你勤勞王事，巴望如申公那樣七十歲時得到致事待遇，甚至還希望有建節往使機會。

但是我和她總是不能在一起，郭泰走了李膺也沒有同遊伴侶。

你一定會笑話我對她是癡心吧？

《和劉評事永樂閒居見寄》

白社悠閒君暫居，青雲器業我全疏。

看封諫草歸鸞掖，尚賁衡門待鶴書。

蓮聳碧峰關路近，荷翻翠蓋水堂虛。

自探典籍忘名利，欹枕時驚落蠹魚。

《舊唐書·地理志》：河東道河中府永樂縣。今山西芮城縣。

《水經注》：陽渠水經建春門，水南即馬市，北則白社故里。

顏延之《五君詠》：仲容青雲器。

楊汝士：文章舊價留鸞掖。

《北山移文》：鶴書赴隴。李善注：蕭子良《古文篆隸文體》曰：「鶴頭書與雁波書，俱詔版所用，在漢謂之尺一簡，彷彿鶴頭，故有其稱。」

《通典》：梁陳時選曹以黃紙錄名，入座奏可，出付典名書其名，送所授之家。

《詩·國風》：衡門之下，可以棲遲。

《華山記》：山頂有池，池中生千葉蓮花，服之羽化。因名華山。《御覽》：華山三峰：蓮花、毛女、松檜也。永樂中條山遙對蓮花峰，故近潼關。

許渾：煙開翠扇清風晚，水泛紅衣白露秋。

「水堂」在河南尹治所內，虛白堂面水而建，白居易為河南尹時所作《水堂醉臥問杜三十一》：「聞君洛下住多年，何處春流最可憐？為問魏王堤岸下，何如同德寺門前。無放水色堪閒玩，不得泉聲伴醉眠。那似此堂廉幕低，連明連夜碧潺潺。」

〔譯文〕

您劉評事曾住在永樂，當年洛陽白社時我曾經和少年朋友們一樣有報國之志，你們老一輩也認為我是可造之才，可是如今隨著生活重擔和仕途坎坷，已經變得無所追求，庸庸碌碌了。

諫草已經上呈朝廷，她在簡陋居所裏遲遲等不到皇帝為宋氏平反詔書。

中條山遙對華山蓮花峰，離潼關很近，想來洛陽府中虛白堂前池中也已經荷葉繁茂、蓮花盛開了吧？

　　她在永樂耽於典籍而無名利之心，往往斜靠著枕頭翻閱書本，室內安靜得能聽見蠹魚落下的聲音。

　　《荊山》
　　壓河連華勢屭顏，鳥沒雲歸一望間。
　　楊僕移關三百里，可能全是為荊山。

　〔譯文〕
　　荊山靠近黃河，連著華山，
　　當年楊僕恥為關外人，生生把函谷關從弘農搬往新安縣東，也可能是因為荊山的原因吧？

　　《出關宿盤豆館對叢蘆有感》
　　蘆葉稍稍夏景深，郵亭暫欲灑塵襟。
　　昔年曾是江南客，此日初為關外心。
　　思子臺邊風自急，玉娘湖上月應沉。
　　清聲不斷行人去，一世荒城伴夜砧。

　　關，潼關。
　　《通典》：三十里置一驛，其非通都大路則曰館。
　　盤豆館在潼關外四十里。道源注：《甘棠志》云盤豆館在湖城縣西二十里。昔漢武帝過此，父老以牙盤獻，因名焉。《北周書‧太祖記》：帝率將東伐，遣於謹循地至盤豆，拔之，至弘農。《隋書‧楊素傳》：西至閿鄉，上盤豆。
　　謝朓：稍稍風葉聲。鮑照《野鵝詩》：風稍稍而過樹，月蒼蒼而照臺。
　　郵亭，古時設於沿途，供傳送文書、旅客歇宿館舍。
　　漢武帝時的江充認為武帝後太子劉據即位對自己不利，因此在武帝面前誣陷太子以木偶為蠱，太子有口難辯，採取冒充天子使向衛皇后借兵收捕江充的錯誤對策，造成長安城大亂，武帝開始不相信太子謀反，接丞相奏報後回建章宮親自指揮拘捕太子，太子兵敗自縊，武帝追查才知罪在江充。《漢書‧戾太子傳》：上（劉徹）憐太子無辜，乃作思子宮，為歸來望思之臺於湖。注：其臺在今湖城縣之西，閿鄉之東。
　　玉娘湖指江南蘇州吳王葬女之湖。
　　《紀異志》：嵩山有玉女搗帛石，立秋前一日中夜，常聞杵聲。
　　沈佺期《獨不見》：盧家少婦鬱金堂，海燕雙棲玳瑁梁。九月寒砧催木葉，十年征戍憶遼陽。

〔譯文〕

盛夏時節蘆葦青青，風吹過刷刷地響，來到湖城西驛站，可以暫時洗去一路的風塵和勞累了。

前一陣還在江南為客，如今卻又由關內向洛陽。

夜深了，盤豆館附近思子臺的風好大啊！江南玉娘湖邊的月亮也應當快落下了吧？

如今已是秋天，湖邊傳來婦女搗衣聲音，他們在為征人準備寒衣，驛站中人匆匆經過此地，因為聽見這搗衣的杵聲也難以入睡了吧？

《謁山》

從來繫日乏長繩，水去雲回恨不勝。
欲就麻姑買滄海，一杯春露冷如冰。

〔譯文〕

從永濟中條山往王屋山，黃河遠去，山雲冉冉。

再從濟源麻姑廟往東海，春天的露水還是很寒冷。

《河清與趙氏昆季宴集得擬杜工部》

勝蹟殊江右，佳名逼渭川。
虹收清嶂雨，鳥沒夕陽天。
客鬢行如此，滄波坐渺然。
此中真得地，飄蕩釣魚船。

《舊唐書‧地理志》：河清縣屬河南府，咸亨四年置人基縣，先天元年改為河清。《新唐書‧地理志》：會昌三年隸孟州，尋還屬河南府。

《通典》：河南府河清縣，南臨黃河。

劉夢得《送趙司直轉官參山南令狐僕射幕》：趙氏兄弟皆僕射門客。

《左傳》云晉陰即在此地。

〔譯文〕

這裡的風景與伊洛、晉中有所不同，而和華山、渭河風貌相似。

雨後初晴，彩虹高懸於青嶂之上，夕陽下鳥兒正飛回巢。

當年友人相處情景恍若眼前，而今都已經鬢角發白，卻還在不斷地奔波，我坐在船上面對滄波不禁渺然。

這個地方正是好啊！是不是也像你在五湖地區的釣魚船呢？

《喜聞太原同院崔侍御臺拜兼寄在臺三二同年之作》
鵬魚何事遇屯同，雲水升沉一會中。
劉防未歸雞樹老，鄒陽新去兔園空。
寂寞我對先生柳，赫奕君乘御史驄。
若向南臺見鶯友，為傳垂翅度春風。
《易・屯》：屯，剛柔始交而難生。
《魏志》：劉放，涿郡人，說漁陽王松附太祖，以放參司空軍事，歷主簿記室。
文帝時為秘書監，加給事中，遂掌機密。明帝尤見寵任。放善為書檄詔命，招喻多房
所為。
　　《漢書・梁孝王傳》：招延四方豪傑，自山東遊士莫不至，齊人羊勝，公勝詭、
鄒陽之屬。《鄒陽傳》：梁事敗，陽求一方略解罪於上者。行月餘，還過王先生，發寤
於心。辭去，不過梁，徑至長安。
　　王維：路旁時賣故侯瓜，門前學種先生柳。
　　《後漢書》桓典拜侍御史，常乘驄馬，京師語曰：「行行且止，避驄馬御史。」
　　杜甫：屢入將軍第，仍騎御史驄。
　　《通典》：御史臺……梁及後魏北齊或謂之南臺。
　　《馮異傳》：始雖垂翅回谿，終能奮翼澠池。

〔譯文〕
當年你我太原柳公綽同院，如今君雲升臺拜，而我如水之沉。
你如今為皇帝近旁執掌機密的御史，當年你我曾在開封同事。
只有我一個人在這裡看著門前的樹木，你已經乘上御史的馬了。
如果你到長安見到宋若荀，請代我向她問好吧。

《北青蘿》
殘陽西入崦，茅屋訪孤僧。
落葉人何在，寒露路幾層。
獨敲初夜磬，閒倚一枝藤。
世界微塵裏，吾寧愛與憎。
北青蘿，在濟源王屋山中。
《山海經・西山經》：崦嵫山下有虞泉，日所入。
常建：松陰澄初夜，曙色分遠目。
《楞嚴經》：由是引起塵勞煩惱為起世界。

《法華經》：譬如有書卷，書寫大千世界事，全在微塵中。時有智人破彼微塵，出此經卷。

〔譯文〕

夕陽西下時分我來到崦嵫山，探訪住在茅屋中的僧人。

山路上到處都是秋天落葉，天氣已經很涼，可是不知你在哪裏。

想來你夜晚在那裡孤獨地敲著木魚和磬，白天閒來無事時倚靠著枯藤，望著山裏的樹、天上的雲。

雖說佛家認為世上一切都是空的，個人情感更是不值一提，我還是情願你恨我罵我，總比現在神情木然、眼神呆滯的樣子要好啊！

《奉同諸公題河中任中丞新創河亭四韻之作》

萬里誰能訪十洲，新亭雲構壓中流。

河鮫縱玩難為室，海蜃遙驚恥化樓。

左右名山窮遠目，東西大道鎖輕舟。

獨流巧思傳千古，長與蒲津作勝遊。

任畹，蜀人，元和十年進士。

《十洲記》：四方巨海之中，有祖、瀛等洲十處。

郭璞《鮫賦》：鮫人構館於中流。

《史記‧天官書》：海旁蜃氣象樓臺。

《唐六典》：造舟之梁四。河三洛一。蒲津浮梁，河之一也。

《唐書》：河中府河西縣有蒲津關。開元十二年鑄八牛，牛有一人策之。牛下有山，皆鐵柱夾岸，以維浮梁。

〔譯文〕

海中十洲誰能見到呢？蒲津渡浮橋上新建的河亭比海中仙山還要好看啊！

河水漫流，即使鮫人也難在上面築室，可是居然有如同海市蜃樓的建築。

浮橋兩岸分別是永濟和大荔，鐵索連接黃河東西如通途。

巧妙的設計必將流傳千古，成為蒲津關一帶的名勝。

《大鹵平後移家永樂縣居，書懷十韻寄劉、韋二前輩，二公嘗於此縣寄居》

驅馬繞河干，家山照露寒。

依然五柳在，況值百花殘。

　　昔去驚投筆，今來分掛冠。
　　不憂懸罄乏，乍喜復盂安。
　　甑破寧回顧，舟沉豈暇看。
　　脫身離虎口，移疾就豬肝。
　　鬢入新年白，顏無舊日丹。
　　自悲秋荻少，誰懼夏畦難。
　　逸志望鴻鵠，清香披蕙蘭。
　　還持一杯酒，坐想二公歡。

　　《左傳》：晉荀吳敗狄雨大鹵。注：大鹵，太原晉陽地。《元豐九域志》：熙寧六年，省永樂縣入河東為永樂鎮。縣有中條山、黃河、媯水、汭水。

　　《詩‧國風》：坎坎伐檀兮，寘之河之干兮。

　　《上林賦》：過媸鵲，望露寒。注：觀名，在雲陽甘泉宮。

　　《晉書》：陶潛嘗著《五柳先生傳》，曰：「宅邊有五柳，因以為號焉。」

　　《後漢書》：班超常為官傭書以供養，嘗投筆歎曰：「大丈夫無他志略，猶當效傅介子、張騫立功異域，以取封侯，安能久事筆硯間乎！」

　　《後漢書‧逢萌傳》：解冠掛東都城門，歸，將家屬浮海，客遼東。

　　《左傳》：室如懸罄。

　　《漢書‧東方朔傳》：連四海之外以為帶，安於復盂，動猶運之掌。

　　《後漢書‧郭泰傳》：孟敏客居太原，荷甑墮地，不顧而去，林宗問其意，對曰：「甑已破矣，視之何益！」〔宋〕蘇軾：功名一破甑，棄置何用顧！

　　《豫章記》：聶友夜射白鹿，尋蹤不見，乃見箭中一梓樹，伐之，取二板為牂柯。後友船行遇風作，皆沒，惟友船獨全。尋看乃向梓板夾扶其船。

　　《莊子》：料虎頭，編虎鬚，幾不免虎口哉！

　　《北史》：高德正移疾屏居佛寺，為退身之計。

　　《後漢書》：太原閔仲叔，徵博士不至，客居安邑，老病家貧，不能肉，日買豬肝一片。安邑令聞之，敕令常給。仲叔曰：「豈可以口腹累安邑？」遂去。

　　《漢書‧公孫弘傳》：使匈奴，還報，不合意。上怒，以為不能，弘乃移疾免歸。顏師古注：移病，為移書言病也。

　　《詩》：顏如渥丹。

　　《漢書‧食貨志》：百畝之收，不過百石，春耕夏耘，秋收冬藏，伐薪樵，治官府，給繇役，四時之間，無日休息。

　　《史記‧陳涉世家》：燕雀安知鴻鵠之志哉！

〔譯文〕

騎馬沿著黃河邊蒲阪行走，又到中條山。

這裡就是你叔祖宋之問故居，雖然百花已謝，也還有五柳先生隱居氣圍。

當年我如班超投筆從戎時經過永濟，而今她從遼東前線掛冠歸來。

室如懸磬，別無長物，只有對四海形勢瞭解的透徹。

她視功名如破甑，船沉也不回顧。

她所從事的綏靖邊疆事務需要深入虜族，不啻虎口理鬚，十分危險，可是並沒有正式身份和俸祿，甚至都不能維持生計，而且睦鄰主張得不到皇帝首肯，為此她告疾屏居佛寺，作退身之計。

她的頭髮已經開始花白，臉色也不像以前那樣紅潤了。

我雖然年紀已經不小，也願務農而不怕辛苦；

懷抱著鴻鵠之志，高潔如蕙蘭，

還時不時地手持杯酒，想像當年你們二老在此居住時情景。

《四年冬以退居蒲之永樂渴然有農夫望歲之志，遂作憶雪，又作殘雪時各一百言以寄情於遊舊》

憶雪

愛景人方樂，同雲候稍愆。

徒聞周雅什，願賦朔風篇。

欲俟千箱慶，須資六出妍。

詠留飛絮後，歌唱落梅前。

庭樹思瓊蕊，妝樓認粉綿。

瑞邀盈尺日，豐待兩歧年。

預約延枚酒，虛乘訪戴船。

映書孤志業，披氅阻神仙。

幾向霜階步，頻降月幌褰。

玉京應已足，白屋但顒然。

《左傳》：趙衰冬日之日也。注：冬日可愛。

《毛詩·小雅·信南山》：上天同雲，雨雪紛紛。

《毛詩·邶風·北風》：北風其涼，雨雪其雱。

謝惠連《雪賦》：徒聞周雅什，願賦朔風篇。

曹植《朔風》：今我鉉止，素雪雲飛。

《詩》：乃求千斯倉，乃求萬斯箱。傳：豐年之冬，必有積雪。唐太宗詩：已獲千箱慶，何以繼薰風。

《韓詩外傳》：草木花多五出，雪花獨六出。

庾信《楊柳枝》：獨憶飛絮鵝毛下，非復青絲馬尾垂。

《樂錄》：漢橫吹曲《梅花落》，本笛中曲也。

《楚辭》屑瓊蕊以為糧。《西京賦》：屑瓊蕊以朝餐。楊素詩：山河散瓊蕊。

《左傳》：平地尺為大雪。謝惠連《雪賦》：盈尺則呈瑞於豐年。

《後漢書》：張堪為漁陽太守，百姓歌曰：「桑無附枝，麥秀兩岐。張君為政，樂不可支。」

謝惠連《雪賦》：微霰零，密雪下。王乃置旨酒，命賓友，召鄒生，延枚叟。

《語林》：王子猷居山陰，大雪夜，開室命酌，四望皎然，因詠《招隱詩》。忽憶戴安道在剡，乘興棹舟訪之，經宿方至，既造門而返。或問之，對曰：「乘興而來，興盡而返，何必見戴安道？」

《南史·范雲傳》：孫伯翳，太原人。父康，起部郎，貧，常映雪讀書。

《晉書》：王恭乘高輿，披鶴氅裘，涉雪而行，孟昶歎曰：「真神仙中人也。」

《漢書·蕭望之傳》：望之說霍光曰：「天下之士爭願自效，今士見者，皆先露索挾持，恐非周公躬吐握之禮，致白屋之意。」注：白屋，賤人所居也。杜甫：白屋花開裏，孤城麥秀邊。

〔譯文〕

冬天豔陽使人覺得可愛，可惜如今彤雲密布，好像又要下雪的樣子。

謝惠連《雪賦》中有「詠南山於周雅，歌北風於衛詩」，想當年友人雪中詠梅時我們是那樣的高興，如今素雪紛飛，我只好一個人賦朔風篇了。

《詩經》中有冬日大雪，來年豐收詩句，人人都盼望著鵝毛大雪紛紛揚揚地落下來。

還記得我們年年盼望著庭院中梅樹變成瓊枝，早晨在樓欄杆上摸摸晚上下的雪有沒有積住，為的是可以邀請朋友們來賦梅做詩，你所吹奏的《梅花落》曲至今我記得很清楚。

我像老農民一樣盼望著瑞雪兆豐年，巴望著明年莊稼能一株長兩個穗。

還是寄希望於來春的聚會吧！那時或許還可以相聚呢！

現在只能一個人在屋子裏看看書、寫寫東西，你是不是也披上大衣到外面看看雪呢？在那個沒有什麼人的地方還以為你是神仙中人呢！

　　我好多次冒著寒霜在臺階上來回踱步，總是想起你月樓中詩思敏捷，明年我們是否還再次舉行那樣的詩歌聚會呢？

　　你不要再想煩惱事，徒然地增加悲傷；而今是居處在簡陋屋子裏的老百姓，盼著明年豐收吧。

《殘雪》
旭日開晴色，寒空失素塵。
繞牆全剝粉，傍井全銷銀。
刻獸摧鹽虎，為山倒玉人。
珠還猶照魏，璧碎尚留秦。
落日驚侵晝，餘光誤惜春。
簷冰滴鵝管，屋瓦鏤魚鱗。
嶺霽嵐光坼，松喧翠粒新。
擁林愁拂盡，著砌恐行頻。
焦寢忻無患，梁園去有因。
莫能知帝力，空此荷平均。

　　何遜《雪》：若逐微風起，誰言非玉塵。

　　《左傳》：王使周公閱來聘，享有昌歜、白、黑、形鹽，辭曰：「國君文足昭也，武可畏也，則有備物之饗以象其德，薦五味，羞嘉禾，鹽虎形以獻其功，吾何以堪之。」

　　《世說》：嵇叔夜之為人也，岩岩若孤松之獨立，其醉也，傀俄若玉山之將崩。

　　《後漢書·循吏傳》：孟嘗遷合浦太守，郡不產禾實，而海出珠寶，通商貨耀。先時宰守貪贓，珠逐漸徙於交阯郡界，嘗到官，去珠復還。

　　《史記》：梁惠王曰：「寡人國小，尚有徑寸之珠照車前後十二乘者十枚。」

　　李賀詩：王子吹笙鵝管長。《圖經本草》：石鍾乳，溜山液而成，空中相通，如鵝翎管狀。

　　庾信賦：秦工餘石，仍為燕齒之階；漢後舊陶，即用魚鱗之瓦。《楚辭》：魚鱗屋兮龍堂。

　　劉禹錫《四松》：翠粒晴懸落，蒼鱗雨起苔。

　　《高士傳·焦先》：野火燒其廬，先因路寢，遭冬雪大至，先祖臥不移，人以為死，就視如故。

　　《擊壤歌》：鑿井而飲，耕田而食，帝力於我何有哉？

〔譯文〕

早上起來晴空萬里，照耀得地上一片光明，雖然寒冷可是空氣清新，沒有塵土。

牆上到處是斑斑駁駁的雪，井邊的冰也開始融化。

原來小孩子堆的雪人和獸現在也開始倒塌，

這裡還留著殘雪，好像珠玉碎片，又像和氏璧那樣泛著白光。

不知不覺日照時間長起來了，簡直有點像春天的樣子了。

屋簷下的冰正在滴水，就像鍾乳石一樣，瓦片上殘留的雪像片片魚鱗。

太陽照在山嶺上，已經可以看見升起山嵐的霧氣，陣陣的風吹來，催促樹木回春，松樹上已經可以見到細小的新芽。

春天快來了，枝條正在發青，心裏真是高興，趕緊地把冬天被雪壓壞的臺階修好，屋上的瓦理好，因為不久你就要回來了。

你不要為我當年令狐楚死後投靠李德裕、王茂元而心存怨恨，要知道那也是事出有因啊！

你從漠北歸來，一路上也看到「都來銷帝力，全不用兵防」現實，當年我也是希望為國效力，誰知道後來又發生了這些事呢？如今只希望你能前嫌盡棄，與我們一起在這裡當個「鑿井而飲，耕田而食」的老農民吧！管它什麼國家不國家、皇帝不皇帝的呢！

（八）長安

大中三年春，詩人們一起遊覽京城勝蹟，如《舊唐書・李商隱傳》中所言：「俄而來遊京師。」

《馬嵬二首》

冀馬燕犀動地來，自埋紅粉自成灰。
君王若道能傾國，玉輦何由過馬嵬。

海外徒聞更九州，他生未卜此生休。
空聞虎旅傳宵柝，無復雞人報曉籌。
此日六軍同駐馬，當時七夕笑牽牛。
如何四紀為天子，不及盧家有莫愁。

《明一統志》：馬嵬坡在興平縣西二十五里，唐楊妃葬處。

《春秋・左氏昭四年傳》：冀之北土，馬之所生。

《周禮・考工記》：函人為甲，犀甲七屬。燕之無函也，非無函也，夫人能為

函也。注：燕近強胡，習作甲冑。徐陵《與王僧辨書》：躍冀馬著千群，披犀甲者萬隊。

《舊唐書・楊貴妃傳》：及祿山叛⋯⋯潼關失守，從幸至馬嵬，禁軍大將陳玄禮密請太子誅楊國忠父子，而四軍不散。帝遣高力士宣問，對曰：「賊本尚在。」蓋指楊貴妃也。力士覆奏，帝不獲已，與妃詔，遂縊死於佛室，時年三十八，瘞於驛西道側。上皇自蜀還，令中使祭奠⋯⋯密令中使改葬於他所。初瘞時瘞紫褥裹之，肌膚已壞，而香囊仍在，內官以獻上，上皇視之淒惋，乃令圖其形於別殿，朝夕視之。

原注：鄒衍云，九州之外，復有九州。

《太真外傳》：有道士楊通幽自蜀來，知上皇念楊貴妃，自云有李少君之術。上皇大喜，命致其神。方士乃竭其術以索之，不至，又能神遊馭氣出天界、入地府求之，竟不見，有旁求四虛上下，東極大海，跨蓬壺，忽見最高山上多樓閣，至西廂下有洞戶東向，闔其門，額署曰玉妃太真院。方士抽簪叩扉⋯⋯因稱天子使者，且致其命⋯⋯玉妃出⋯⋯指碧衣女，取金釵鈿盒折其半授使者⋯⋯方士將行⋯⋯請當時一事不聞於他人者驗於太上皇⋯⋯玉妃悯然退立，若有所思，徐而言曰：「昔天寶十載，侍輦避暑驪山宮，秋七月牽牛織女相見之夕，上憑肩而望，因仰天感牛女事，密相誓心，願世世為夫妻，言畢執手各嗚咽，此獨君王知之耳。」⋯⋯使者還，具奏太上皇，皇心震悼。

《文選・張平子・西京賦》：陳虎旅於飛簾。

《後漢書・百官志注》：宮中不得蓄雞，衛士侯朱雀門外，專傳雞鳴於宮中。

《舊唐書・玄宗本紀》：聿來四紀，人亦小康。

〔譯文〕

當年安祿山軍隊騎著冀北快馬、穿著燕人所作犀甲動地而來，玄宗西幸途中經過這裡，六軍請清君側，如今被賜死埋在這裡的楊貴妃玉體早已成灰了吧？

如果不是當年楊貴妃容顏傾城傾國，怎麼會有皇帝逃出長安到馬嵬的事呢？

海外有傳說楊貴妃靈魂去了蓬萊山，其實這只是傳說，方士對此生的事尚且說不清楚，又怎麼能知道未來的事呢？

現在馬嵬坡這裡只聽見軍隊夜間打更的聲音，長眠的楊貴妃已經不可能再聽到當年宮中衛士模仿雞鳴報曉的聲音了。

大軍不肯前進，唐玄宗不得已賜楊貴妃自盡，有沒有想到當年驪山宮中七夕「願世世代代為夫妻」的誓言呢？

唐玄宗做了四十八年皇帝，怎麼還不如一個百姓，保護不了自己妻子呢？他還

真不如當年擁有你「莫愁」的皇帝啊！

《咸陽》

咸陽宮闕鬱嵯峨，六國樓臺豔綺羅。

自是當時天帝醉，不關秦地有山河。

《史記·秦始皇本紀》：秦每破諸侯，寫仿其宮室，作之咸陽北阪上，南臨渭，自雍門以東至涇渭，殿屋複道周閣相屬，所得諸侯美人，鍾鼓以充入之。

張衡《西京賦》：昔者大帝說秦穆公而觀之，享以鈞天廣樂，帝有醉焉，乃為金策錫用此土，而剪諸鶉首。

賈誼《過秦論》：秦地被山帶河以為固，四塞之國也，自繆公以來，至於秦王（始皇），二十餘君，常為諸侯雄，豈世世賢哉，其勢居然也。

《史記·六國表》：秦始小國，僻遠諸侯，卒併天下，非必險固便形勢利也，蓋若天所助焉。

〔譯文〕

咸陽宮殿連著宮殿，用豔麗的綺羅綢緞裝飾樓臺。

據說是天帝當時喝醉了而把分屬鶉首的這塊地方賜給了秦穆公，以後二十餘帝代代為諸侯之雄；其實是因為這裡地勢易守難攻，並不是因為秦家得到天帝眷顧。

《茂陵》

漢家天馬出蒲稍，苜蓿榴花遍近郊。

內苑只知含鳳嘴，屬車無復插雞翹。

玉桃偷得憐方朔，金屋修成貯阿嬌。

誰料蘇卿老歸國，茂陵松柏冷蕭蕭。

《漢書·武帝紀》：葬茂陵。《元和郡縣志》：茂陵在京兆府興平縣東北十七里。

《史記·樂書》：後伐大宛，得千里馬，馬名蒲稍，次作以為歌。歌詩曰：「天馬來兮從西極。」

張仲素《天馬詞》：天馬初從渥水來，郊歌曾唱得龍媒。不知玉塞沙中路，苜蓿殘花幾處開？

《博物志》：張騫使西域還，得安石榴、胡桃、苜蓿。

《史記·大宛列傳》：宛左右以葡萄為酒……俗嗜酒，馬嗜苜蓿。漢使取其實來，於是天子始種苜蓿葡萄肥饒地，及天馬多，外國使來眾，則離宮、別觀旁盡種葡萄苜蓿極旺。

《博物志‧異產》：漢武帝時西海國有獻膠五兩者，帝以付外庫。餘膠半兩西使佩以自隨。後從武帝射於甘泉宮，帝弓弦斷，從者欲更張弦……西使乃以口濡膠，為以注斷弦兩頭相連注，弦遂相著。帝乃使力士各引其一頭，終不相離……因名續弦膠。

《十洲記》：鳳麟洲在西海中，洲四面有弱水繞之，鴻毛不浮，不可越也。洲上多仙家，煮鳳喙麟角作膠，名為續弦膠，能續宮弩斷弦。

《後漢書‧輿服志》：帝乘大駕，屬車八十一乘；法駕，屬車三十六乘。

《博物志‧史補》：漢武帝好仙道……王母乘紫雲車而至……王母索七桃，大如彈丸，以五枚於帝，母食二枚……帝曰：「此桃甘美，欲種之。」母笑曰：「此桃三千年一生實。」時東方朔竊從殿南廂來鳥窗中窺母。母顧之謂帝：「此窺窗小兒嘗三來盜吾此桃。」帝乃大怪之，由此世人謂方朔神仙也。

《漢書‧蘇武傳》：武字子卿……天漢元年……乃遣武以中郎將使持節送匈奴使留在漢者……武以始元六年春至京師，詔武奉一太牢謁武帝園廟……武留匈奴凡十九載，始以強壯出，及還鬚髮盡白。

李賀《金仙銅人辭漢歌》：茂陵劉郎秋風客，夜聞馬嘶曉無跡。畫欄桂樹懸秋香，三十六宮土花碧。

《漢武故事》：帝為膠東王時，長公主問曰：「兒欲得婦否？」曰：「欲得。」指女：「阿嬌好否？」笑曰：「若得阿嬌，當以金屋貯之。」

《漢書‧蘇武傳》：武字子卿，為栘中廐監。武帝天漢元年，使匈奴，昭帝始元六年春乃還。詔武奉一太牢謁武帝園廟，拜為典屬國。武留匈奴十九載，始以強壯出，及還，鬚髮盡白。

〔譯文〕

天馬蒲稍和水果石榴都出自大宛，各處離宮、別觀附近種滿了苜蓿，開遍了榴花。

以前你在內廷只知道從西海國進貢來的續弦膠是用口水濡化的，而今到過西海國知道真實情況了吧？然而你現在已經被皇帝所遺棄，不再有乘插者雉尾屬車機會了。

漢武帝知道東方朔偷仙桃後沒有懲罰他，只是自己建了金屋娶了阿嬌而已，可是當年為了我偷看園內的花，皇帝就把你我整得如此之慘，將你作為陵園妾，使你流落各地，吃盡了苦頭。

誰能料到蘇武多年後回到長安是已經鬚髮皆白呢？他後來也葬在武帝陵寢旁

邊，如今我們經過茂陵，只有風雨中松柏的蕭蕭聲啊！

《戶杜馬上念漢書》（又作《五陵懷古》）
世上蒼龍種，人間武帝孫。
小來惟射獵，興罷得乾坤。
渭水天開苑，咸陽地獻靈。
英靈殊未已，丁傅漸華軒。

《漢書·宣帝紀》：杜屬京兆，戶屬扶風。

《史記·外戚世家》：薄姬曰：「昨暮夜妾夢蒼龍據吾腹。」高帝曰：「此貴徵也，吾為汝遂成之。」一幸生男，是為代王（漢文帝劉恒）。

《漢書·宣帝紀》：孝宣皇帝，武帝曾孫，戾太子孫也。高材好學，然亦喜遊俠，鬥雞走狗，上下諸陵，周偏三輔（漢以京兆、左馮翊、右扶風為三輔），尤樂戶杜之間，率常在下杜。昌邑王廢，群臣上璽綬，即皇帝位。

《漢書紀》：宣帝神爵三年，起樂遊苑。

《漢書·元帝紀》：孝宣皇帝葬杜陵。

《漢書·外戚傳》：丁姬為皇太后，兩兄忠、明。明以帝舅封侯安陽，忠早死，封忠子滿為平周侯……丁氏侯者凡二人，大司馬一人，將軍九卿兩千石六人，侍中諸曹亦十餘人，丁、傅以二年間暴興尤盛。

《資治通鑒·神爵元年》：宣帝頗修飾宮室、車服；外戚許、史、王氏貴寵。

《說文·軒》：曲輈幡車也，大夫以上所乘。

〔譯文〕

漢宣帝是漢武帝劉徹的曾孫，所謂龍種。

他生下來就被注定要入繼大統，雖然其間因祖父戾太子犯罪而長期流落民間，但昌邑王去世後某次在戶杜之間射獵後，群臣向他奉上璽綬後即皇帝位。

天地以其雄武謂之開苑獻原，渭水邊樂遊原是他原先中意的地方，咸陽杜陵則成為他後來建陵之地。

他死後不多久，外戚力量就佔了上風，佔據了朝廷中重要職位，乘坐軒車的多數是丁家和許家的人。

《漢宮　通靈夜醮》
通靈夜醮達清晨，承露盤晞玉帳春。
王母不來方朔去，更須重見李夫人。

《三輔黃圖》：王褒《雲陽宮記》曰：鈎弋夫人從至甘泉而卒，屍香聞十里，葬雲陽，武帝思之，起通靈臺於甘泉宮。有一青鳥集其上往來。

《漢武故事》：上以琉璃、珠月、明月、夜光雜錯天下珍寶為甲帳，其次為乙帳，甲以居神，乙以自居。

《漢武內傳》：其後東方朔一旦乘龍飛去，同時眾人見從西北上，冉冉大霧復之，不知所適。至元狩二年帝崩。

《漢書‧外戚列傳》：上思念李夫人不已，方士齊人少翁言能致其神，乃夜張燈燭，設帷帳，陳酒肉，而令上居他帳，遙望見好女如李夫人之貌，還幄坐而步，又不得就視。上愈益相思愈悲，為作詩曰：「是邪非邪？列而望之，偏何姍姍其來池。」

《關中陵墓誌》：漢李夫人墓、唐楊貴妃墓，皆葬興平縣。

〔譯文〕

你我再次來到雲陽，甘泉宮內皇帝為李夫人做法事的鍾鼓聲一直延續到清晨，而承露盤邊新皇帝正在與他的妃子調笑。

西王母已經不在這裡，東方朔也已經乘龍飛去，只有漢武帝如果地下有靈的話，大概是會來看看李夫人會不會到這裡來的吧？

《漢宮詞　青雀西飛》

青雀西飛竟未還，君王長在集靈臺。

侍臣最有相如渴，不賜金莖露一杯。

《漢武故事》：七月七日，上於承華殿齋，忽青鳥從西來。上問東方朔，朔曰：「西王母欲來。」有頃，王母至。及去，許帝以三年後復來，後竟不來。

《山海經‧大荒西經》：西有王母之山，有三青鳥，赤首黑目，名曰大鵟，一名少鵟，一名青鳥。

《三輔黃圖》：集靈宮、集仙宮、存仙殿、存神樓、望仙臺、望仙觀均在華陰縣界，皆武帝宮觀名也。

《三輔黃圖》：建章宮有神明臺，武帝造，祭仙人處，上有承露臺，有銅仙人舒掌捧銅盤玉杯。

《魏志‧明帝紀》：是歲（景初元年），徙長安諸鍾簴，駱駝、銅人、承露盤。盤折，銅人重不可致，留於霸城。《漢晉春秋》：帝遷盤，盤折，聲聞數十里，金狄（銅人）或泣，因留於霸城。

〔譯文〕

派往王母的使者青鳥至今未還，漢武帝的靈至今還在甘泉宮集靈宮一帶徘徊。

當年漢明帝想把建章宮承露盤遷往洛陽，因為銅人泣下而留在了霸城，如今我和司馬相如一樣有消渴病，是否肯給一杯承露盤中甘露呢？

《舊頓》

東人望幸久諮嗟，四海於今是一家。

猶鎖平時舊行殿，盡無宮戶有宮鴉。

《增韻》：頓，宿食處也。天子行幸住宿處亦曰頓。

望賢宮在咸陽之東數里。《舊唐書‧玄宗本紀》：辰時至咸陽望賢驛置頓，官吏駭散，無復儲供。

《禮記》：聖人能以天下為一家。

《資治通鑒注》：自長安歷華、陝至洛，沿途皆有行宮。宮戶，住在行宮附近負責修理、照管行宮的人。望見《行宮詞》：官家乏人作宮戶，不泥宮牆斬宮樹。

〔譯文〕

當年皇帝到處臨幸，你作為望賢宮宮人也盼望他的到來吧？如今雖然天下一家，可是邊境處處告急，皇帝也早就取消每年二月東巡常例。

行宮重重殿宇的門戶都鎖著，原先負責照管、修理行宮的宮戶也看不見了，只有一群群的烏鴉在樹梢上鳴叫。

《人慾》

人慾天從竟不疑，莫言圓蓋便無私。

秦中久已烏頭白，卻是君王未備知。

《左傳‧襄公三十一年》：太誓云：「民之所欲，天必從之。」

劉氏《正曆問》：皇帝為蓋天，以天為蓋。

宋玉《大言賦》：方地為車，圓天為蓋。

《史記‧荊軻傳贊注》：索隱曰：燕丹求歸，秦王曰：「烏頭白，馬生角，乃許耳。」丹乃仰天歎，烏頭盡白，馬亦生角。

〔譯文〕

照說小民的合理訴求天必從之，可是上天並非公正無私，

你宋若荀一家都忠於朝廷，為什麼落得冤屈難伸、在秦地貧困無依呢？

宋若荀多次在華山隱居，李商隱許多詩涉及此事，主題不外是離別的悲傷和不理解她為什麼要離棄世俗生活的抱怨。

《華嶽下題西王母廟》

神仙有分豈關情，八馬虛隨落日行。

莫恨名姬中夜沒，君王猶自不長生。

《漢書‧哀帝記》：關東民傳行西王母籌至京師，會聚祀西王母。

《穆天子傳》：天子之駿，赤驥、盜驪、白義、窬輪、山子、渠黃、華騮、綠耳。天子主車，造父為御。

《列子》：穆王乃觀日之所久，一日行萬里。

《穆天子傳》：天子游於河濟，盛君獻女，王為盛姬築臺，砌之以玉。天子西征，至玄池之上，乃奏樂三日，終，是日樂池盛姬亡，天子殯姬於谷邱之廟，葬於樂池之南。《郡縣志》：濮州璧玉臺，穆天子為盛姬所造也，近旁地猶多瑉石。白居易《李夫人》：君不見穆王三日哭，重璧臺前傷盛姬。

《史記‧周本紀》：穆王即位，春秋已五十矣，立五十五年崩。

〔譯文〕

據說神仙之間聯繫與情無關，穆天子的八駿日行千里追隨西王母，也不過如羲和駕馭太陽車那樣很平常；你我雖有仙緣，但卻不是情緣；我縱有穆天子那樣日行萬里的八駿快馬也追不上你啊！

當年你去華山修道，一夜之間就不知你的去向，不要為才藝女子不知所之而遺恨吧！人生不如意事居多，就是君王長生的願望也未必能實現！

《寄華嶽孫逸人》

靈嶽幾千仞，老松逾百尋。

攀岩仍躡壁，啖葉復眠陰。

海上呼三鳥，齋中戲五禽。

惟應逢阮籍，長嘯作鸞音。

薛居正《五代史‧鄭雲叟傳》：西嶽有五粒松，淪脂千年，能去三尸，因居於華陰。

劉向《九歎》：三鳥飛飛以自南兮，覽其志而欲北。原寄言於三鳥兮，去飄疾而不可得。

《魏志‧方伎傳》：華陀曉養生術，名五禽之戲，謂虎、鹿、熊、猿、鳥也。

《晉書》：阮籍嘗於蘇門山遇孫登，與商略終古吉棲神道氣之術，登皆不應，籍因長嘯而退，至半嶺，聞有磐若鸞鳳之音，響動岩谷，乃登之嘯也。

〔譯文〕

華山山峰斧劈刀斫，高達千仞，松樹往往超過百齡。

你孫逸人沿著華山險峻的石壁攀登，以松柏葉為食，累了就睡在樹蔭下。

她宋若荀曾與在海上招呼三鳥，又作華陀五禽之戲以袪病延年的劉玄靖在一起，如今又追隨孫逸人到華山。

是否還應當招呼阮籍一起來，作鸞鳳之音的長嘯才是啊？

《七月二十八日夜與王、鄭二秀才聽雨夢後作》
初夢龍宮寶焰燃，瑞霞明麗滿晴天。
旋成醉倚蓬萊樹，有箇仙人拍我肩。
少頃遠聞吹細管，聞聲不見隔飛煙。
逡巡又過瀟湘雨，雨打湘靈五十弦。
瞥見馮夷殊悵悵，鮫綃休賣海為田。
亦逢毛女無聊極，龍伯擎將華嶽蓮。
恍惚無倪明又暗，低迷不已斷還連。
覺來正是平階雨，獨背寒燈枕手眠。

《梁四公記》：震澤洞庭山南有洞穴，中有龍宮。梁武帝問傑公，公曰：「此東海龍王第七女，掌龍王珠藏。」

賈至：豈無蓬萊樹，歲晏空蒼蒼。

庾信：細管調歌曲。

《楚辭》：使湘靈鼓瑟兮。

《搜神記》：馮夷，潼鄉提首人，八月上庚日死，上帝署為河伯。

《列仙傳》：毛女，字玉姜，在華陰山中，形體生毛，自演始皇宮人。秦亡入山，道士教食松葉，遂不飢寒。

《河圖玉版》：崑崙以北九萬里，龍伯國人長三十丈，萬八千歲。

韓愈：太華峰頭玉井蓮。

崔國輔：揮手入無倪。

《老子》：惟恍惟惚。

稽康《養生論》：夜半而坐，則低迷思寢。

〔譯文〕

龍宮中珠寶光彩奪目，如火焰燃燒。

好像斜倚在蓬萊樹邊，有個仙人來拍我的肩。

少頃又遠遠傳來細管調歌，只聽見聲音不見人。

頃刻間過了瀟湘，那裡下雨的聲音好像湘靈在鼓瑟。

河神好像十分惆悵的樣子，織綃鮫人與麻姑一樣正計算著桑海為田的日子。

見到華陰山裏毛女，真無聊極了；而崑崙巨人則將華山如蓮花山峰高高舉起。

恍惚之間明暗相間，低迷之中夢境似斷似續。

醒來聽見雨聲打在臺階上嘩嘩響，原來是獨自背著燈光枕手而眠，做了個夢。

宋若荀在長安度過人生中最輝煌年月，她們姐妹對長安的感情是深厚的；李商隱則不同，他把皇帝看作是奪妻者，毀了他的幸福，因此所作詩篇中對皇帝大不敬言辭比比皆是，在有關華清宮幾首詩中，李商隱不僅對皇帝充滿怨恨，而且也對戀人當年行為十分不滿：

《驪山有感》
驪岫飛泉泛暖香，九龍呵呼玉蓮房。
平明每幸長生殿，不從金輿惟壽王。
《寰宇記》：驪山在昭應縣東南二里，即藍田山也，溫湯在山下。
《唐實錄》：玄宗生日，源乾曜、張說上表曰：「陛下二氣含神，九龍浴聖。」
鄭嵎《津陽門詩》注：驪山華清宮內除供奉二湯外，更有湯十六所。長湯每賜諸嬪御，其修廣與諸湯不侔，湫以文瑤寶石，中央有玉蓮花捧湯泉，噴以成池。又縫綴綺繡鳧雁於水中，上時泛鈒鏤小舟以嬉遊焉。
《長安志》：天寶六載，改溫泉宮為華清宮，殿曰九龍，以待上浴；曰飛霜，以奉御寢；曰長生，以備齋祀。其他樓閣殿宇，不可勝數。
《舊唐書·玄宗紀》：天寶元年十月，溫泉宮新成長生殿，名曰集靈臺，以祀天神。
《唐書》：壽王瑁母武惠妃，頻妊不育。及瑁生，寧王請養邸中，名為己子，故封比諸王最後。惠妃薨，宮中無當意者。或言壽王妃楊氏之美，上見而悅之，乃令妃自以己意乞為女官，號太真。更為壽王娶郎將韋昭訓女。潛納太真於宮中，不期歲，寵遇如惠妃。天寶四載八月，冊太真楊妃為貴妃，大曆十年薨。

〔譯文〕
驪山泉水流淌冒著暖氣，這裡就是當年唐玄宗冬季避寒的華清宮；池中有用安祿山送來漢白玉鑿成遊龍樣子，有玉石刻的蓮花，是當年楊貴妃專用溫泉湯。你當年不是也曾享用過這裡的浴堂嗎？

　　每次玄宗到驪山巡幸，唯一不願跟從的就是壽王，因為楊貴妃曾經是他妃子；我也和他一樣，不願意看見這個地方。

　　楊貴妃當年是華清宮最寵愛的人，與其他妃嬪爭風吃醋，不肯讓人。

　　如今只怕也被褒姒所笑，天子也顧不得了。

《華清宮　華清恩倖》
華清恩倖古無倫，猶恐蛾眉不讓人。
未免被他褒女笑，只教天子暫蒙塵。

〔譯文〕

　　當年楊貴妃進見玄宗時，奏霓裳羽衣曲，李白詩中也稱其為後宮第一人。

　　只是如當年的褒姒一樣給商紂王帶來滅國之恨，楊貴妃讓玄宗嘗到安祿山之亂滋味，並且自己被軍隊嘩變導致死亡悲劇。

《華清宮　朝元閣回》
朝元閣回羽衣新，首按昭陽第一人。
當日不來高處舞，可能天下有胡塵？

　　《雍錄》：朝元閣在驪山。天寶七載，玄元皇帝見於朝元閣，改名降聖閣。《南部新書》：朝元閣在山嶺之上，最為嶄絕。

　　《太真外傳》：天寶四載七月，於鳳凰園策太真宮女道士楊氏為貴妃，進見之日，奏《霓裳羽衣曲》。

　　《漢書》：飛燕立為皇后，寵少衰，女弟絕幸，為昭儀，居昭陽舍。《西京雜記》：趙后、昭儀二人，並色如紅玉，為當時第一，皆擅寵後宮。《三輔黃圖》：成帝趙皇后居昭陽殿，有女弟俱為婕妤。

　　李白詩：當時誰第一？飛燕在昭陽。

　　《太真外傳》：上乘照夜白，妃步輦至興慶池沉香亭畔，牡丹方盛開，宣學士李白立進《清平樂詞》，遂促李龜年歌之。太真酌酒笑領。

〔譯文〕

　　當年你在朝元閣跳霓裳羽衣舞，曾經是昭陽宮中最得寵的，就像趙飛燕一樣。

　　皇帝沒有到驪山，是因為邊境不太安定？

《過華清內廄門》
華清別館閉黃昏，碧草悠悠內廄門。

自是明時不巡幸，至今青海有龍孫。

《隋書・西域傳》：吐谷渾青海，周圍千餘里，中有小山，其俗至冬放牝馬於其上，言得龍種。有波斯草馬，放入海，因生驄駒，日行千里，故時稱青海驄馬。

〔譯文〕

傍晚時分來到華清宮，大門已經關閉，只能從長滿青草的內廄門溜進去看看。

當年這離宮是多麼富麗堂皇和熱鬧啊，馬廄裏有著從青海來的汗血馬，而今也許是因為皇帝不再巡幸的緣故吧？處處是破敗的樣子。

《華山題王母祠》

蓮花峰下鎖雕梁，此去瑤池地共長。

好為麻姑到東海，勸栽黃竹莫栽桑。

《華山記》：山頂有池，生千葉蓮花，服之羽化，因名華山。

《穆天子傳》：己丑，天子觴西王母於瑤池之上。

《神仙傳》：麻姑自說云，接待以來，已見東海三為桑田，向到蓬萊，水又淺於往者會時略半也，豈將復還為陵陸乎；方平笑曰：「聖人皆言，海中行復揚塵也。」

《穆天子傳》：天子乃樹之竹，是曰竹林。

〔譯文〕

華山蓮花峰下的雕梁畫殿已經關閉，離你當年修道的華池王母廟還有一段路。

現在你又要去東海，請告訴麻姑，多栽些人間桑樹少種些道家的黃竹吧！

（九）商洛

商洛是進出中原、關中要道，詩人們經過此地，不免發思古之幽情。

《四皓廟》

羽翼殊勳棄若遺，皇天有運我無時。

廟前便接山門路，不長青松長紫芝。

《高士傳》：四皓者，皆河內軹人也。秦始皇時，見秦政虐，共入商雒，隱地肺山。

《史記・留侯世家》：四人前對，各言名姓曰：「東園公、甪里先生、綺里季、夏黃公。」上曰：「煩公幸卒調護太子。」四人為壽已畢，趨去。上目送之，召戚夫人指示四人者曰：「我欲易之，彼四人輔之，羽翼已成，難動矣。」竟不易太子者，留侯

本招此四人之力也。

《高士傳》：四皓作紫芝之歌，曰：「曄曄紫芝，可以療饑。」

〔譯文〕

即使留侯張良這樣有助漢運功勞殊勳的大臣，皇帝要想把他棄之若履尚且很容易，何況我們這樣沒有背景、毫無時運的人呢！

要想青雲直上是不可能的，還是像四皓那樣隱居此地，以紫芝療饑的好吧！

《四皓廟》

本為留侯慕赤松，漢廷方識紫芝翁。

蕭何只解追韓信，豈得需當第一功。

道源注：廟在商縣商洛山。

《史記・留侯世家》：留侯乃稱曰：「……今以三寸舌為帝者師，封萬戶，位列侯，此布衣之極，於良足矣，願棄人間事，欲從赤松子游耳。」乃學辟穀導引輕身。《列仙傳》：赤松子者，黃帝時雨師也。

《高士傳》：四皓者，皆河內軹人也，秦始皇時，見秦政虐，共入商洛，隱地肺山……四皓避秦入商洛山，作歌曰：「曄曄紫芝，可以療饑。」

《獨異志》：漢王欲以趙王如意易太子，呂后問計於張良，曰：「南山有四皓，隱而不仕於秦。太子卑詞延之，若四老人到，扶太子，一助也。」於是東園公、夏黃公、甪里先生、綺里季皆隨太子入謁。高帝曰：「吾得天下，不到；今隨吾兒遊，何也？」四老曰：「陛下侮慢，臣等恥來；今太子賢明，臣故佐之。」於是太子乃定。高祖謂戚夫人曰：「羽翼已成，難動搖矣。」

《淮陰侯傳》：信數與蕭何語，何奇之。何聞信亡，不及以聞，自追之。居一二日，何來謁上，上曰：「若亡，何也？」何曰：「臣不敢亡，臣追亡者。」上曰：「若所追者誰？」何曰：「韓信也。」

〔譯文〕

張良看透劉邦喜歡戚姬所生兒子，有意立其為太子，而呂后必然不會善甘罷休，所以藉口追隨赤松子避開是非；太子再三請留侯設法，張良要他請隱居商洛的四皓出山，劉邦看到四皓居然願為太子所用，對戚姬說：「太子羽翼已成，已經不能拿他怎麼樣了。」

劉邦認為蕭何主持糧草、戶冊，曾為漢朝追回了大將軍韓信，號為大漢第一功臣，其實張良保住了劉盈太子地位，才應當是位居第一的大功勞啊！

《商於新開路》

六百商於路，崎嶇古共聞。

蜂房春欲暮，虎阱日初薰。

路向泉間辨，人從樹杪分。

誰更開快捷，速擬上青雲。

《新唐書‧地理志》：商州……貞元七年，刺史李西華自內鄉至藍田開新道七百餘里，回山取途，人不病涉，謂之偏路。行旅便之。

《十道志》：商洛山在商州東南九十里，亦名楚山。

《戰國策》：張儀說楚，能閉關絕齊，願獻商於之地六百里。楚果絕齊求地，儀與六里。

青雲，驛名，屬商州。

〔譯文〕

四皓廟面對著的山路向著長安，真還不如從淅川到商州六百里新開路繞山而建，這裡的山嶺七盤十二繞，古已有名。

春天傍晚，野蜂正在做巢，日頭將落，獵人布下捕捉野獸陷阱已經有點看不清楚了。

由於天快黑了，只能從山泉依稀辨認出小路，樹木森森，人在樹枝間隱隱可見。

誰能更開一條快捷方式，更快地上到山頂的青雲驛呢？

《商於》

商於朝雨霽，歸路有秋光。

背塢猿收果，投岩麝退香。

建瓴真得勢，橫戟豈能當。

割地張儀詐，謀身綺季長。

清渠州外月，黃葉廟前霜。

今日看雲意，依依入帝鄉。

《舊唐書‧地理志》：商州上洛郡即古商於地，屬山南西道，舊治在今河南淅川縣境。今陝西商南縣、河南淅川縣、內鄉縣一帶。

《裨雅》：商洛山中多麝，麝絕愛其香，每為人所追逐，勢且急，即自投高岩，舉爪剔出其香。

《漢書‧高帝紀》：親，形勝之國也，下兵於諸侯，譬猶居高屋之上建瓴水也。

《戰國策‧齊策》：齊王田建入朝於秦，雍門司馬橫戟當馬前曰：「……王何以

去社稷而入秦。」王不聽。

《戰國策‧齊策》：張儀南見楚王曰：「大王苟能閉關絕齊，臣請使秦王獻商於地方六百里。」楚王使人絕齊，因使一將軍受地於秦，張儀知楚絕齊也，乃出見使者曰：「從某至某廣從六里。」

《三輔舊事》：漢惠帝為四皓建碑，一曰東園公，二曰綺里季，三曰夏黃公，四曰用里先生。

《莊子》：華封人謂堯曰：「千載厭世，去而上仙，乘彼白雲，至於帝鄉。」

陶潛《歸去來辭》：富貴非吾願，帝鄉不可期。你問我什麼時候可以到南陽，我現在還在忠州，這裡正下著大雨，池塘水漲得滿滿的。我希望與你在商山見面，那時我可以告訴你巴東聽雨時的感受。

〔譯文〕

商於這個地方早上剛下過雨，歸途中秋天的景色顯得分外明淨。

猿猴在山塢裏收集過冬的山果，麝被獵人逼急了正在岩石上剔出自己腹下的香腺。

商於是齊、楚、秦三國之間自然屏障，秦國由於處於有利地形，對齊、楚二國威脅很大，只有兩國聯合起來，才能抵擋秦國的進攻。

但是在張儀割地利誘下，楚國和齊國絕交，使得秦國最後滅了齊、楚，統一了全國，而四皓則隱居商於逃避秦末暴虐統治。

昨天晚上月亮照著清清的渠水，我不禁想起宋若苟如今不知情況如何？如今四皓廟前寒霜已降，想起前年與友人一起來憑弔情況，好像還在眼前一樣。

今天雨過天晴，那朵朵白雲好像也和我一樣，正往長安方向飄去。經過荒廢村莊，看到昔日吳少誠、吳元濟割據陳蔡時所築營壘遺跡，不禁為此地曾經的戰爭心驚。

《自喜》

自喜蝸牛舍，兼容燕子巢。

綠筠遺粉籜，紅藥綻香苞。

虎過遙知阱，魚來且佐庖。

慢行成酩酊，鄰壁有松醪。

《古今注》：蝸牛，陵螺也，野人為圓舍如其殼，曰蝸舍。

何遜《仰贈從兄與寧置南詩》：棲息同蝸舍，出入共荊扉。

《禮記》：竹箭之有筠。

謝眺：紅藥當階翻。

《晉書·山簡傳》：習氏有佳花園，簡每出遊嬉，多之池上。置酒，輒醉，名之曰高陽池。時有童兒歌曰：「山公出何許？

往至高陽池。日夕倒醉歸，酩酊無所知。」

《本草》：松葉、宋節、松膠，皆可為酒，能已疾。

〔譯文〕

很高興你能在這個地方安頓下來，雖然屋子不大，但還有燕子來屋簷下做巢。

青青的竹子正拔節，芍藥正開花。

遠遠地聽見虎嘯聲，那是它險些掉進了獵人設下的陷阱；附近的山溪裏有魚，可以捕來做菜。

隔壁有一家賣酒的，松葉酒很有滋味，我和你一起慢慢走著去品嘗吧！

（十）嶺南

宋若荀逃出唐宮後，依靠友人寓居各地，從李商隱的一些詩中可見一斑。會昌四年，宋若荀往容管經略使李景仁處，李商隱有《和鄭愚贈汝陽王孫箏妓二十韻》，是託西川節度判官鄭愚轉交「箏妓」宋若荀的信。大中年宋若荀和友人多次往嶺南看望被貶友人，到過東南亞一些地方，李商隱曾去探望，在那裡創作了有關注邊境地區民情、譴責統治階級的詩作：

《和鄭愚贈汝陽王孫箏妓二十韻》
冰霧怨何窮，秦絲嬌未已。
寒空煙霞高，白日一萬里。
碧嶂愁不行，濃翠遙相倚。
茜袖捧瓊姿，皎日丹霞起。
孤猿耿幽寂，西風吹白芷。
回首蒼梧深，女蘿閉山鬼。
荒郊白鱗斷，別浦晴霞委。
長約壓河心，白道連地尾。
秦人昔富家，綠窗聞妙旨。
鴻驚雁背飛，象床殊故里。

因令五十絲，中道分宮徵。
斗粟配新聲，娣侄徒纖指。
風流大堤上，悵望白門裏。
蠹粉實雌弦，燈光冷如水。
羌管促蠻柱，從醉吳宮耳。
滿內不掃眉，君王對西子。
初花慘朝露，冷臂淒愁髓。
一曲送連錢，遠別長於死。
玉砌銜紅蘭，妝窗結碧綺。
九門十二關，清晨禁桃李。
陸機：淑貌耀皎日，惠心清且閒。
屈原《九歌·湘夫人》：沅有芷兮澧有蘭。
屈平《九歌·山鬼》：若有人兮山之阿，披薜荔兮帶女蘿。
《雜錄》：隋文帝為蔡容華作瀟湘綠綺窗。
劉孝綽：持此連理樹，暫作背飛鴻。
《古今樂錄·清商曲·襄陽樂》：朝發襄陽城，暮至大堤宿。大堤諸女兒，花豔驚郎目。

〔譯文〕

你在李景仁府邸中，初調箏絲，滿懷愁緒，仍然是以前嬌弱的樣子。

容州的冬天不像其他季節那樣多雨，煙霧一樣的雲霞升上高空，白天能看到很遠的地方。

重疊的山峰，濃密的植被，只是交通不便啊。

你穿著茜紅色的衣服，淑貌耀皎日，惠心清且閒。

這裡山高幽寂，傳來猿啼聲聲，因為靠近沅江和澧江，到處生長著蘭草和芷草，與你蘭心蕙質相宜。

這裡離蒼梧不算遠，好像與屈原《楚辭》中美麗的山鬼相處。

城外激流中魚兒也難以穿越，晴天晚霞中你眺望著遠方的家鄉，

只見北斗星指向長安方向，山上的小道以至連到天盡頭。

過去你生活在秦地富家，我曾聽過你的琴聲。

因政治變故，兄弟分背，不得不寄居於公卿大夫家，雖然生活優裕，可是並不是自己的家。

　　你我如五十弦箏被弦柱分為兩半那樣夫婦分離，我的心情亦如箏聲那樣由宮調轉為徵調，充滿了重重悲哀。

　　如今你為了斗米升粟在諸侯府中為箏妓，如當年你的叔祖在連州為人歌唱。

　　你曾在襄陽唱《陽春白雪》，花容玉貌得到眾人稱讚，又曾孤身一人在白門寄居，在越地織布糊口，

　　如今依附王侯，為能以笛佐箏而在郡王府中擅名一時，只是無人憐惜你。

　　你曾在川中松州學習羌管和蠻琴，使慣於絲竹之樂的吳地人也沉醉其中，

　　人們佩服你的才藝，以為見到了當年的西施。

　　可是只有我知道，你就像那剛剛開放的花朵遇到早晨的寒露，因為長久彈奏手臂寒冷直到骨髓，

　　即使身處繁華，也難以遣散夫婦、兄弟生離死別愁緒。

　　雖然府邸臺階上擺放著一盆盆紅蘭，住室窗戶上也有著綠色的窗紗，

　　但當夜宴結束，妓樂回歸後堂時，心中是何等孤獨淒涼！

《異俗二首》
　　鬼虐朝朝避，春寒夜夜添。
　　未驚雷破柱，不報水齊簷。
　　虎箭侵膚毒，魚鉤刺骨尖。
　　鳥言成諜訴，多是恨彤蟾。

　　戶盡懸秦網，家多事越巫。
　　未嘗容獺祭，只是縱豬都。
　　點對連鼇餌，搜求縛虎符。
　　賈生兼事鬼，不信有洪爐。

　　原注：時從事嶺南。清徐逢源韻，此詩載平樂縣志，原注下尚有「偶客昭州」四字。

　　《文選・張衡・東京賦》注：《舊漢書》曰，昔顓頊氏有三子，已而唯疫鬼，一居江水，為虐鬼。《賓退錄》：高力士流巫州，李輔國授謫制，力士逃虐功臣閣下。

　　《廣西通志》：三春連暝而多寒。

　　《世說新語・雅量》：夏侯太初嘗倚柱作書，時大雨霹靂，破所倚柱，衣服焦然，神色無變。

　　《桂海虞衡志》：蠻箭以毒藥相濡箭鋒，中者立死。藥以蛇毒草為之。

　　韓愈：小吏十餘家，皆鳥言夷面。《後漢書・度尚傳》：長沙太守抗徐，初試守

宣城長，悉移深林椎結鳥語之人，置於縣下。

《白氏六帖》：刺史形螭、皂蓋、朱幡。

《晉書·殷仲堪傳》：秦網雖瘥，遊之而不懼。

《禮記·月令》：孟春之月……獺祭魚。又《王制》：獺祭魚，然後漁人入澤梁。

《酉陽雜俎·諾皋記下》：伍相奴或擾人，許於伍相廟多已。舊說一姓姚，二姓王，三姓汪，昔值洪水，食都樹皮，餓死，化為鳥都，皮骨為豬都，婦女為人都……栽樹根者為豬都，在樹半可攀及者為人都，在樹尾者名鳥都。南中多食其巢，味如木芝，巢表可為履，治腳氣。

《列子·湯問》：龍伯之國有大人，一釣而連六鼇。

《真誥》：楊羲受中黃製虎豹符。《抱朴子》：道士趙炳能禁虎，虎伏地低頭閉目，便可執縛。

《莊子·大宗師》：今一以天地為大爐，造化為大冶。

〔譯文〕

這裡往往有瘴疾流行，初春天氣寒冷，連綿陰雨。

經常雷聲隆隆，好像要把屋子都震破，水也漲得很快，一下子就比屋簷低不了多少。

這裡的人善於打獵，用毒藥浸過的箭頭可以把老虎射死，魚鉤也是長而鋒利，可以一直透到大魚的骨頭。

土人說的話像鳥叫，一點都聽不懂，民風爭競，一點小事就來官府訴訟，然而又恨惡當官的。

這個地方郡縣建置於秦代，一開始就推行嚴刑峻法，老百姓知道「連坐」法網的厲害，因此不肯收留外地流放到這裡的人，但他們又很迷信，對巫覡之人的話很相信。

這裡的漁人不等仲春就開始捕魚，喜歡食用樹上生長的叫豬都的菌類。

他們可以釣起很大的魚，認為巫師具有避開虎豹、制服虎豹的本領。

在這地方應命連續寫了許多祭祀蛟龍、鬼神的文章，真象賈誼一樣是在「事鬼」了；民眾的困苦和一批批被貶謫官員經過此地，種種苦境，使我真是相信這個世界大約就是《莊子》中所說的天地大洪爐吧？

其中的「秦網」與「越巫」相對，指嚴酷的法網，因為法始於秦，唐律對流放者的迫害和對戀人追查即使是在邊遠地區也十分嚴厲。

宋若荀隨友人多次往嶺南，有時直至交州，李商隱有「欲逐風波千萬里，未知何路到龍津」（《自覩》）之歎。

《即日　桂林聞舊說》
　　桂林聞舊說，曾不異炎方。
　　山響匡床語，花飄度臘香。
　　幾時逢雁足，著處斷猿腸。
　　獨撫青青桂，臨城憶雪霜。

　　自注：宋考功有「小長安之說也。」
　　《莊子》：麗之姬，艾封人之子也。晉國始得之也，涕泣沾襟。及其至於王所，與王同匡床，食芻豢，而後悔其泣也。《淮南子》：心有憂者，匡床衽席弗能安也。白居易：匡床閒臥落花朝。
　　孫逖：雪梅初度臘。
　　《漢書‧蘇武傳》：漢使復至匈奴，常惠教使者謂單于，言天子射上林中，得雁，足有繫帛書，言武等在某澤中。
　　《莊子》：受命於地，惟松柏獨也，在冬夏青青。

〔譯文〕
　　當年宋之問曾經說過桂林可比小長安，韓愈則說只有桂林與嶺南其他地方相比還不至於很炎熱。
　　這裡靜謐極了，床頭說話也會引起山裡迴響，臘梅的香氣陣陣傳來。
　　你曾如蘇武羈留漠北，如今又在此以著述為務，心中充滿了對孩子掛念。
　　我獨自撫摸著青青的桂樹，想到長安現在肯定是嚴寒雪霜的天氣了吧？

《桂林道中作》
　　地暖無秋色，江晴有暮暉。
　　空餘蟬嘒嘒，猶向客依依。
　　村小犬相護，沙平僧獨歸。
　　欲成西北望，又見鷓鴣飛。

　　《詩》：鳴蜩嘒嘒。《秋興賦》：蟬嘒嘒以寒吟兮。
　　《禽經》：子規啼必北向，鷓鴣飛必南翔。

〔譯文〕
　　桂林這裡即使進入初冬也不冷，晴天傍晚灕江上倒映著斜暉。

蟬聲嘖嘖，似乎知道我們即將分開。

村犬見到外來的人叫個不止，你從江邊沙灘上回到寺院，

我掛念著北方的家人，而你還要再往南去。

《和孫樸、韋蟾孔雀詠》

此去三梁遠，今來萬里攜。

西施因網得，秦客被花迷。

可在青鸚鵡，非關碧野雞。

約眉憐翠羽，刮目想金篦。

瘴氣籠飛遠，蠻花向座低。

輕於趙皇后，貴極楚懸黎。

都護矜羅幕，佳人炫繡袿。

屏風臨燭笴，捍撥倚香臍。

舊思牽雲葉，新愁待雪泥。

愛堪通夢寐，畫得不端倪。

地錦排蒼雁，簾釘鏤白犀。

曙霞星月外，涼月露盤西。

妒好休誇舞，經寒且少啼。

紅樓三十級，穩穩上天梯。

《嶺表錄異》：交阯人多養孔雀，或遺人以充口腹，或殺之以為脯臘。人又養其雛為媒，旁施網罟，捕野孔雀，伺其飛下，則牽網橫掩之。採其金翠毛裝為扇拂，或全株生截其尾，以為方物，雲生取則金翠之色不減耳。

曹學佺《名勝志》：陽江源出靈川縣思磨山，流之郭西匯為澄潭，歷西南文昌三石樑，東出漓山，與灘江合，對岸即桂林城。

《唐音癸籤》考《冬坡異物志》以西施為魚名，即今所謂鰦魚，端午前由深海進入長江、錢塘江產卵，腹下鱗片如箭，鰦魚因護其鱗總是浮游在水面上，一掛絲網即不動，出水而死。也有說太湖流域所產白魚。

《山海經》：黃山有鳥焉，青羽、赤喙，人舌，能言，名曰鸚鵡。《南方異物志》：鸚鵡有三種，一種青，大如烏，一種白，大如鴟鴞，一種五色，大於青者。交州、巴南盡有之。

《登徒子好色賦》：眉如翠羽。《古子夜歌》：約眉如翠羽。《子夜歌》：約眉出窗前。

《戰國策》梁有懸黎，楚有和璞。皆美玉也。

《埤雅》：孔雀尾有金翠，五年而後成。初春乃生，三四月後復凋，與花萼相榮衰。

《涅槃經》：有盲人詣良醫，醫即以金篦刮其眼膜。

《續漢書》：西南夷曰滇池，出孔雀。

《西京雜記》：趙后體輕腰弱，善行步進退。《白帖》：飛燕體輕，能為掌上舞。

《戰國策》：梁有懸黎，楚有和璞。皆美玉名。

《通典》：漢置西域都護。唐永徽中，始於邊方置安東、安西、安南、安北四大都護府。

《釋名》：婦人上服曰褂。《神女賦》：振繡衣，被圭裳。按《碑雅》云：孔雀遇芳時好景，聞絃歌，必舒張翅尾而舞，性妒忌，遇婦女童子服錦綵者，必逐而啄之。

《樂府雜錄》：琵琶以蛇皮為槽，厚二寸餘，麟介皆俱，以楸木為面，其捍伯以象牙為之。《海錄碎事》：金捍撥在琵琶面上當弦，或以金塗為飾，所以捍護其撥也。

陸機《雲賦》：金柯分，玉葉散。《古今注》：黃帝與蚩尤戰，常有五色雲氣金枝玉葉。

盧綸《送張少府》：判詞花落紙，擁吏雪成泥。

《太平御覽》：《齊書》云，武帝年十三，夢著孔雀羽衣裳，牟中飛舞。

《舊唐書·后妃傳》：高祖穆皇后，少時父母於門屏花二孔雀相對，有求婚者輒與二令箭，潛相謂曰：「若中孔雀之目，即以妻之。」高祖后至，兩發皆中其目，遂歸焉。

《唐名畫錄》：貞元中，新羅國獻孔雀，解舞。德宗詔邊鸞於玄武門外寫貌，一正一背，翠飾生動，金光遺妍，能應繁節。

《莊子》：反覆始終，不知端倪。

鄭嵎《津陽門》：錦鳧繡雁相追隨。注：溫泉湯中縫綴錦繡為鳧雁。

李賀：玟瑁釘簾薄。

《東觀漢記》：章帝元和元年，日南獻白雉白犀。《廣志》：犀角之好者稱雞味白。

《三輔故事》：武帝於建章宮立銅柱，高二十丈，上有仙人掌承露盤。

顧有孝曰：「北地多寒，戒之以少啼，即子美《花鴨》詩『作意莫先鳴』意也。」

《酉陽雜俎》：長樂坊安國寺紅樓，睿宗在藩時舞榭也。李白：紫殿紅樓覺春好。

《文選·謝靈運擬鄴中集詩》：鄘步陵丹梯。

〔譯文〕

從這裡到桂林很遠，把孔雀從西南帶來更是經過萬水千山。

你在五湖地區曾欣喜捕得大白魚，如今在西南夷又被南方花卉所陶醉。

你在交州看到的青鸚鵡，與黃山宮中鸚鵡及當年寶雞碧野雞有所不同吧？

據說孔雀尾上的金翠五年方成，金碧輝煌，紋樣與眉毛相似，令人想起醫生刮眼膜的金篦。

西南夷人用籠養孔雀，每天用鮮豔色布晃動引誘它飛越山間，為的是看它飛舞的樣子，而平時孔雀往往喜歡躲在花叢下，在沙中自浴。

它漫步林間像趙飛燕那樣輕盈，滿身閃耀，就像楚國的懸黎美玉。

它愛護自己羽毛像都護保護自己羅幕，又像美麗的夫人炫耀自己華服，遇見穿著鮮豔服裝的婦女兒童都要妒嫉。

孔雀昂首開屏，尾羽就像你閨中屏風，他用喙剔理腹部羽毛，就像你的手彈琵琶一樣。

你去了遠方雲山迢遞的地方，想來看你，卻又怕冬天下雪路上泥濘。

我在夢裏清楚地看見你在南方某地，想畫下來卻只能畫個大概樣子：

你住的地方就像當年溫泉宮，地毯上繡著排成行的蒼雁，窗戶用玟瑰為簾，白犀牛角為釘。

早上霞彩邊還有著點點星痕，晚上月亮將清輝灑在承露盤西邊。

你現在不必再妒嫉那些僅以姿色接近皇帝的妃子了，只是你在那裡作詩想起往事時不要哭，因為時令已是冬季。

安國寺的紅樓舞榭在等著你，但願你從南方歸來後能到皇帝嘉獎，從此步步青雲吧！

陽朔如滄海桑田的海底，你從川中到那裡，身體瘦弱。

鳳凰不肯再舞，因為翅膀上滿是蓬山帶來的雪。

暫且借這個地方休息一下吧，清晨可以面對玉女峰梳理頭髮。

秋天織女安穩地住著，寄給我的書信字跡宛轉細小如蠶書。

《海上謠》

海底見仙人，香桃如瘦骨。

紫鸞不肯舞，滿翅蓬山雪。

借得龍堂寬，曉出捪雲髮。

雲孫帖帖臥秋煙，上元細字如蠶眠。

《通典》：桂州有漓水，一名桂江。

《漢書·郊祀志》：自威、宣、燕昭使人入海求蓬萊、方丈、瀛洲。諸仙人及不

死之藥皆在焉。未至，望之如雲，及到，三神山反居水下。

　　《瑞應圖》：鸞鳥，赤神之精，鳳凰之佐，喜則鳴舞。

　　《楚辭》：魚鱗屋兮龍堂。

　　《山海經‧中山經》：堯山在洞庭之山東南，又共三百三十九里。

　　《水經》：匯水過含匡縣南，出匡浦關為桂水。注曰：匡水又東南，左合陶水，東出堯山。山盤迂數百里，山下有平陵，有大堂基，耆舊雲堯行宮所。

　　《說文》：閱持也。

　　《爾雅》：昆孫之孫為仍孫，仍孫之子為雲孫。

　　宋之問詩：宛轉結蠶書。

　　《漢武內傳》：帝以王母所授《五嶽真形圖》、《靈光經》及上元夫人所授金書秘字六甲靈飛十二事，自撰集為一卷，奉以黃金之箱，封以白玉之函，珊瑚為軸，紫錦為囊，安著柏梁臺上。

〔譯文〕

　　陽朔一帶過去是大海，聽說你在那裡學仙，我見到的是瘦弱的桃葉你。

　　你本為鳳凰，如今再也不肯舞蹈，因為從川中而來已經很疲倦、很鬱悶。

　　灘江邊海陽山是神仙出沒的地方，又是堯帝行宮，你在那裡居住，清晨對著美女峰梳頭。

　　你曾是皇宮中天孫，如今在這裡靜靜地抄寫道教《靈飛經》。

《越燕二首》

　　上國社方見，此鄉秋不歸。

　　為矜皇后舞，猶著羽人衣。

　　拂水斜紋亂，銜花片影微。

　　盧家文杏好，試近莫愁飛。

　　將泥紅蓼岸，得草綠楊村。

　　命侶添新意，安巢復舊痕。

　　去應逢阿母，來莫害王孫。

　　記取丹山鳳，今為百鳥尊。

　　《酉陽雜俎》：紫胸輕小者是越燕，胸斑黑聲大者是胡燕。《格物總論》：胡燕作巢喜長，越燕作巢如椀。

　　《文昌雜錄》：燕以春社來，秋社去，謂之社燕。

　　《拾遺記》：周昭王晝而假寐，忽夢白雲蓊蔚而起，有人衣服並皆毛羽，因名羽

人。夢中與語，問以上仙之術。

沈佺期《古意》：盧家少婦鬱金堂，海燕雙棲玳瑁梁。

梁武帝《河中之水歌》：河中之水向東流，洛陽女兒名莫愁。十五嫁作盧家婦，十六生兒字阿侯。盧家蘭室桂為梁，中有鬱金蘇合香。

蓼，水草。《爾雅》蓼有紫、青、赤等種，最大者名籠，有花。白居易：水蓼冷花紅簇簇。

虞世南：鳧歸初命侶。

《漢書》：成帝時童謠曰：「燕飛來，啄王孫。」

《山海經》：丹穴之山，有鳥名鳳凰，自歌自舞。

《孔子家語》：子夏曰：「羽蟲三百有六十，而鳳為之長。」

〔譯文〕

京城清明時節才見到燕子，而這裡深秋燕子還在飛。

就像趙飛燕舞蹈輕盈，黑色羽衣就像仙人所穿衣裳，華貴非常。

燕子掠過水面，劃出一道道斜紋，銜著花朵一會兒就飛遠了。

來築集吧！莫愁家的屋樑堅固；飛過來吧！莫愁不會害你。

你就像那燕子住在開滿紅蓼花的水村，又從水邊的綠楊村帶來築巢的草。

《古詩》：「思為雙飛燕，銜泥巢君屋。」充滿了悲傷，讓我們翻其意作為破鏡重圓的開始吧！

希望我牛郎到的時候能見到你織女，而不要故意躲開或者用尖刻的語言來傷害我。

你要知道，如今你已經重新被皇帝起用，屬於鳳凰，不要再為那些小事計較。

四、李商隱詩反證宋若荀書劍從軍

李商隱從軍只有大和年間從柳公綽幕、令狐楚幕，以及會昌初年石雄幕、王茂元幕、周墀幕，其中有一些還是短期和非正式的，而宋若荀從會昌年即從流寓友人處接觸軍事，參與調停邊疆民族事務，大中年書劍從軍持續至咸通年間，擔任地方行政更是直到暮年，積累了豐富的吏治經驗，對挽救晚唐衰殘政治竭盡全力，正如李商隱在《幽居冬末》中云：「如何匡國分，不與夙心期」，當年我們少年朋友時立下報國之志，如今友人們都多少實現了自己的願望，你如今也在為國

分憂，轉戰南北，而當年我是那樣急切地希望建功立業，命運卻沒有讓我實現這個理想啊！邊境擾亂，宋若荀和友人投筆從戎，希望為國家出力，隨軍到邊境，李商隱前往探望沿途有詩。也就是說，李商隱邊塞詩主要因宋若荀從軍而起，在探望宋若荀途中所記敘的邊疆風光和將帥形象，很多涉及他與宋若荀的感情。

（一）邊塞詩歌

會昌元年春，李商隱在涇原王茂元幕，有《安定城樓》詩以明志：

《安定城樓》
迢遞高城百尺樓，綠楊枝外盡汀洲。
賈生年少虛垂淚，王粲春來更遠遊。
永憶江湖歸白髮，欲回天地入扁舟。
不知腐鼠成滋味，猜意鵷雛竟未休。

《舊唐書‧地理志》：關內道，涇州上，隋安定郡，天寶元年復為安定郡。

《漢書‧郊祀志》：湫淵，祀朝那。蘇林注：湫淵在安定朝那縣，方四十里，停水不流，冬夏不增不減。《太平廣記》：涇川有美女湫，廣袤數里，莫測其深淺。

謝朓《王鼓吹曲》：逶迤帶綠水，迢遞起朱樓。

《史記》：賈生年少，頗通諸子百家之書。《賈誼‧陳政事疏》：臣竊惟事勢可為痛哭者一，可為流涕者二，可為長歎息者六。

《魏志‧王粲傳》：王粲字仲宣，山陽高平人，年十七，司徒辟，詔除黃門侍郎，以西京擾亂，皆不就，乃至荊州依劉表。

《文選‧王仲宣‧登樓賦》注：盛弘之《荊州記》曰：「當陽縣城樓，王仲宣登之而作賦。」《文選‧王粲‧登樓賦》：雖信美而非吾土兮，曾何足以少留！

《南史‧隱逸列傳序》：故有人入廟堂而不出，循江湖而永歸。

《莊子‧秋水》：惠子相梁，莊子往見之。或謂惠子曰：「莊子來，欲代子相。」惠子恐，搜於國中，三日三夜。莊子往見之曰：「南方有鳥，其名鵷雛，子知之乎？夫鵷雛發於南海，而飛於北海，非梧桐不止，非棟實不食，非醴泉不飲。於是鴟得腐鼠，鵷雛過之，仰而視之曰：『嚇！』今子欲以子之梁國而嚇我耶？」

〔譯文〕

安定朝那城樓高近百尺，一眼望去，樹林之外就是湫淵，綠楊枝外，視線盡處是水中洲渚。

　　當年賈誼為關心國事而上書，但是只有言論沒有行動，我不欣賞賈誼的多愁善感，要像王粲一樣投筆從戎，實現自己的報國志願，因此一開春就往前線來了。

　　我想歸隱應當是年老者而不是少年人的事，等到乾坤扭轉、天地清明，我一定和你們一起在江湖為隱者，以釣魚為樂。

　　有人以為我把仕途進退看是人生唯一目標，這就好比貓頭鷹以為腐鼠是世間最好的美味，用來向鳳凰誇耀一樣可笑；你們這些人最好不要說長道短、隨意地猜疑吧！你們是無法理解我的志向、更不知道我從軍是為國分憂。

　　後來多數是為友人征守各地赴鎮所作詩。如會昌三年五月，以武寧節度使李彥佐為晉絳行營諸軍節度招討使，李商隱作送別詩《行次昭應道上送戶部李郎中充昭義攻討》。會昌五年，宋若荀由同州馮翊南三十二里興德驛向江南五湖地區馬植新居所，李商隱有《寄和水部馬郎中題興德驛》詩。

　　李玭會昌六年為嶺南節度使之前為唐州刺史，會昌六年冬、大中元年春宋若荀在淮陽、南陽一帶寄居，又到白居易好友鄧州庾敬休故居小住，李商隱前往探望，作文感謝周敬復送來衣服器具。大中元年至三年，盧商為鄂岳，為安州刺史，宋若荀在安陸，李商隱有《柳下暗記》：「無奈巴南柳，千條傍吹臺。更將黃映白，擬作杏花媒」。

　　《行次昭應道上送戶部李郎中充昭義攻討》
　　將軍大旗掃狂童，詔選名賢贊武功。
　　暫逐虎牙臨故絳，遠含雞舌過新豐。
　　魚遊沸鼎知無日，鳥復危巢豈待風？
　　早勒勳庸燕石上，佇光綸勃漢廷中。
　　《唐書·地理志》：天寶二年，分新豐、萬年，置會昌縣。七載，省新豐，改會昌為昭應，治溫泉宮之西北，即今臨潼。
　　《方鎮表》：大曆元年，相、衛六州節度。賜號昭義軍節度。建中元年，昭義節度兼領澤、潞二州。
　　《漢書·匈奴傳》：本始二年，遣雲中太守田順為虎牙將軍，出五原。
　　《左傳》：晉人謀去故絳，遷於新田。注：絳，晉所都，今平陽絳邑縣。唐於其

地置翼城縣（屬絳州），地當潞州西南。

《漢官儀》：尚書郎奏事於明光殿，省中皆胡粉塗，畫谷賢人烈士，郎趨走丹墀，含雞舌香，伏其卜奏事，黃門侍郎對揖跪受。

《西京雜記》：太上皇徙長安，居深宮，不樂。高祖乃作新豐，移諸人實之，太上皇乃悅。

《丘遲於陳伯之書》：將軍魚遊於沸鼎之中。

《詩》：予室翹翹，風雨所飄搖。

《周禮·司勳》：王功曰勳，民功曰庸。

《後漢書》：竇憲大破北單于於稽落山，遂登燕然臺，刻石勒功，令班固作銘。

《文心雕龍》：才華清英，勳庸有聲。

《禮記》：王言如絲，其出如綸。柳宗元《代謝出征表》：捧對綸勃，不知所圖。

〔譯文〕

你李（彥佐）將軍為掃平叛亂建立功勳，如今又往昭義潞州，用睦鄰策略綏靖邊境。

你就像漢代驅逐匈奴的虎牙將軍田順一樣前往絳州，經過新豐這個地方。

將軍所從事不啻虎口理鬚、魚游沸鼎，所居就像託枝弱條、風吹即復的鳥巢。

希望早日為國家建立功勳，可以刻石有名，流芳千古，同時得到皇帝的嘉獎。

《寄和水部郎中題興德驛》

仙郎倦去心，鄭驛暫登臨。

水色瀟湘闊，沙程朔漠深。

鷁舟時往復，鷗鳥姿浮沉。

更想逢歸馬，悠悠嶽樹陰。

《元和郡縣志》：同州馮翊縣南三十二里，義旗將趨京師，次於忠武園，因置亭子，名興德宮。

《白帖》：郎官曰星郎、仙郎、臺郎。

《水經》：湘水北過羅縣西，瀟水東來流之。注：瀟。水清深也。《湘中記》：湘川清照五六丈，下見底，石如樗蒲矣，五色鮮明，白沙如霜雪，赤崖如朝霞。是納瀟湘之名也。《圖景》言湘水至零陵北而營水會之，二水合流，謂之瀟湘。

《文選·雪賦》：朔漠飛沙。

《漢書·司馬相如傳》：浮文鷁。注：鷁，水鳥，畫其象於舡首。

《尚書·武成》：乃偃武休文，歸馬於華山之陽。

〔譯文〕

已經對興德宮不感興趣，暫時在鄭州驛站休息一下吧。

她宋若荀剛從瀟湘歸來，又往朔漠去。

希望早日看到鷁舟往復的江東，鷗鳥自在浮沉的吳越。

當然更希望邊境安靖，從此偃武休文，歸馬於華山之陽。

《淮陽路》

　　荒村倚廢營，投宿旅魂驚。

　　斷雁高仍急，寒溪繞更清。

　　昔年嘗係盜，此日頗分兵。

　　猜貳誰先致，三朝事始平。

《後漢書・地理志》：淮陽國，高帝十二年置。明帝改為陳國。《唐書》陳州淮陽郡，屬河南道。

　　李希烈討平梁崇義後，密與朱滔、王武俊、田悅、李納四凶交通謀反，後李希烈為部將陳仙奇毒死，吳少誠又殺仙奇以起，繕兵完城，復拒朝命，再傳至吳少陽、吳元濟。淮西既平，李師道又請納質割地，既而反覆，皇帝大怒，討之。及李師道死，上令楊於陵分李師道地為三，詔諸道節度使、支郡兵馬並令刺史領之。

　　《資治通鑒》：貞元元年，陸贄以河中既平，慮乘勝討淮西李希烈，則四方負罪者孰不自疑，上奏極言之，乃詔：「希烈若降，當待以不死。」二年，陳仙奇毒死希烈，舉淮西降，以為節度。才數月，詔發其兵於京師防秋，仙奇遣精兵五千人行，吳少誠殺仙奇為留後，密召防秋兵歸。上敕陝虢觀察李泌擊殺其三分之二，又命汴鎮劉元佐以詔書緣道誘而殺之，得至蔡者才四十七人。少誠以其少，悉斬之以聞。少誠繕兵完城，欲拒朝命。

　　李希烈、陳仙奇、吳少誠、吳少陽、吳元濟，自德宗而順宗、憲宗，為裴度、李愬平之。

〔譯文〕

在淮陽地方投宿，只見當年戰爭留下的荒蕪村莊和廢棄兵營，

秋天大雁急急地飛過，曲折的小溪水還在清清流淌。

可是當年陳州居然成了強盜聚集地方，淮西相繼叛亂，朝廷採取陳許「分兵」辦法，使淮陽不至於強大到可以造反的地步。

之所以多有反側，與德宗猜忌也有關係，當年如果不是裴度、李愬平定淮西，哪有後來這樣的局面啊！

《題李上謨壁》

舊著《思玄賦》，新編雜擬詩。

江庭猶近別，山捨得幽期。

嫩割周顒韭，肥烹鮑照葵。

飽聞南燭酒，仍及撥醅時。

《文選注》：張衡為侍中，諸常侍皆惡直醜正，危衡，故作《思玄賦》以非時俗。

《文選》有雜擬詩。江淹有雜擬詩三十首。

《南史》：文惠太子問周顒：「菜食何味最勝？」顒曰：「春初早韭，秋末晚菘。」

鮑照《園葵賦》：乃羹乃湯，堆鼎盈筐。甘旨清脆，柔滑芬芳。

《本草》：南燭草木葉煮汁浸米，蒸作飯，謂之青饑。或云亦可釀酒，飲之延年。

《韻會》：醅，酒未熟者。庾信《春賦》：石榴聊泛，蒲桃撥醅。

〔譯文〕

你以前曾為中書省侍吏，與張衡一樣善於詞賦，如今如江淹致力於雜擬詩創作。

剛從江邊的東林庾樓來，又到了南陽山中。

早春的韭菜最嫩，秋末的菘菜最肥，這裡的蔬菜味道真鮮美。

你用南燭草葉榨汁蒸飯作酒，現在大概快熟了吧？

（二）北疆刁斗

大中元年崔珙為陝虢隴州節度使，力主邊境事宜，詩人們隨之沿秦直道到邊境。從北疆歸來，經蒲城西北二十里馮翊郡奉先金熾山憲宗景陵，李商隱作《過景陵》：「武皇精魄久離升，帳殿淒涼煙霧凝。俱是蒼生留不得，鼎湖何異魏西陵。」控訴皇帝以活人守陵。

《過景陵》

武皇精魄久離升，帳殿淒涼煙霧凝。

俱是蒼生留不得，鼎湖何異魏西陵。

《舊唐書·憲宗本紀》：元和十五年正月甲戌朔，上以餌金丹小不豫，庚子暴崩，葬景陵。在蒲城縣金熾山，即唐時同州馮翊郡奉先縣，「景陵在西北二十里金熾山。」（《新唐書·地理志》）

《通典》：葬儀備列吉凶二駕，神駕至吉，帷宮帳殿，進輴輬車，靈駕至凶，帷帳殿下。

《漢書·郊祀記》：黃帝採首山銅以鑄鼎。鼎成，有龍垂鬍鬚下迎，黃帝上騎，

群臣後宮從上者七十餘人。余子臣不得上，乃悉持龍鬚，龍鬚拔，墮黃帝之弓，百姓既望黃帝上天，乃抱其弓與龍鬚號。故後世因名其處曰鼎湖，其弓曰烏號。

《三國魏志》：太祖皇帝葬高陵。按，陵在鄴之西崗，故稱西陵。《鄴都故事》：魏武遺命諸子曰：「吾死，葬於鄴之西崗。婕妤美人，皆住銅雀臺上，施六尺床、帳，朝晡上酒脯粻糒之屬，月朔十五輒向床前作伎樂。汝等時時登銅雀臺，望吾西陵墓田。」

〔譯文〕

皇帝的魂魄早已離開，守靈的人不多，顯得有點淒涼，陵墓、殿堂都籠罩在煙霧之中。

皇帝去世時把曾經被他寵幸過的「未出宮人」作為守陵人，這種讓活人陪死人的規矩與當年曹操西陵讓銅雀臺宮人每天給死去的人上飲食、獻歌舞的做法有什麼兩樣呢？

（三）河東從軍

大中三年春，宋若荀到太原參與防禦邊疆，李商隱有《過故府中武威公交城舊莊感事》，回憶當年在李德裕推薦下去石雄軍中效力時情景。

《風雨》
淒涼寶劍篇，羈泊欲窮年。
黃葉仍風雨，青樓自管絃。
新知遭薄俗，舊好隔良緣。
心斷新豐酒，銷愁斗幾千。

張說《郭代公行狀》：公少，廓落有大志，十八擢進士第，授梓州通泉尉。則天聞其名，驛徵引見，令錄舊文，上《古劍篇》，覽而喜之。

郭元振《文集序》：昔於故鄴城下得異劍，上有古文四字曰：「請斂薛燭。」因作《古劍歌》。

虞思道書：羈泊水鄉，無奈窮悴。

王維：新豐美酒斗十千。

〔譯文〕

你如郭元振到邊境處理叛亂，同時把舊文呈上，可是不管你至今還在羈留漂泊，連生活問題都沒有解決。

你在江南黃葉村面對凄風苦雨，可是皇宮中仍是管絃聲聲，歌舞升平。

如今妻子為妒嫉情緒所束縛，不願意你我再有來往；你我情誼雖深，卻沒有姻緣之分，不得不再次分離。

在新豐這個地方分手，即使有美酒也難以銷去心中的愁悶啊！

《灞岸》
山東今歲點行頻，幾處冤魂哭虜塵。
灞水橋邊倚華表，平時二月有東巡。

《史記·留侯世家》：劉敬說高宗曰：「都關中。」上疑之。左右大臣皆山東人，多勸上都洛陽。

《三輔黃圖》：灞水出藍田谷，西北入渭。在長安城東，跨水作橋。漢人送客至此橋，折柳贈別。

《古今注》：程雅問曰：「堯設誹謗之木，何也？」答曰：「今之華表木也，以橫木交柱頭狀若花也，形似桔槔，大路交衢悉施焉……亦以表識衢路也。」

《舊唐書·裴度傳》：寶曆二年，帝語及巡幸，度曰：「國家營創兩都，蓋備巡幸，然自艱難以來，此事遂絕，東都宮闕，及六軍營壘，百司廨署，悉多荒廢。」

〔譯文〕
今年函谷關東軍隊調防頻繁，因為叛亂剛剛平復，百姓深受其害。

我走到灞橋邊，倚靠著路邊華表，不禁想起當年皇帝到東都洛陽巡幸，你被帶往宜陽的事。

《登霍山驛樓》
廟列前峰回，樓開四望窮。
嶺鼴嵐色外，陂雁夕陽中。
弱柳千條露，衰荷一面風。
壺關有狂孽，速記老生功。

《新唐書·地理志》：河東道　晉州……有四北鎮，以霍邑、趙城、汾西、靈石置霍山祠。

《水經注》：河東霍太山有嶽廟甚靈，鳥雀不棲其林，猛虎常守其庭。

《春秋·左氏成七年傳》：鼴鼠食郊牛角。《博物志·雜說》：鼴鼠……鼠之類最小者，或名耳鼠。

上黨有壺口關，有壺關縣。《新唐書·地理志》：河東道……潞州……壺關。《尚

書‧禹貢》：壺口、雷首止於太嶽。霍邑即今山西霍縣，或山在縣東南，即古太嶽。

　　《舊唐書‧武宗本紀》：會昌三年，昭義節度使劉從諫卒，三軍以從諫侄稹為兵馬留後……遣使齎詔潞府，令稹護從諫之喪歸洛陽，稹拒朝旨。

　　《舊唐書‧高祖本紀》：隋武牙郎將宋老生屯霍邑以拒義師……有白衣老父詣軍門曰：「余為霍山神使謁唐皇帝曰：八月雨止，路出霍邑東南，吾當濟師……」八月辛巳，高祖引師趨霍邑，斬宋老生。

　　〔譯文〕

　　霍山祠建造在前面山峰上，從樓上可以望見四面很遠的地方。

　　嶺上嵐氣中可見有鼯鼠竄過，大雁背向夕陽正向南方飛去。

　　柳樹枝條深秋時節已經開始衰弱，枯乾的荷葉在風中發出悉悉索索響聲。

　　叛亂必定沒有多少得逞的日子了，當年高祖李淵不是在霍山神幫助下擊敗了隋師宋老生軍隊嗎？

《晉元帝廟》

青山遺廟與僧鄰，斷鏃殘碑銷暗塵。
紫蓋適符江左運，翠華空憶洛中春。
夜臺無月照珠戶，秋殿有風開玉宸。
弓箭神靈定何處，年年春綠上麒麟。

　　《吳志‧吳主傳》注：吳書曰：「陳化為郎中令使魏，魏文帝問曰：『吳魏峙立，誰將平一海內者乎？』化對曰『……舊說紫蓋、黃蓋，運在東南。』」

　　〔譯文〕

　　溫縣晉元帝廟與寺院相鄰，當年這裡曾經有過一場惡仗，如今戰場痕跡也已經被歷史塵土掩蓋了。

　　你春天隨軍隊追擊党項、室韋叛亂、直到安東，而今又經徐州往江東，難道你真的是「運在江左」不成？

　　雖然沒有月亮照亮珠簾下的聖像，但秋天有風的日子玉殿開啟，

　　據說找到散落在土裏斷弓殘箭擲在廟前石獸上可以知人未來，可是我只看到門前石麒麟身上的綠色苔蘚。

（四）星關雪涕

　　大中二年秋，吐蕃勾結党項侵犯邠寧、涇原。大中三年八月，李玭收復秦州赴闕，宋若荀等回長安經過興平，在昭陵對當年李晟和渾

珹安定政局功勞大加讚揚，李商隱除了為勝利喝彩，更關心的是通過
友人修復他和宋若荀關係，「會與秦樓鳳，俱聽漢苑鶯。」（《送千牛李
（玭）將軍赴闕五十韻》）

《重有感》
　　玉帳牙旗得上游，安危須共主共憂。
　　竇融表來已關右，陶侃軍宜次石頭。
　　豈有蛟龍愁失水，更無鷹隼與高秋。
　　晝號夜哭兼幽顯，早晚星關雪涕收。

《抱朴子外篇》：兵在太乙玉帳之中，不可攻也。《雲谷雜記》：玉帳為兵家厭勝
之方位，主將於其方置軍帳則堅不可摧，猶玉帳然，其法出於黃帝遁甲。

《文選·張衡·東京賦》：兵書曰：「牙旗者將軍之旌。」

《漢書·項羽列傳》：古之王者，地方千里，必居上游。

《後漢書·竇融傳》：竇融行河西五郡大將軍事，聞光武即位，而心欲向東，遣
長史劉鈞奉書獻馬，帝授融為涼州牧。即復遣鈞上書……融既深知帝意……乃與隗囂
書責讓之……與五郡太守共砥礪兵馬，上書請師期，帝深嘉美之。

《魏志》：曹公西征張魯，王粲作詩曰：相公征關右。

《舊唐書·文宗本紀》：昭義節度使（治潞州，即今山西長治，領潞、澤、邢、
銘、磁五州。）劉從諫三上疏問王涯罪名，內官仇士良聞之惕懼。是日從諫遣焦楚長
入奏，於客省進狀，請面對。上召楚長慰諭遣之。

《舊唐書·劉從諫傳》：是時中官頗橫，天子不能制，朝臣日憂陷族，賴從諫論
列，而鄭覃、李石方能粗秉朝政。

《新唐書·仇士良傳》：從諫上書云：「謹修封疆、繕甲兵，位陛下腹心，如姦
臣難制，誓以死清君側。」書聞，人人傳觀，士良沮恐……帝雖不能去，然倚其言差
自強。

《晉書·陶侃傳》：暨蘇峻作逆，京都不守……平南將軍溫嶠要侃同赴朝廷……
於是便戎服登舟，與溫嶠、庾亮等俱會石頭。諸軍與峻戰，侃督護，竟陵太守李陽部
將彭世斬峻於陣。

《管子·形勢》：蛟龍，水蟲之神者也。乘水則神立，失水則神廢也。人主，天
下有威者也，得民則威立，失民則威廢。

《禮記·月令》：孟秋，鷹乃祭鳥，用始刑戮。

《漢書·孫寶列傳》：以立秋日署（侯）文東部督郵入見。敕曰：「今日鷹隼始

擊，當順天氣，取奸惡，以成嚴霜之誅。」

道源注：《天官書》兩河天闕為關梁。索引曰：宋均云，兩河六星知逆邪。《天文志》：五車南一星曰天關，日月所行，主邊事。

《天官·星占》：北辰一名天關，一名北極，紫宮太乙座也。

《晉書·天文志》：東方，角二星為天關，其間天門也，其內天庭也。故黃道經其中。房四星，為明堂，天子布政之宮也。中間為天衢，為天關，黃道之所經也。

《晉書·劉隗傳》：及王（敦）克石頭，隗攻之不拔，入宮告辭，帝雪涕與之別。

〔譯文〕

軍隊駐紮在鳳翔，將軍本來就應當與人主同甘共難。

早就有邊境文書不斷告急吐谷渾擾亂，你如陶侃從江東去了西北，興兵征討。

哪有天子終日憂慮失去權力，而外藩大臣們卻不來幫助他的呢？朝廷的軍隊一定會像像秋季鷹隼擊殺鳥雀那樣捕殺虜兵，平定叛亂。

邊地的民眾因為戰亂而晝號夜哭，甚至有人還看見冤魂出現，他們都在盼望能早日平定叛亂；希望你能實現為國分憂的志向，早早地收復邊關列城，使憲宗當年收復邊關的願望實現吧！

《復京》

　　虜騎胡兵一戰摧，萬靈回首賀軒壇。
　　天教李令心如日，可要昭陵石馬來。

奉天，今陝西乾縣。

《新唐書·德宗紀》：建中四年十月，涇原卒擁朱泚反，上如奉天。興元元年二月，如梁州。五月戊戌，李晟敗之於苑北、白華，復京師。七月壬子，上至自興元。

《藝文類聚》：《山海經》曰，西王母之山有軒轅臺，射者不敢西向。梁元帝《臨終詩》：寂寥千載後，誰畏軒轅臺？

《資治通鑒·貞元二年》：貞元二年九月，吐蕃遊騎至好時，即今陝西乾縣西，京師戒嚴，民間傳言上復欲出幸，李晟擊吐蕃於汧城（今陝西汧陽縣）。

《新唐書·地理志》：京兆府……醴泉縣……昭陵，在西北六十里九峻山。《唐會要》：上欲揚先帝徽烈，乃刻石為所常乘破敵馬六匹於昭陵闕下。

《唐書》：興元元年六月，加李晟司徒，兼中書令，實封一千戶。

《舊唐書·李晟傳》：興元元年六月四日，晟破賊露布至梁州，上覽之感泣，群臣無不隕涕，因上壽……上曰「天生李晟，以為社稷萬人，不為朕也。」

《唐書》：京兆府醴泉縣有九峻山，太宗昭陵在西北六十里。

《唐會要》：上欲闡揚先帝徽烈，乃刻石為常所乘破敵馬六匹於昭陵闕下。

《安祿山事蹟》：潼關之戰，我軍既敗，賊將崔乾佑領白旆，引左右弛突，又見黃旗軍數百隊，官軍潛謂是敵，不敢逼之，須臾見與乾佑鬥，黃旗軍不勝，退而又戰者不一，俄不知所在，後昭陵奏，是日靈宮前石人馬汗流。

〔譯文〕

當年李晟將軍在這裡打敗朱泚和吐蕃的軍隊，老百姓歡呼雀躍，向著朝廷所在京師磕頭。如今打退了回鶻進攻，收復邊關，不也是和李晟當年一樣的功勳嗎？

德宗皇帝曾經說過李晟是老天為百姓而生的話，如今內憂外患，還有李晟這樣的名將嗎？是不是要讓昭陵的石人石馬要再次奮起抗敵呢？

《送千牛李（玼）將軍赴闕五十韻》
　照席瓊枝秀，當年紫綬榮。
　班資古直閣，勳伐舊西京。
　在昔王綱紊，因誰國步清。
　如無一戰霸，安有大橫庚。
　內豎依憑切，凶門責望輕。
　中臺終惡直，上將更要盟。
　旦陛祥煙滅，皇闈殺氣橫。
　喧闐眾狙怒，容易八蠻驚。
　檮杌寬之久，防風戮不行。
　素來矜異類，此去豈親征。

《舊唐書·職官志》：唐左右千牛尉，大將軍、將軍各一員，掌執御刀，因以名職。正三品；將軍各二員，從三品……王公以下高品子孫起家為之。

《漢官儀》：公侯皆紫綬傅龜。《舊唐書·輿服志》：二品、三品紫綬。

《離騷》：折瓊枝而繼佩。《晉書·王戎傳》：王衍神姿高徹，如瑤林瓊樹，自然是風塵表物。

《通典》：梁天監六年置左右驍騎領朱衣直閣，並給儀從，出則羽儀清道，入則與二衛通直，臨軒則升殿夾侍。

《毛詩·大雅·桑柔》：國步斯頻。箋：國家之政行此禍害比比然。

《左傳》：一戰而霸。

《漢書·文帝記》：大臣遂使人迎代王。（王）卜之，兆得大橫，占曰：「大橫庚庚，余為天王。」注：卜，以荊灼龜，文正橫也，庚庚，橫貌。

－423－

《淮南子‧兵略訓》將軍受命……辭而行，乃爪剪，設明衣也，鑿凶門而出。注：凶門，北出門也。將軍之出，以喪禮處之，以其必死也。

《舊唐書‧宦官傳》：自魚朝恩誅，宦官不復典兵。德宗以親軍委白志貞，志貞多納豪民賂，補為軍士，取其傭直，身無在軍者。《資治通鑒》：司農卿段秀實上言：「禁兵不精，其數全少，卒有患難，將何待之？」

《漢書‧東方朔傳》：願陳泰階六符。注：孟康曰：「泰階，三臺也，每臺二星，凡六星。」《皇帝泰階六符經》：泰階者，天之三階也，上階為天子，中階為諸侯、公卿、大夫，下階為士、庶人。

《公羊傳》：要盟可犯，而桓公不欺。《春秋‧左氏襄公九年》：我實不德而要人以盟，豈禮也哉。

《莊子‧齊物論》：狙公賦予，曰「朝三而暮四。」眾狙皆怒。

《尚書‧旅獒》：惟克商，遂通道於九夷八蠻。貫休《壽春節進詩》：八蠻須稽顙，四海仰昌期。

《左傳春秋‧文公十八年》：顓頊氏有不孝子，謂之檮杌，舜投之四裔。

《國語》：禹致群臣於會稽，防風後至，戮而殺之。

《列子‧黃帝》：虎之與人異類。

《國語》：異德則異類。

《書‧甘誓序‧正義》：夏王啟之時，諸侯有扈氏叛，王命率眾親征之。

〔譯文〕

記得當年一起雪中賦梅時，你已經是三品千牛少年儒將，英姿煥發，佩戴三品紫綬。

你負責保衛出入，皇帝在殿中接見大臣時你侍立在旁，那是因為你祖父李晟平定李懷光、朱泚叛亂的功勳才有這樣寵遇。

宦官曾經把持了王位繼承大權，是因為誰的功勞得以避免禍害的呢？

如果沒有當年光復長安的勝利，怎麼能又迎回皇帝呢？

宦官監軍收受賄賂，禁兵難以保證兵力，卻責怪將軍出征不利。

宰相楊炎不喜歡聽涇原節度使段秀實的直言，反而使李懷光和朱泚代其為節度使，導致禍亂。

朝廷從此沒有祥瑞，皇宮中充滿了殺氣。

華戎會盟也不以誠信之禮，邊地將軍更是貪虐，朝三暮四政策使四圍的突厥、吐蕃、南詔、吐谷渾暴怒，趁機擾亂邊境，驚擾了當今皇帝。

　　因為一直對他們太寬容，沒有對侵擾予以及時反擊，因而反過來侮慢朝廷，應當像舜帝那樣對他們嚴厲鎮壓。

　　虜狄屬於異族，是虎狼之輩，不懂得禮儀，不用皇帝親自去征服他們，將軍你必定能掃蕩南北，縱橫東西。

　　　　捨魯真非策，居邠未有名。
　　　　曾無力牧御，寧待雨師迎。
　　　　火箭侵乘石，雲橋遍禁城。
　　　　何時絕刁斗，不夜見欃槍。
　　　　屢亦聞投鼠，誰其敢射鯨。
　　　　世情休念亂，物議笑輕生。
　　　　大鹵思龍躍，蒼梧失象耕。
　　　　靈衣愧沾汗，儀馬困陰兵。
　　　　別館蘭薰酷，深宮蠟焰明。
　　　　黃山遮舞態，黑水斷歌聲。
　　　　縱未移周鼎，何辭免趙坑。
　　　　空拳轉鬥地，數板不沉城。
　　　　且欲憑神算，無因計力爭。
　　　　幽囚蘇武節，棄市仲由纓。
　　　　下殿言終驗，增埤事早萌。
　　　　蒸雞殊減膳，屑麵異和羹。
　　　　否極時還泰，屯余運果亨。
　　　　流離幾南渡，倉卒得西平。
　　　　神鬼收昏黑，奸凶首滿盈。

　　《禮記·禮運》：孔子曰：「吾捨魯何適矣。」

　　《孟了·梁惠王下》：滕文公問曰：「齊人將築薛，吾甚恐，如之何則可？」孟子對曰：「昔者太工居邠，狄人侵之，去之岐山之下居焉。非擇而取之，不得已也。苟偽善，後世子孫必有王者矣。」

　　《帝王世紀》：皇帝夢人執千鈞之弩，驅羊萬群，寤而歎曰：「千鈞之弩，異力者也，驅羊萬群，能牧民為善者也，天下豈有姓力而名牧者也。」於是求之，得力牧於大澤，進以為將。

　　《文選·班孟堅·東都賦》：雨師泛灑，風伯清塵。注：韓子曰：「師曠謂晉平公

曰，黃帝合鬼神於太山之上，風伯進掃，雨師灑道。」《風俗通》：雨師，畢星也。

　　《魏略》：諸葛亮攻郝昭，起雲梯衝車以臨城，昭以火箭逆射其雲梯。《尸子》：昔者武王崩，成王少，周公旦踐東宮，履乘石，祀明堂，假為天子七年。《周禮・夏官司馬》：王行洗乘石。乘石，王登以上車之石。

　　《史記・李將軍列傳》：不擊刁斗以自衛。注：以銅作鐎器，受一斗，晝炊飯食，夜擊持行，名曰刁斗。

　　《爾雅・釋天》：彗星為欃槍。《史記・天官書》：退而西北三月生天欃，長四丈，退而西南三月生天槍，長數丈，兩頭。注：天欃者……主兵亂，天槍者，主兵喪亂。

　　賈誼《陳政事疏》：欲投鼠而忌器。

　　《詩》：莫肯念亂。

　　《左傳春秋・穀梁昭公元年》：中國曰太原，夷狄曰大鹵。

　　一行《并州起義堂頌》：高祖龍躍晉水，鳳翔太原。

　　《文選・左太沖・吳都賦》：象耕鳥耘。《越絕書》：舜葬蒼梧，象為之耕；禹葬會稽，鳥為之耘。

　　屈平《九歌・大司命》：靈衣兮披披，玉佩兮陸離。

　　儀馬，廟中木馬也。

　　《三輔黃圖》：黃山宮，在興平縣西三十里，武帝微行西至黃山宮，即此。

　　《尚書・禹貢》：黑水西河惟雍州。

　　《史記・周本紀》：秦取九鼎寶器，而遷西周公於𢊊狐。

　　《史記・白起王翦列傳》：秦軍射殺趙括，括軍敗卒四十萬人降武安君（白起）。武安君乃挾詐而盡坑殺之。

　　《漢書・李陵傳》：轉鬥千里，矢盡道窮。

　　《史記・魏世家》：智伯率韓魏之兵圍趙襄子於晉陽，決晉水以灌晉陽，不沉者三版。

　　《左傳》：師曠曰：「公室懼卑，臣不心競而力爭。」

　　《漢書》：蘇武持節使匈奴，單于欲降之，乃幽武，置大窖中。又徙北海上，使牧羊。武仗漢節牧羊，臥起操持，節旄皆落。

　　《史記》石乞、壺黶攻子路，擊斷子路之纓，子路曰：「君子死而冠不免。」遂結纓而死。

　　《晉書・武帝記》：帝單車走洛陽，次獲嘉，市米飯，盛以瓦盆，帝噉二盂。有老夫獻蒸雞，帝受之。

《資治通鑒》：建中元年六月，術士桑道茂言：「陛下不出數年，暫有離宮之厄。臣望奉天有天子氣，宜高大其城，以備非常。」《舊唐書・方技傳》：帝倉卒幸奉天，方思道茂之言，時已卒，命祭之。

《舊唐書・德宗本紀》：亂兵已陳於丹鳳闕下，促神策軍拒之，無一人至者，與太子王妃百餘人出苑北門，其夕至咸陽，飯數匕而過。

《晉書・孝愍帝本紀》：劉曜逼京師，內外斷絕，人相食，死者大半。太倉有麵數十餅，麵允屑為粥供帝。

《新唐書・朱泚傳》：奉天圍久，食且盡，以蘆秣帝馬，太官糯米上二觔。圍解，父老爭上壺餐餌餅。

否、泰，《周易》二卦名，否為天地不交而萬物不通，泰為天地交而萬物通。

杜牧《題永崇西平王宅太尉愬院六韻》：隴山兵十萬，嗣子握彤弓。溫庭筠《題西平王舊賜屏風》：世間剛有東流水，一送恩波更不回。

《通典》：漢置西域都護。晉、宋之後有督護之官，亦其任也。

《易》：師貞，丈人，吉。

《周禮・小宰疏》：覆載之德，其功尤盛。

梁元帝《纂要》：天地四方曰六合。

〔譯文〕

夷狄入侵放棄魯地固然是不明智的，李晟子孫在岐山下邠寧軍尚未得到進攻的命令。

沒有能驅趕萬羊的將軍，黃帝怎麼能舉行封禪大典呢。

當年朱泚叛亂戰火已經燒到了西北鳳翔，攻城的雲梯也已經架到了京城附近。

什麼時候兵士才能不要繫著刁斗行軍，可是彗星的出現預示著戰爭暫時還不會平息。

我聽說當年賈誼有投鼠忌器之慮，她宋若荀也因為怕與皇帝意旨不合而欲去扶桑。

如今不要說事情紛亂，需要有人來處理，叵是她即使有馬革裹屍思想準備也還遭人譏笑，如果她真的被各種流言擊倒，說不定還會引起某些人嗤笑呢！

她曾隨河東軍平黨項去過太原，後來到了南方的蒼梧，在永州祭奠舜帝。

她如屈原那樣被放逐，但又為處理南詔事務去了川西，歸來時在昭陵瞻仰過你祖父李晟陵墓，知道當年敗朱泚、擊吐蕃，以及與安祿山潼關大戰時昭陵石人石馬前往助戰故事。

我們一起去過漢武帝別宮，看到為李夫人所建馬嵬佛寺中「通靈夜醮達清晨，承露盤唏玉帳春」的景象。

又去興平的黃山宮，以及雍州的黑水；

到過秦昭王遷周的單狐和白起坑卒的長平，

也去過李陵矢盡道窮的斗門，智伯率韓魏之兵決晉水三淹而不沉的晉城，

她曾在晉祠禱告，希望神明保佑，願意為國家安定盡心竭力。

她曾如蘇武在北海受盡折磨，但是像子路一樣即使臨死也要保持尊嚴。

她雖然被逐出宮廷，但當年她姐姐上諫皇帝的預言已經實現，就像德宗時桑道茂請修奉天城的建議，不久就在朱泚之亂時應驗。

我和她到長安、洛陽，知道當年皇帝在那裡連飯都沒有吃的事，要不是你祖父西平郡王李晟功勳卓著，朱泚之亂就不可能平定。

否極泰來、屯亨互通是宇宙間時勢變化的大理，她們姐妹的冤案必定會得到平反。

她曾經多次去南方，流離不定，如今得到你西平王嗣子的幫助，在永崇太尉李愬宅院中居留。

好在有神鬼佑助，收去昏黑局面，作亂奸凶逐漸顯出惡貫滿盈的徵兆。

> 官非督護貴，師以丈人貞。
> 覆載還高下，寒暄急改更。
> 馬前烹莽卓，壇上揖韓彭。
> 扈蹕三才正，回軍六合晴。
> 此時惟短劍，仍世盡雙旌。
> 顧我由群從，逢君歎老成。
> 慶流歸嫡長，貽厥在名卿。
> 隼擊須當要，鵬搏莫問程。
> 驅朝排玉座，出位泣金莖。
> 幸籍梁園賦，叨蒙許氏評。
> 中郎推貴婿，定遠重時英。
> 政已標三尚，人今佇一鳴。
> 長刀懸月魄，快馬駭星精。
> 披豁慚深眷，睽離動素誠。
> 蕙留春畹晚，松待歲崢嶸。

異縣期回雁，登時已飯鯖。
去程風刺刺，別夜漏丁丁。
庾信生多感，楊朱死有情。
弦危中婦瑟，甲冷《想夫》箏。
會與秦樓鳳，俱聽漢苑鶯。
洛川迷曲沼，煙月兩心傾。

《唐書》：節度使賜雙旌雙節，行則建節樹六纛。

陸雲：仍世載德。

《唐書》：元和四年，詔以晟配像德宗廟廷，其家編附屬籍。《晉書‧阮咸傳》：群從兄弟，莫不以放達為行。

《詩‧大雅‧蕩》：雖無老成人，尚有典刑。

〔漢〕韋玄成：德之令顯，慶流於裔。

《金石錄》：大和元年裴度奉敕撰《西平王碑》，載西平十五子願、聰、揔、慜、憑、恕、憲、愻、懿、聽、基、愿。《舊唐書》：侗、伷、偕皆無祿早卒。《新唐書‧表》列李聽子琢、璋、瑾、璿、瑇、瓊；基子瑾。

《詩》貽厥孫謀。

《漢書‧孫寶傳》：時孫寶以奸惡之人問掾侯文，文曰：「霸陵杜梔寄。」寶曰：「其次。」文曰：「豺狼當道，不宜復問狐狸。」寶默然。

《莊子》：北冥有魚，其名曰鯤；化而為鳥，其名曰鵬，摶扶搖而上者九萬里。

《舊唐書‧志》：凡受朝之日，千牛將軍則領備身左右，升殿而侍列於御座之左右。

《後漢書‧許劭傳》：劭與從兄靖俱有高名，好共復論鄉黨人物，每月輒更其品題，故汝南俗有月旦評焉。

《後漢書‧班超傳》：封超為定遠侯。

《唐書‧職官志》：少府監之屬有中尚署、左尚署、右尚署，掌百宮技巧之政。中尚掌供郊祀圭璧及天子器玩、后妃服飾、雕文錯彩之制。左尚供翟扇蓋繖五路七副七輦十二車，及皇太后、皇太子、公主、王妃、內外命婦、王公之車。右尚掌供十二閑馬之馬轡。

《史記‧滑稽列傳‧淳于髡傳》：此鳥不鳴則已，一鳴驚人。

《新唐書‧儀衛志》：千牛衛將軍一人陪乘，執金裝長刀。

《瑞應圖》：馬為房星之精。

《尚書正義》：魄者，形也。謂月之輪廓無光之處。

杜甫：披豁對吾真。

李白：斗酒醉黃雞，一餐感素誠。

《楚辭》：白日晼晚其降入兮。

鮑照《舞鶴賦》：歲崢嶸而愁暮，心惆悵而哀離。

《古樂府》：他鄉復異縣。

元積：悵望悲徊雁。《輿地志》：衡山一峰極高，雁不能過，遇春北歸，故名徊雁。《太平寰宇記》：徊雁峰，衡山之南峰也，雁到此不過而徊，故曰回雁峰。

鯖，雜肴也。《西京雜記》：五侯不相能，賓客不得往來。婁護豐辦傳食五侯間，各得其歡心，競取奇膳，護乃合其為鯖，世稱五侯鯖，以為奇味焉。

庾信《哀江南賦》：信年始二毛，即逢喪亂，藐是流離，至於暮齒。燕歌遠別，悲不自勝；楚老相逢，泣將何及。畏南山之雨，忽踐秦庭；讓東海之濱，遂餐周粟。下亭漂泊，高橋羈旅。楚歌非取樂之方，魯酒無忘憂之用。追為此賦，聊以記言。不無危苦之辭，唯以悲哀為主。……嗚呼！山嶽崩頹，既履危亡之運；春秋迭代，必有去故之悲。天意人事，可以悽愴傷心者矣！

《古樂府》：大婦織綺羅，中婦織流黃，小婦無所為，挾瑟上高堂。

《樂苑》：《想夫憐》，羽調曲也。

杜甫：銀甲彈箏用。

《洛神賦》：余從京師，言歸東藩，背伊闕，越轘轅，經通谷，陵景山，日既西傾，車殆馬煩，爾乃稅駕乎蘅皋，秣駟乎芝田，容與乎陽林，流眄乎洛川。

〔譯文〕

並不是因為有了都護身份就一定高貴，軍旅有了好的將帥才能取得勝利。

收復秦州功勞很大，不是一般頌詞可以表達我的敬意。

就像當年抓住了王莽、董卓，處死韓信和彭越那樣的大勝利，事關全局。

護從皇帝的車駕回到長安，天地四方從此清明。

這時的你佩著短劍，以世代忠義的德行繼承節度使官職；

我作為你的從兄弟，真是為你的練達世事高興。

你作為西平王李晟子孫，必定能發揚乃祖乃父德行，成為孫輩中的著名公卿。

對於那些奸惡之人不要姑息，你的前程將十分遠大。

皇帝朝見大臣時你排在玉座左右，而我只能對著漢武帝的承露銅人哭泣。

幸虧當年在梁園時認識你李玭，你和宋若荀（許靖）是否也在議論我呢？

你的岳父中郎將為你作為封疆大吏而自豪。

　　宋若荀當年被人詬病，如今參與綏靖邊事，著書立說，希望一鳴驚人。

　　月黑之夜長刀快馬，征戰南北。

　　她披露胸襟，真心待人，往往為別人的一餐飯而感謝。

　　她就像春天傍晚的蘭蕙，希望夏日到來可以開放，而我就像那憂愁太陽將落的鶴，心中充滿了別離的惆悵。

　　在他鄉異縣流浪，希望如衡山徊雁峰大雁一樣回到北方，為友人們作五侯鯖。

　　她冒著風雨來去匆匆，我們別離之夜總是聽著漏聲直到天亮。

　　她如庾信心中滿是悽愴，而我東南西北地追隨她多次岔路，就像楊朱那樣要到死才能贖去對她的虧欠。

　　她所彈錦瑟盡是悲哀之音，銀甲撥箏聲聲都是《想夫憐》。

　　希望明年春天我蕭史能與弄玉相會，在洛陽小苑中一起聽黃鶯歌唱。

　　洛陽南的通谷洛川是曹植遇見洛神地方，也是我和宋若荀心嚮往之地方，希望你幫助我們實現願望。

（五）兩河平羌

　　党項向西逃竄，羌人叛亂，大中三年二月杜惊為西川，深秋，宋若荀進川協助處理羌人事務，李商隱到梁州接應宋若荀，有「蛇年建午月，我自梁還秦」之行，經西縣有《行次西郊作一百韻》，對沿途民生困斃的狀況作詳細論述。

　　《武侯廟古柏》
　　蜀相階前柏，龍蛇捧閟宮。
　　陰成外江畔，老向惠陵東。
　　大樹思馮異，甘棠憶召公。
　　葉凋湘燕雨，枝折海鵬風。
　　玉壘經綸遠，金刀曆數寒。
　　誰將出師表，一為問昭融。
　　《蜀志‧諸葛亮傳》：贈君丞相武鄉侯印綬，諡據為忠武侯。
　　《成都記》：武侯廟前有雙大柏，古峭可愛，人云諸葛手植。
　　《毛詩‧魯頌‧閟宮》傳：閟，閉也。箋：閟，神也，姜嫄神所依，古廟曰神宮。
　　《方輿勝覽》：水自渝上合州至綿州者，謂之內江；自渝上戎、瀘至蜀者，謂之

外江。《明一統志》：自成都一府而言，則郫（從灌縣經郫縣到成都的岷江東段）為內江，沱、前（亦岷江東段，一稱中江）為外江。自成都一城而言，則錦江為內江，而郫又為外江。

《蜀志·先主傳》：秋八月葬惠陵。

《後漢書·馮異傳》：漢光武帝戰將馮異字公孫，穎川交城人也，好讀書，通左氏傳、孫子兵法……異為人謙退不伐……每所止舍，諸將並坐論功，異常獨屏樹下，軍中號曰大樹將軍。

《毛詩·召南·甘棠序》：甘棠，美召伯也。箋：召伯姬姓，名奭，食采於召，作上公，為二伯。疏：武王之時，召公為西伯，行政於南土，決訟於甘棠之下，其教著明於國，愛結於民心，故作詩以美之，經三章，皆言國愛召伯而敬其樹。

《湘州記》：零陵山（舜葬處，今湖南寧遠縣東南），有石燕，遇風雨則飛，雨止還為石。

《莊子·逍遙遊》：北冥有魚，其名為鯤，鯤之大不知其幾千里也，化而為鳥，其名為鵬。鵬之徙於南冥也，水擊三千里，摶扶搖而上者九萬里。

《文選·左太沖·蜀都賦》：玉壘，山名也，湔水出焉，在成都西北岷山界。即今阿壩藏族自治州汶川縣境。

《周易·屯》：君子以經綸。

《漢書·王莽傳》：夫劉之為字，卯金刀也。正月，剛卯金刀之利，皆不得行。

《尚書·大禹謨》：天之曆數在汝躬。

《蜀志·諸葛亮傳》：率諸軍駐漢中，臨發上疏曰：「先帝創業未半……」

《詩》：昭明有融。杜甫《投贈哥舒開府翰二十韻》：契合動昭融。

〔譯文〕

蜀國丞相武侯廟前古柏蒼勁虯曲，就像龍蛇衛護著諸葛孔明的神靈。

樹蔭一直延伸到外江畔，東邊就是先主的惠陵。

我好像看到諸葛亮像漢代善戰的馮異在古柏下讀書，又像當年受人愛戴的召伯，在樹下處理公務。

你去過湘江的零陵，經歷了海上的颶風。

又去過岷山，多次來往成都。

你忠於皇帝的心志如諸葛亮《出師表》中所表述的那樣確定無疑，可是又有誰能把你對皇帝的忠信向他稟告呢？

《張惡子廟》

下馬捧椒漿，迎神白玉堂。

如何鐵如意，獨自與姚萇。

《方勝輿覽》：張惡子廟即梓潼廟，在梓潼縣北八里七曲山。

《明史·禮志四》：梓潼帝君者，記雲神姓張，名亞子，居蜀七曲山，仕晉戰沒，人立為廟，唐、宋屢封為英顯王。道家謂帝命梓潼掌文昌府事及人間祿籍，故元加帝號為帝君，而天下學校亦有祠祀者。

《太平廣記》引《北夢瑣言》：梓潼縣張惡子廟，乃五丁拔蛇之所也。

屈平《九歌》：奠桂酒兮椒漿。

《梓潼化書·第七十五化》：建興末作儒士，稱謝艾……繼而往關中，與姚萇為友，久之予厭處凡世，思歸蜀峰，……後姚萇以龍驤將軍使蜀，至鳳山訪予，予假以鐵如意，祝之曰：「麾之可致兵。」萇疑予，予為之一麾，戈盾戎馬萬餘，列之平坡，今試兵壩也。

《晉書·載記·後秦姚萇傳》：萇字景茂，戈仲第二十四子也，少聰哲多權略……以太元（晉孝武帝司馬曜年號）十一年萇即皇帝位於長安，大赦，改元曰建初，國號大秦。

〔譯文〕

梓潼廟前祭祀張惡子，這裡也是五丁拔蛇之處，想起你們姐妹五人當年在白玉堂為皇家服務，也如秦代修築金牛道時的五丁一樣。

為什麼文宗有你們姐妹襄助卻不能如姚萇成功事業呢？還不是因為他疑慮重重、不相信正派大臣嗎？

《行次西郊作一百韻》

蛇年建丑月，我自梁還秦。

南下大散關，北濟渭之濱。

草木半舒坼，不類冰雪晨。

又若夏苦熱，焦卷無芳津。

高田長槲櫪，下田長荊棘。

農具棄道旁，饑牛死空墩。

依依過村落，十室無一存。

存者皆面啼，無衣可迎賓。

始若畏人問，及門還具陳。

右輔田疇薄，斯民長苦貧。
伊昔成樂土，所賴牧伯仁。
官清若冰玉，吏善如六親。
生兒不遠征，生女事四鄰。
濁酒盈瓦缶，爛穀堆荊囷。
健兒庇旁婦，衰翁舔童孫。
況自貞觀後，命官多儒臣。
例以賢牧伯，徵入司陶鈞。
降及開元中，姦邪擾經綸。
晉公忌此事，多錄邊將勳。
因令猛毅輩，雜牧升平民。
中原遂多故，除授非至尊。
或出幸臣輩，或由帝戚恩。
中原困屠解，奴隸厭肥豚。
皇子棄不乳，椒房抱羌渾。
重賜竭中國，強兵臨北邊。
控弦三十萬，長臂皆如猿。
皇都三千里，來往同雕鳶。
五里一換馬，十里一開筵。
指顧動白日，暖熱回蒼旻。
公卿辱嘲叱，唾棄如糞丸。
大朝會萬方，天子正臨軒。
彩旗轉初旭，玉座當祥煙。
金障既特設，珠簾亦高褰。
捋鬚寒不顧，坐在御榻前。
忤者死艱屢，附之升頂巔。
華侈矜通炫，豪俊相併吞。
因失生惠養，漸見徵求頻。
奚寇西北來，揮霍如天翻。
是時正忘戰，重兵多在邊。
列城繞長河，平明插旗幡。

但聞虜騎入，不見漢並屯。

大婦抱兒哭，小婦攀車轓。

生小天平年，不識夜閉門。

少壯盡點行，疲老守空村。

生分作死誓，揮淚連秋雲。

廷臣例獝怯，諸將如贏奔。

為賊掃上陽，捉人送潼關。

玉輦往南斗，未知何日旋。

《地理志》：大散關在鳳縣東界大散嶺。《新唐書‧地理志》：寶雞縣西南有大散關。《通志》：通襃斜大路。

應璩《與岑文瑜書》：頃者炎旱，日更增甚，沙礫銷爍，草木焦卷。

《詩經》適彼樂土。

《漢書》：元后父禁，好酒色，多娶旁妻。

《書》：幼子童孫。《後漢書‧楊彪傳》：子修為曹操所殺，曹見彪問曰：「公和瘦之甚？」對曰：「愧無日暉先見之明，猶懷老牛舐犢之愛。」

《漢書‧鄒陽傳》：聖王制世御俗，獨化於陶鈞之上。

《周易正義》：君子以經綸。《禮記‧中庸》：惟天下至誠者為能經綸天下之大經。

《舊唐書‧李林甫傳》：開元二十五年封晉國公。開元中，張嘉貞、王晙、張說、蕭嵩、杜暹皆以節度人知政事。林甫欲杜其源以久己權，乃言夷狄未滅，由文吏憚矢石，不身先，請專用蕃將。因議安思順代己領使，而擢哥舒翰、高仙芝、安祿山等為大將，林甫利其無入相之資，故祿山得專三道勁兵，處十四年不徙，卒稱兵蕩復天下，王室遂微。《舊唐書‧崔群傳》：告憲宗曰：「世言安祿山反，為治亂分時，臣謂罷張九齡、相林甫，則治亂已分矣。」

《國語》：不主寬惠，亦不主猛殺，主德義而已。《大戴禮》：猛毅而獨斷者，使是治軍事為邊境。

班固《西都賦》：後宮則有披庭椒房后妃之室。

《安祿山事蹟》：祿山生日後三日，明皇召入內。貴妃以錦繡繃縛祿山，令內人以彩輿昇之，歡呼動地，云：「貴妃與祿兒做三日洗兒。」帝就觀大悅，因賜洗兒金銀錢物。自此宮中皆呼祿山為祿兒，不禁出入。《舊唐書‧安祿山傳》：安祿山，營州柳城雜種胡人也。

《舊書‧郭子儀傳》：吐蕃、回紇、党項、羌、渾、努剌等各種，安祿山幼隨母在突厥中。

《漢書・婁敬傳》：是時冒頓單于兵強，控弦四十萬騎。《安祿山事蹟》：祿山引蕃奚步騎二十萬。

《史記》：李廣為人長，猿臂，善射。

《唐書》：祿山晚益肥，每馳驛入朝，半道必易馬，號大夫換馬臺，不爾馬蚝僕。

《安祿山事蹟》：乘驛詣闕……飛蓋蔭野，車騎雲屯，所止之處，皆賜御膳，水陸畢備。

《左傳》：彼皆僬僥。注：僬僥，驕傲。

《唐書》：帝登勤政殿，幄坐之，左張金雞大障，前置特榻，詔祿山坐，褰其幄以示尊寵。太子諫曰：「陛下寵祿山太過，必驕。」帝曰：「胡有異相，吾欲厭之。」

《釋名》：足後曰根，象木根也。

《新唐書》：帝為祿山起第京師，窮極壯麗，簾幕率緹繡，金銀為筦筐爪籬，大抵服御雖乘輿不能過。《安祿山事蹟》：舊宅在道正坊，更於親仁坊寬爽之地造焉。

《新唐書・安祿山傳》：祿山為范陽大都督兼河北道採訪處置使，又拜河東節度使，兼制三道，後又得朔方節度使阿布思之眾，兵雄天下。又請為閑廐、隴右群牧等使，擇良馬內范陽，又奪張文儼馬牧。

《安祿山事蹟》：祿山養同羅、奚、契丹八千餘，名曳落河；又畜單于護具大馬習戰鬥者數萬匹，天寶十四年十一月九日起兵反。

《舊唐書》天下承平日久，人不知戰。

《韻會》：獐性善驚，故從章。章，章惶也。

《說文繫傳》：六畜多瘦，惟羊則羸。

〔譯文〕

大中三年（己巳）的八月，我從梁州漢中回長安，途經略陽西縣，

再經褒斜路到寶雞大散關，到渭河之北的咸陽。

看到一路上草木沒有精神樣子，不像是冬天冰雪交融枯槁，

也不像是今夏天氣炎熱乾旱，草木焦卷，沒有一點潤澤，而是因為民眾都已經逃亡，沒有人耕種所致。

高田上長著檞樹、櫪樹這些灌木，低窪的田裏索性荊棘叢生。

農具丟棄在路旁，耕牛餓死在土墩上，

一座座村莊裏十室九空，偶而碰到人都掩面而啼，說沒有衣服可穿羞於出門迎接客人。

開始時候問他們都不肯說，等進了門才告訴我們：

此地向來土壤瘠薄，出產很少，民眾也一直較為窮苦。

以前有說這裡曾經是樂土，那是因為當時牧養者比較仁愛。

官長都很清廉，小吏對民眾也比較和善。

老百姓生了兒子都不用遠征，因為國家沒有戰爭；生了女兒就嫁在附近人家，有事還可以回來幫忙。

家裏釀酒甕滿滿的，穀子吃不完爛在囷裏。

寬裕人家男子還有再娶妾的，老人們和孫子一起享盡舐犢之愛、天倫之樂。

何況唐貞觀後朝廷命官一般多是儒臣，以歷代賢臣為榜樣，聖王制御天下如製陶者轉鈞周圍調勻，將賢良者徵為宰相。

應當是君子掌控政治綱紀，但是從開元年後姦邪者如李林甫之類把持朝政，

藉口邊境未安文臣怕死而任用蕃將，獎勵邊功，結果造成安祿山等手握重兵，邊將好大喜功，朝廷開始由治向亂。

猛毅獨斷之人本來只能用於軍事，卻任其為節度使兼牧民眾，怎麼能行呢？

關隴地區從此多變故，官吏除授也不用正式任命而隨長官的好惡任用，或者是幸臣，或者是后戚，

民眾因此而像牛馬一樣被屠殺，那些小吏整天吃喝都厭棄了肥肉。

後宮專寵，皇子被害；楊貴妃以羌胡為兒，為安祿山作洗兒之戲，

由此滋長了胡虜野心，朝廷雖然對他們實行賞賜政策，但還是不滿足，

往往控兵數十萬，重兵布置在北疆。

他們善騎射，從范陽到關隴三千里來往如同飛鷹那樣。

安祿山因為肥胖五里一換馬，所止之處十里就有御膳預備，

他手指目顧就可以使白天縮短，變春秋為涼熱。

他隨意辱罵公卿，把大臣看得如屎殼郎蟲一樣。

天子大會諸侯，在殿前接見臣屬時候，

旭日東昇，彩旗飛揚，皇帝玉座前薰爐中祥煙彌漫，

皇帝在勤政殿金雞大障前特榻坐定，珠簾高高褰起以示尊寵，

安祿山驕傲無狀，竟然在御座前持麈偃蹇，無所顧忌。

觸忤安祿山者立死於其踐踏之下，依附者則升居高位，

皇帝為胡將在京師建造宅第，窮侈極麗，競相誇耀。

他們不斷地擴大領地，多次向朝廷要求給養，因而勢力越來越大，党項不斷騷擾河東，

奚寇從西北侵入，一會兒就到了河北各地，向河南襲來。

當時天下承平，人不知戰，為防備吐蕃精兵都在西北邊境，因而河北道沒有防禦。

盜寇所至郡縣無所捍禦，往往晚間攻打沿河城邑，天明已經插上他們的旗幡，一路報來都是胡虜深入消息，看不到漢人的村屯。

年長婦人們抱著兒子在哭，新婚妻子抓住征車不放手。

以往都是天平年，晚上睡覺都不用關門，如今胡虜侵入內地，

少壯之人都被徵入軍，只有老弱守著空村，

生離死別，淚水連到秋天的雲。

朝廷大臣如善驚的獐早就跑個沒影，武將也像羊一樣跑得飛快。

賊兵直到洛陽，掃掠上陽宮，又抓住工匠等送出潼關。

皇帝向西南方向出奔，不知哪天才能回來。

> 誠知開闢久，遘此云雷屯。
> 送者問鼎大，存者要高官。
> 搶攘互間諜，孰辨雄與鸞。
> 千馬無返轡，萬車無還轅。
> 城空鳥雀死，人去豺狼喧。
> 南資竭吳越，西費失河源。
> 因令左藏庫，摧毀唯空垣。
> 如人當一身，有左無右邊。
> 筋體半萎痺，肘腋生臊羶。
> 列聖蒙此羞，含懷不能宣。
> 謀臣拱手立，相戒無敢先。
> 萬國困杼軸，內庫無金錢。
> 健兒立霜雪，腹歉衣裳單。
> 饋餉多過時，高古銅與鉛。
> 山東望河北，口煙猶相連。
> 朝廷不暇給，辛苦無半年。
> 行人推行資，居者稅屋椽。
> 中間遂作梗，狼藉用戈鋋。
> 臨門送節制，以錫通天班。
> 破者以族滅，存者尚遷延。

揚雄《劇勤美新文序》：配五帝，冠三王，開闢以來，未之聞也。

《易》：雲雷屯，剛柔始交而難生。

《左傳》：定王使王孫滿勞楚子，楚子問鼎之大小輕重焉。

《唐書》：祿山反，胡虜蠶食，鳳翔以西，邠州以北皆為左袵。至廣德間，吐蕃盡取河西、隴右之地。

《通典》：左藏庫掌藏錢布帛雜綵，右藏掌銅鐵毛角玩弄之物，金玉珠寶香畫彩色諸方貢獻雜物。

《舊書・崔光遠傳》：駕發，百姓亂入宮禁取左藏大盈庫物，既而焚之。

杜牧《戰論》：天下視河北猶四肢也，國家無河北，則精甲銳卒利刀良弓健馬無有也，是一支兵去矣。河東、盟津、滑臺、大梁、彭城、東平盡宿厚兵，以塞虜衝，不可他使，此二支兵去矣。六鎮之師，厥數三億，低首仰給，橫拱不為，沿淮以北，循河之南，東盡海，西叩洛，赤地盡取，才能應費，是三支財去矣。咸陽西北，戎夷大屯，盡鏟吳越荊楚之饒，以啖兵戌，是四支財去矣。

《唐書》：德宗時江淮多鉛錫錢，以銅蕩外，不盈斤兩。銷千錢，為銅六斤。

《唐書》：德宗建中三年，搜括富商錢，增兩稅鹽榷錢。又於諸道津要置吏稅商貨，每貫稅二十文，竹木茶漆皆十稅一。四年，稅間架錢，每屋兩架為間，上者稅錢二千，中稅千，下稅五百。

王勃《南郊頌》：憑暇作梗，恃險忘恭。

《舊唐書・職官志》：旌節所以委良能，假賞罰。旌節之制，命大將帥及遣使於四方，則請而佩之。

《舊唐書・鄭餘慶傳》：至德以來，方鎮除授，必遣中使領旌節就第宣賜。

〔譯文〕

這真是三皇五帝開天闢地以來聞所未聞之事，從此唐朝劫難就開始了。

各地方鎮送物勞軍者像當年楚子覬覦社稷寶器，遣使存問者亦每邀求高官賞賜，互相偵伺，彼此傾軋，姦邪與忠於朝廷者無法分辨。

叛軍長驅直入，君臣望風而逃，

人民流離失所，只有豺狼在空城中喧鬧。

胡虜趁機蠶食大唐，鳳翔以西、邠州以北都被吐蕃所佔，強迫漢人穿上他們的服裝。

朝廷收入主要依賴浙西、浙東、宣歙、淮南、鄂岳、福建、湖南、江西八道四十州的南方之地，苛求之重使東南財力消耗殆盡，而河西之地又淪於吐蕃，朝廷資用

日漸枯竭，

　　皇帝西幸之日國家左庫藏中錢物被搶一空，燒得只剩下牆壁，

　　安史之亂後強藩割據、政令不行，肘腋之地又屢遭異族侵佔，如人之一身有左
無右，筋體已經半痿痹矣。

　　蒙此大辱，歷代聖君都想雪恥而無力，因而含懷不宣。

　　謀臣拱手而立，誰也不敢先說話，

　　因為改變現狀需要財力，內庫中沒有錢。

　　守衛邊境士兵穿著單衣立在霜雪地裏，腹中飢餓難耐。

　　發兵餉時候早過了，即使發一點也是外蕩銅而內鉛錫的假錢。

　　山東、河北兩道相互觀望，烽煙相連，

　　朝廷無暇顧及民眾生活，終歲辛苦沒有半年之糧，

　　官吏向行商徵收貨物稅，向居住房屋的人徵收間架稅。

　　中間又有從中阻擾抗命，朝廷政令不能下達；藩鎮相繼叛亂，大動干戈。

　　方鎮除授以往是皇帝派中使領旌節就第宣賜，從而得列朝班，

　　如今朝廷所破藩鎮已遭族誅，尚存藩鎮還在觀望拖延，繼續割據，往往世襲自
立，朝廷不僅不懲處，反而遣中使送上旌節制書。

　　　禮數異君父，羈縻如羌零。
　　　直求輸赤誠，所望大體全。
　　　巍巍政事堂，宰相厭八珍。
　　　敢問下執事，令誰掌其權。
　　　瘡疽幾十載，不敢扶其根。
　　　國蹙賦更重，人稀役彌繁。
　　　近年牛醫兒，城社更扳援。
　　　盲目把大旆，處此京西藩。
　　　樂禍忘怨敵，樹黨多狂狷。
　　　生為人所憚，死非人所憐。
　　　快刀斷其頭，列若豬牛懸。
　　　鳳翔三百里，兵馬如黃巾。
　　　夜半軍牒來，屯兵萬五千。
　　　鄉里駭共憶，老少相扳牽。
　　　兒孫生未孩，棄之無慘顏。

不覆議所適，但欲死山間。

爾來又三歲，甘澤不及春。

盜賊亭午起，問誰多窮民。

節使殺亭吏，捕之恐無因。

咫尺不相見，旱久多黃塵。

官健腰佩弓，自言為官巡。

長恐值荒迥，此輩還射人。

愧客問本末，願客無因循。

郿塢抵陳倉，此地忌黃昏。

《說文》：羌，西戎也。《廣韻》：零，先零，西羌也。

司馬相如《難蜀父老》：天子之牧夷狄也，羈縻勿絕而已。《漢書‧趙充國傳》：先零首為叛逆。

《唐書》：初，三省長官議事於門下省之政事堂。其後，裴炎自侍中遷中書令，乃遷政事堂於中書省。張說為相，又改政事堂號中書門下，列五房於其後。

《周禮‧宰冢》：膳夫，珍用八物。

《左傳》：寡君聞君親舉玉趾，將辱於敝邑，使下臣犒執事。《國語‧吳語》：敢私告下執事。

漢成帝時童謠：桂蠹花不實，黃雀巢其顛。昔為人所愛，今為人所憐。

《舊唐書‧地理志》：鳳翔在京師西三百五十里。

《後漢書‧靈帝紀》：鉅鹿人張角，自稱黃天，其部帥三十六萬，皆著黃巾，同日反叛。

《唐書‧代宗紀》：州兵給衣糧者謂之官健。

〔譯文〕

如今西羌的先零又叛逆，他們的風俗習慣與漢族不同，

從中調停豈求其竭誠忠於朝廷，不過望其維持君臣大體而已。

中書省政事堂宰相議事，例會食，膳夫送上八珍之物。

敢問如今宰相之下誰為執事？誰在掌權？

國家千瘡百痍，要根本改變幾乎是不可能的，

他們知道民眾賦稅繁重的困苦嗎？

有人只知道樹起大旗，盲目地要求光復西北失地；

甚至還結黨爭奪，不知道禍患將至，

所謂「螳螂捕蟬，黃雀在後」，戎狄乘機四處騷擾，叛亂者也正想進入中原。

他們屠殺民眾就像殺豬羊一樣毫無憐憫心，用快刀割下人頭一排排。

鳳翔三百里到處是西羌兵丁，就像當年三十六萬黃巾軍。

夜半軍牒通告這裡將有一萬五大軍屯駐，即將與羌人展開激戰，

老百姓趕緊相互轉告，攜扶著離開鳳翔，趕緊四處逃亡，

不滿十歲兒童因為走不動路，沒有辦法也只好丟下。

不管到哪裏，只要躲避到山間。

現在已經過去了三年，連續幾年乾旱，

盜賊四起，節度使殺下級官吏亭長以泄民憤，真是毫無道理。

因為連年乾旱，沙塵彌漫咫尺之間都難以分辨。

州兵腰裏佩著弓箭，說是奉官命在巡邏，

其實到了荒遠地即為盜賊，他們還射人取樂，因此老百姓才逼上梁山造反。

慚愧你客人問起我才告訴你，希望你不要馬虎大意，

此地從陳倉大散關開始黃昏時就不要再在路上走，避免不測。

> 我聽此言罷，冤憤如相焚。
> 昔聞舉一會，群盜為之奔。
> 又聞理與亂，在人不在天。
> 我願為此事，君前剖心肝。
> 叩頭出鮮血，滂沱污紫宸。
> 九重黯已隔，涕泗空沾唇。
> 使典作尚書，廝養為將軍。
> 慎勿道此言，此言未忍聞。

《詩經》憂心如焚。

《左傳》：晉侯請於王，以黻冕命士會將中軍，且為太傅，於是晉國之盜逃奔於秦。

《唐會要》：高宗龍朔三年四月，移仗就蓬萊宮新作含元殿，始於紫宸殿聽政，百僚奉賀新宮成也。

《楚辭·九辨》：君之門兮九重。

《漢書·蘇武傳注》：假吏，猶今之差人充使典。

《唐書·李林甫傳》：玄宗欲以牛仙客為尚書，張九齡曰：「仙客本河湟一使典耳。」

〔譯文〕

我聽完鄉人的話，憂心如焚：

當年士會為將，晉國的盜賊都逃亡秦國，如今川中先零羌人造反直到鳳翔，是因為牧伯非人，節度使不懲處作惡的官健而導致官逼民反。

理亂在乎人而不在天，我願意將此事陳明皇帝，

那怕是在紫宸殿臺階上額頭叩出鮮血也要說。

可惜君王的九重門已關，皇帝也不會聽我說出事情根由，我痛哭流涕也無用。

將相皆非其人，慎勿再為此言，我真不忍聞也。

（六）隨師東征

大中六年春，奚人擾邊，宋若荀參與東征，直至朝鮮，接下來又往長清安置降虜。

《隨師東》
東征日調萬黃金，幾竭中原買鬥心。
軍令未聞誅馬謖，捷書惟是報孫歆。
但須鷺鷥巢阿閣，豈假鴟鴞在泮林。
可惜前朝玄菟郡，積骸成莽陣雲深。

《詩經》：翩彼飛鴞，集于泮林。食我桑葚，懷我好音。

〔譯文〕

東征每天須用萬兩黃金，幾乎中原都要竭盡了還不能買得軍心。

軍令不聽得誅殺畔孽的馬謖，卻總是聽到孫歆的捷報。

鷺鷥巢在阿閣，鴟鴞居在泮林，食我桑林。

前朝的玄菟郡，積骸就像莽雲一樣。

《青陵臺》
青陵臺畔日光斜，萬古貞魂倚暮霞。
莫訝韓憑為蛺蝶，等閒飛上別枝花。

《寰宇記》：在鄆城縣，憑運土所作，至今臺跡依然，宋大夫韓憑遺跡也。《郡國志》亦云青陵臺在鄆州須昌。《明一統志》：青陵臺在開封府封丘縣界。

《搜神記》：宋大夫韓憑，其妻美。宋康王（子偃）奪之。憑怨，王囚之，妻乃隱腐其衣，王與之登臺，自投臺下。左右攬衣，衣不勝手而死，遺書於帶曰：「願以屍

與憑合葬。」王怒，使埋之二冢相望，曰：「爾夫婦相愛，能使冢合則吾弗阻也。」宿昔便有文梓生二冢之端，旬日而盈抱，屈體相就，根交於下，枝錯於上，有鳥如鴛鴦棲其樹，朝暮悲鳴。宋人謂此即韓憑夫婦之精魂。

〔譯文〕

傍晚時分來到青陵臺，只見韓憑夫婦的精魂所化的兩棵文梓合抱向著斜陽。

不要驚訝如今韓憑的魂靈為什麼化作蛺蝶飛到別枝花上，是因為他的妻子先離開他啊！

（七）辛苦金徽

大中五年至七年，田牟為靈武，宋若荀參與西征。

《渾河中》

九廟無塵八馬回，奉天城壘長莓苔。

咸陽原上英雄骨，半向君家養馬來。

《舊唐書·渾瑊傳》：渾瑊，皋蘭州人，本鐵勒九姓部落之渾部也。德宗幸奉天，後三日，瑊率家人子弟自京師至，乃署為行在都虞侯檢校兵部尚書京畿渭北節度觀察使。興元元年三月，加左僕射同中書門下平章事，奉天行營兵馬副元帥，六月，加瑊侍中，七月，德宗還宮，以瑊守本官兼河中（今山西永濟）尹、河中絳、慈、隰節度使，該封咸寧郡王。瑊鎮蒲十六年，貞元十五年十二月薨於鎮。

《國史補》：李晟平朱泚之亂，德宗覽《復京城露布》曰：「臣已肅清宮禁，祇謁寢園，鍾簴不移，廟貌如故。」上感泣失聲。

《舊唐書·玄宗紀》：開元十年，增置京師太廟為九室。

《唐書》：奉天縣屬京兆府。文明元年，分醴泉置。《資治通鑒》：德宗建中元年六月，術士桑道茂上言：「臣望奉天有天子之氣，宜高大其城，以備非常。帝命作奉天城。四年，涇原兵亂，上思桑道茂之言，自咸陽幸奉天。」

《穆天子傳》：天子之駿，赤驥、盜驪、白義、踰輪、山子、渠黃、華騮、綠耳。

《漢書·金日磾傳》：金日磾，字翁叔，本匈奴休屠王太子也。日磾以父不降見殺，與母閼氏、弟倫俱沒入宮，輸黃門養馬……拜為馬監，遷侍中……日磾既親近，未嘗有過失，……以討莽何羅功，封日磾為秺侯。

《舊唐書·渾傳》：位極將相，無忘謙抑，物論方之金日磾。

〔譯文〕

京城安堵，天子重回，九廟如故，那是因為李晟、渾瑊衛護德宗，而當年進行

激烈保衛戰的奉天城，今天已經被莓苔隱沒。

　　如今咸陽原上墳墓中的英雄多半是當年渾瑊部下，功成之後為皇家養馬；如今輿論都把渾瑊比作漢代金日磾，大約是因為渾瑊功高而不居傲的緣故吧？

　　《微步郎》
　　塞外虜塵飛，頻年度磧西。
　　死生隨玉劍，辛苦向金微。

　　〔譯文〕
　　塞外虜塵，連年戰爭。
　　死生隨玉劍，辛苦向金微（阿爾泰山）。

　　《少年》
　　外戚平羌第一功，生平二十有重封。
　　直登宣室螭頭上，橫過甘泉豹尾中。
　　別館覺來雲雨夢，後門歸去蕙蘭叢。
　　灞陵夜獵隨田竇，不識寒郊自轉蓬。

　　岑仲勉《郎官石柱題名新考訂》：元和十五年正月憲宗崩，閏正月十三日李德裕自監察御史充翰林學士。時穆宗皇帝初嗣位，對見之日，即賜金紫。

　　《漢書・樊噲傳》：賜重封。注：重封，益祿也。

　　《舊唐書・文宗紀》大和三年十月壬辰，以兵部侍郎李德裕檢校戶部尚書、兼滑州刺史、義成軍節度使。大和四年十月戊申，以義成李德裕檢校兵部尚書、兼成都尹，充劍南西川節度使。以兵部侍郎召，俄拜中書門下平章事，封贊皇縣伯。

　　《漢書・賈誼傳》宣室，未央殿正室也。

　　《新唐書・百官志》：起居舍人分侍左右，秉筆隨宰相入殿，若仗在紫宸內閣，則夾香案分立殿下，值第二螭首，和墨濡筆皆即坳處，時號螭頭。

　　《三輔黃圖》：林光宮一名甘泉宮，秦所造……漢武帝建元中增廣之，周九十里，去長安三百里。《關輔記》：甘泉宮一名雲陽宮，一曰林光宮，在今池陽縣西甘泉山。本秦造，漢武建元中增廣之，周十九里，去長安三百里，望見長安城。

　　《漢書・揚雄傳》：趙昭儀方大幸，每上甘泉，常法從，（注：從法駕也。）在屬車間、豹尾中。注：大駕屬車八十一乘，作三行，尚書御史乘之，最後一乘懸豹尾。

　　《晉書・王導傳》：曹氏性妒，導甚憚之，乃密營別館，以處眾妾。

《漢書‧成帝紀》：上始為微行出。注：於後門出……單騎出入市裏，若微賤之所為，不復警蹕，故曰微行。

《三輔黃圖》：文帝灞陵在長安城東七十里。

《史記‧魏其武安候列傳》：魏其侯竇嬰者，孝文後從兄子也……武安候田蚡者孝景后同母弟也。

《史記‧李將軍列傳》：廣家居數歲，屏野居藍田山中射獵，嘗夜從一騎出，從人田間飲，還至灞陵亭，灞陵尉醉，呵止廣，廣騎曰：「故李將軍。」尉曰：「今將軍尚不得夜行，何乃故也！」

《東觀漢記》：栗駭蓬轉。曹植《雜詩》：轉蓬離本根，飄搖隨長風。

〔譯文〕

你當年年紀輕輕進入朝廷重臣之列。如今還有少年時志氣，作為外戚平定羌族造反功勞可算是前無古人的了。

你曾跟隨皇帝法駕去過甘泉宮，作為文字侍從乘車在隊尾，

經興平時到雲陽甘泉宮，你有沒有想起我當年從後門出入的情景呢？

如今又和皇親貴戚一起在灞陵一帶打獵，我因為不認識這些勢家而命運如飄蓬，不能和你相比，即使想報國也投靠無門啊！

（八）田氏功勳

李商隱《少將》、《舊將軍》是大中六年、七年讚揚田氏祖孫衛國勤勞，功勳卓著。

田弘正，田橫後裔，唐代功臣。元和八年十月，魏博都知兵馬使田興奉貢歸命朝廷，詔以田興為魏博節度使，賜名弘正。元和十三年武寧節度使李愬與平盧兵十一戰，皆捷。〔註20〕丙申，田弘正奏敗淄青兵於東阿，殺萬餘人。王建《寄賀田侍中東平功成》〔註21〕、《田侍中宴席》〔註22〕、《田侍郎歸鎮（一作上魏博田侍中八首）》〔註23〕都說到田弘正。張祜元和十四年客遊魏博節度使田弘正幕，有《投魏博田司空二十韻》稱頌弘正能以魏博六州之土地民笈自動歸於朝

〔註20〕《資治通鑒‧唐紀五十六‧憲宗元和十三年》。
〔註21〕《全唐詩‧卷三百‧王建》。
〔註22〕《全唐詩‧卷三百‧王建》。
〔註23〕《全唐詩‧卷三百零一‧王建》。

廷。《舊唐書・田弘正傳》:「伏自天寶已還,幽陵肇亂,山東奧壤,悉化戎墟,外撫車馬,內懷媮境,官封代襲,刑賞自專,國家含垢匿瑕垂六十載」,弘正被擁為立節度使後立即奉表朝廷,謂:「若稍假天年,得奉宸算,兼弱攻昧,批亢擣虛,竭鷹犬之資,展獲禽之用,導揚和氣,洗滌偽風。」竭力遵朝廷之命,削平其他不奉朝命之藩鎮,而魏博之地勢鈐帶兩河,張枯詩云「國除心腹病」絕非泛泛語。田弘正言出行隨:「報主親臨敵,屯師首犯疆……夜柵迴千馬,昏鼙亞萬槍。按聲鋪陣血,垂淚撫刀瘡。」《弘正本傳》云:王承宗叛,詔弘正以全師歷境,承宗懼,遣使求投於弘正,(弘正)遂表其事,承宗遂納二子,獻德棣二州(於朝)以自解。十三年,王師加兵於鄆,詔弘正與宣武、義成、武寧、橫海等五鎮之師會軍齊進。十一月,弘正自帥全師自楊劉渡河築壘,拒鄆四十里。(李)師道遣大將劉悟率重兵以抗弘正。結壘相望,前後合戰,魏軍大捷。十四年三月,劉悟以河上之眾倒戈入鄆,斬師道首,詣弘正請降。淄青十二州平。論功加(弘正)檢校司徒、同中書門下平章事。

　　田弘正子布、群、牟。孫鑭、在宥、在賓。

　　元和十五年八月左金吾將軍田布為河陽。長慶元年八月乙亥,以前涇原節度使田布起複檢校工部尚書、充魏博節度使;九月癸丑,李愬為太子太保。次年八月己巳,成德軍亂,田弘正全家遇害,軍人推衙將王庭湊為留後,八月己卯,以深州刺史牛元冀充成德。長慶二年正月,魏博牙將史憲誠逼節度使田布自殺,自稱留後,朝廷不能討,以史憲誠為魏博節度使,河北三鎮再度恢復割據。〔註24〕

　　會昌、大中、咸通年間,田牟轉戰於郿坊、感化、泰寧、振武邊疆地區。會昌三年,豐州刺史田牟檢校工部尚書、兼御史大夫為郿坊。〔註25〕五月,以田牟為武寧。〔註26〕會昌六年宣宗立,以治為

〔註24〕《資治通鑒・長慶二年》。
〔註25〕封敖:《授田牟郿坊節度使制》。
〔註26〕崔璵:《授田牟有金吾將軍制》。

最，由田牟接任崔龜為天平。大中五年至七年，田牟為靈武。

　　田牟和田鐬兩代將軍，分別被稱作「老將」和「少將」。賈島《老將》：「膽壯亂鬚白，金瘡蠱百骸。旌旗猶入夢，歌舞不開懷。燕雀來鷹架，塵埃滿箭靫。自誇勳業重，開府是官價。」〔註27〕張籍《老將》：「鬢衰頭似雪，行步急如風。不怕騎生馬，猶能挽硬弓。兵書封錦字，手詔滿香筒。今日身憔悴，猶誇定遠功。」〔註28〕羅鄴《老將》：「百戰辛勤歸帝鄉，南班班裏最南行。弓欺猿臂秋無力，劍泣虬髯曉有霜。千古恥非休玉帛，一心猶自向河湟。年年宿衛天顏近，曾把功勳奏建章。」〔註29〕李商隱詩《舊將軍》：「雲臺高議正紛紛，誰定當時蕩寇功？日暮灞陵原上獵，李將軍是舊將軍」意相合。雲臺，東漢洛陽南宮中高臺，漢光武帝時用作群臣議事之所，漢明帝時因追念前世功臣，圖畫鄧禹等二十八將於南宮雲臺，詩中將其與漢代李廣功高不得封相比，無愧於「故李將軍」威名。謂將有用之才置無用之地，何異漢之李廣放置閒散、夜獵灞陵為無知醉尉所斥，以反問形式肯定功勞不啻漢顯宗南宮雲臺圖畫的功臣。

　　姚合《田將軍宅》：「焚香書院最風流，莎草緣牆綠蘚秋。近砌別穿澆藥井，臨街新砌看山樓。樓禽戀竹明猶在，閒客觀花夜未休。好是暗移城裏宅，清涼渾得似江頭。」〔註30〕正當中秋，馬戴《田氏南樓對月》：「主人同露坐，明月在高臺。咽咽陰蟲叫，蕭蕭寒雁來。影搖疏木落，魄轉曙鐘開。幸免丹霞映，清光溢酒杯。」〔註31〕賈島《田將軍書院》：「滿庭花木半新栽，石自平湖遠岸來。筍進鄰家還長竹，地經山雨幾層苔。井當深夜泉微上，閣入高秋戶盡開。行背曲江誰到此，琴書鎖著未朝回。」〔註32〕同年，田牟為太僕卿，殷堯藩《寄太

〔註27〕《全唐詩‧卷五百七十四‧賈島》。
〔註28〕《全唐詩‧卷三百八十四‧張籍》。
〔註29〕《全唐詩‧卷六百五十四‧羅鄴》。
〔註30〕《全唐詩‧卷五百‧姚合》。
〔註31〕《全唐詩‧卷五百五十五‧馬戴》。
〔註32〕《全唐詩‧卷五百七十四‧賈島》。

僕田卿二首》姚合《和太僕田卿酬殷堯藩侍御見寄》、《夜宴太僕田卿宅》即呈此人。

　　大中時，田布孫田鑱為銀州。《新唐書・田鑱傳》：「宣宗時歷銀州刺史，坐以私鎧邊馬論死，宰相崔鉉奏田布死節於國，可貸鑱以勸忠烈，故貶為州司馬。」李商隱《少將》：「族亞齊安陸，風高漢武威。煙波別墅醉，花月後門歸。青海聞傳箭，天山報合圍。一朝攜劍起，上馬即如飛。」《南齊書・宗室傳》：「安陸昭王緬封安陸侯，贈安陸王。」謂其祖上功勳卓著；李涉《哭田布》：「魏師臨陣卻抽營，誰管豺狼作信兵。縱使將軍能伏劍，何人島上哭田橫。」〔註33〕「青海聞傳箭，天山報合圍」，你為國勤勞到過青海和天山，你們田家地位雖與齊宗室安陸王不能比，但如今名聲超過漢代武威候劉尚。我曾在你家靠近池水別墅中喝醉過，又曾在夜間從長滿花草後門歸家。你隨軍隊往青海，知道吐蕃軍隊用七寸金箭為契，又到天山大破吐谷渾軍；只要軍情緊急，一騎上馬就快馬如飛。

　　田布子田在宥大中時為雅州刺史。大中三年至五年，田在宥接替裴元裕為安南都護，「布子在宥，大中年為安南都護，頗立邊功。」〔註34〕《全唐文・卷七百九十五・孫樵・書田將軍邊事》：「背臨邛南馳越二百里得嚴道郡。……田在宥將軍刺嚴道三年，能條悉南蠻事，為樵言曰……」。

　　總之，田氏一門忠良，三代功勳。

《舊將軍》
雲臺高議正紛紛，誰定當時蕩寇功？
日暮灞陵原上獵，李將軍是故將軍。

雲臺：東漢洛陽南宮中高臺。漢光武帝時用作召集群臣議事之所，漢明帝時追念前世功名，圖畫鄧禹等二十八將於南宮雲臺。

《南部新書》：凌煙閣在西內三清殿側，畫皆北面。閣中有中隔，隔內面北寫功

〔註33〕《全唐詩・卷四百七十七・李涉》。
〔註34〕《舊唐書・田布傳》。

高宰輔，南面寫功高侯王，隔外面次第功臣。

《漢書‧李廣傳》：廣為右北平太守，匈奴號曰「漢飛將軍」，避之不入界。

《史記‧李將軍列傳》：屏野居藍田山中射獵，嘗夜從藝騎出，從人田間飲，還至灞陵亭，灞陵尉醉，呵止廣。廣騎曰：「故李將軍。」尉曰：「今將軍尚不得夜行，何乃故也。」止廣宿亭下。

《後漢書‧朱景王杜馬劉傳堅馬列傳》：永平（明帝劉莊年號）中，顯宗追感前世功臣，乃圖畫二十八將於南宮雲臺。

江淹《上建平王書》：高議雲臺之上。

許渾《題衛將軍廟》序：衛逖，陽羨人，少習詩書。學弓劍，有武略。二十七遊並汾間，遇神堯皇帝始建義旗，逖以勇藝進，備行列。泊擒竇建德，逖時挾槍劍，前突後翼，太宗顧而奇之。天下既定，錄其功，拜將軍宿衛。以母老且病，乞旨哀激，詔許之。既而以孝敬睦閨門，以然信居鄉里。及卒，邑人懷其賢，廟於荊溪之湄，以平生弓甲懸東西廡下，隨時祠祀，頗福其土焉。文史王敖撰碑，辭實詳備。惜乎國史闕書其人，因題是詩於廟壁。

〔譯文〕

如今關於應不應當綏靖邊疆作為功勞，朝廷上議論紛紛沒有定論，可是當年究竟是誰東西南北地為安定邊疆出力的？

你就像漢代李廣，雖有大功卻得不到應有待遇，以至於人情勢利連小小灞陵尉都敢欺負他，但是李廣畢竟是當年令匈奴聞風喪膽的飛將軍，你也如衛逖一樣忠孝兩全，所作所為是不會被人忘記的！

《少將》

族亞齊安陸，風高漢武威。

煙波別墅醉，花月後門歸。

青海聞傳箭，天山報合圍。

一朝攜劍起，上馬即如飛。

《南史‧齊宗室紀》：安陸昭王（蕭）河字景乘，宣皇帝之孫也。建元（齊高帝蕭道成）元年，封安陸侯……累遷寧蠻校尉，雍州刺史加都督……建武（齊明帝蕭鸞）元年贈司徒安陸王。

《漢書‧地理志》：武威郡，故匈奴休屠王地，武帝太初四年開。縣十，有姑臧、張掖、武威。武威，李氏姑臧封地。

武威將軍劉尚，見《後漢書‧光武帝紀》，《後漢書‧公孫述傳》：尚宗室子弟。

劉禹錫：不逐張公子，應隨劉武威。

　　《十二洲記》：允武縣西有卑禾羌海，代謂之青海。《隋書·地理志》：西海郡置在古伏俟城，即吐谷渾國都，有青海。

　　《新唐書·吐蕃傳》：其舉兵以七寸金箭為契，百里一驛，有急兵，驛人臆前加銀鶻，甚急，鶻越多。杜甫：青海休傳箭。

　　《史記索隱》：祁連山一曰天山，亦曰白山，在張掖、酒泉二郡界。

　　《禮記》：天子不合圍。〔漢〕李陵《報蘇武書》：單于臨陣，親自合圍。

　　〔譯文〕

　　你們是田橫後裔，家族地位與齊宗室安陸王可比，如今名聲超過漢代武威候劉尚。

　　我在你家靠近池水別墅中喝醉過，又在夜間從長滿花草的後門歸家。

　　你隨軍往青海，知道吐蕃軍隊用七寸金箭為契，又到天山大破吐谷渾軍。

　　只要軍情緊急，你一騎上馬就如飛趕往前線。

（九）南詔非敵

　　大中六年深秋，李商隱從東川墓前後，宋若荀再次為平定南詔之亂入川，第二年春天，又為雞山事往川中：

　　《望喜驛別嘉陵江水二絕》
　　嘉陵江水此東流，望喜樓中憶閬州。
　　若到閬州還赴海，閬州更應有高樓。

　　千里嘉陵江水色，含煙帶月碧於藍。
　　今朝相送東流後，猶自驅車更向南。

　　自注：此情別寄。

　　《廣元縣志》：南去有望喜驛，今廢。

　　《太平寰宇記》：嘉陵水一名西漢水，又名閬中水。《周地圖》：水源出秦州嘉陵，因名嘉陵江。經閬中，曰閬中江。杜甫詩：嘉陵江色何所似，石黛碧玉相因依。

　　〔譯文〕

　　嘉陵江水從這裡向東流去，我在驛站樓上回憶我們在閬州時相會。

　　如果到了閬州你還執意要往南邊去，那我就希望望喜驛的高樓建得更高，使我可以從遠處望得見你。

嘉陵江水千里迢迢流向大海，在濛濛的月色和水汽中顯得是那樣的碧藍碧藍。
今天我送你乘船向東去之後，路上再沒有人陪伴和照應，希望自己多多珍重吧！

《迎寄韓魯州同年》

積雨晚騷騷，相思正鬱陶。

不知人萬里，時有雙燕高。

寇盜纏三輔，莓苔滑百牢。

聖朝推衛霍，歸日動仙曹。

〔譯文〕

連綿的雨直到晚上，相思的情緒正鬱積在心，

不知那人到了哪裏，是不是去了越燕飛翔的南方。

這裡的盜賊禍亂直接影響了中央，百牢關的莓苔阻擋了軍隊的進程。

漢代滅匈奴英雄當數衛青和霍去病，如今軍隊的勝利也即將到來。

（十）宣慰齊魯

大中七年秋，宋若荀隨楊漢公經魯地、閩廣往南洋。之前她亦曾
前往扶桑。

《東阿王》

國事分明屬灌均，西陵魂斷夜來人。

君王不得為天子，半為當年賦洛神。

《魏志·陳思王植傳》：明帝太和二年，植復還雍丘。（太和）三年徙封東阿。

《魏志》：（文帝即王位）植與諸侯並就國。黃初二年，監國謁者灌均希旨，奏
植醉酒悖慢，劫脅使者。有司請治罪。帝以太后故，貶爵安鄉侯。

陸機《弔魏武帝文》：遊乎秘閣而見魏武帝遺令……又曰：「吾婕好、妓人皆著
銅雀宮，於臺上施八尺床穗帳，朝晡上脯糒之屬，月朝十五輒向帳作技，汝等時時上
銅雀臺，望吾西陵墓田。」

《魏志·陳思王植傳》：植既以才見異，丁儀、丁廙、楊脩等為之羽翼，太祖狐
疑，幾為太子者數矣。而植任性而行，不自雕勵，飲酒不節。文帝御之以術，矯情自
飾，宮人左右並為之說，故遂未定嗣。

〔譯文〕

曹植之所以沒有繼承王位，是因為灌均在魏武帝面前說了他的壞話；如今我們

來到東阿，想到古往今來讒言不僅誤國殃民，還可以離間君臣、父子關係，真是太可怕了！記得那年我到西陵是夜間，當時心裏的難受真是無可形容啊！

陳思王本來應當是可以繼承王位的，後來卻受到他哥哥百般苛待，大概是他太過重感情，寫了有關曹丕妻子甄妃《洛神賦》的緣故吧？

《海上》
　石橋東望海連天，徐福空來不得仙。
　直遣麻姑與搔背，可能留命待桑田。

石橋在今山東煙臺成山頭，據《三齊略記》云：「秦始皇作石橋，欲過海看日出處，於是有神人能驅石入海。石行不速，神人輒鞭之，皆流血，至今石悉赤。」

徐福鎮在今連雲港贛榆縣。《史記·秦始皇本紀》：「齊人徐市等上書，言海中有三神山……請得齋戒與童男女求之。於是遣徐市發童男女千人入海，求仙人……方士徐市等入海求神藥，數歲不得，費多恐譴，乃詐曰，蓬萊藥可得，然常為大蛟魚所苦，故不得至。」

麻姑廟亦在連雲港。

〔譯文〕
你到青州的成山頭，那裡原來是秦始皇鞭石之處；聽說你也去了麻姑的家鄉海州，那是徐福當年為秦始皇尋找長生藥碼頭，可是直到今天他也沒有回來，大概是成仙了吧？

你是否看到麻姑鉤爪似的手，據說用來搔背最好，你尚未登上海船，大概是在等滄海變桑田吧？

《奉寄安國大師兼簡子蒙》
　回昔蓮花座，兼聞貝葉經。
　岩光分蠟屐，澗響入銅瓶。
　日下徒推鶴，天涯正對螢。
　魚山羨曹植，眷屬有文星。

《唐兩京城坊考》：朱雀門街第四街，街東從北第一長樂坊，大半以東，大安國寺，睿宗在藩宅。

子蒙，白居易友人，河南尹盧貞。

《文殊傳》：世尊之座，高七尺，名曰七寶蓮花臺。《華嚴經》：一切諸佛世界，悉見如來，坐蓮華寶獅子之座。

《晉書·阮孚列傳》：孚性好蠟屐，歎曰：「為止一生當著幾兩屐。」或有諸阮，正見自蠟屐。

《寄歸傳》：軍持有二：若甕瓦者是淨用，若銅錫者是濁用。

《晉書·陸雲列傳》：雲字士龍……少與兄機齊名，號曰二陸。與荀隱素未相識，嘗會（張）華坐。華曰：「今日相遇，可勿為常談。」雲因抗手曰：「雲間（松江）陸士龍。」隱曰：「日下荀鳴鶴。」鳴鶴，隱字也。

《晉書·車嬴列傳》：家貧不常得油，夏月則練囊盛數十螢火以照書，以夜繼日焉。

《明史·地理志》：濟州東阿西有魚山。

《異域》：陳思王嘗登魚山，忽聞岩岫裏有誦經聲，清遒深亮，遠谷流響，不覺斂襟諦聽，便效而削之，今梵唱皆植依擬所造。

《晉書·天文志》：文昌六星，在北斗魁前。

〔譯文〕

當年在東林寺見到蓮花池邊禮佛儀式，如今又在魚山聽到誦經聲音。

你宋若荀就像阮孚穿著蠟屐來到山間，又用軍持裝著這裡的澗水。

在長安時你以陸機隱退為榜樣，執意往江南，我們分別如同天涯；而今又再次為國立功，是怎麼回事呢？

你我雖如曹植和宓妃，但我還是羨慕魚山的曹植，因為他還能聽到你的誦經聲。

《所居》

　　窗下尋書細，溪邊坐石平。

　　水風醒病酒，霜日曝衣輕。

　　雞黍隨人設，蒲魚得地生。

　　前賢不無謂，容易即遺名。

儲光羲《樵夫詞》：喬林時曝衣。

《論語·微子》：止子路宿，殺雞為黍而食之。

《周禮·夏官司馬》：正東曰青州，其利蒲魚。

曹植《七啟》：君子不遯俗而遺名。

〔譯文〕

窗下細探典籍，坐在溪邊的石頭上，

水邊的風有助於醒酒，秋天的太陽衣物快乾。

雖然是鄉人的雞黍蒲魚，卻也很有風味。

你在子路家鄉青州，雖然不與時俗相悖，不經意間卻留下了賢名。

總之，宋若荀多次參與軍事行動，為邊疆安定竭盡全力，既有自食其力目的，也為了給家族平反，李商隱《少年》、詩謂與宋若荀少年朋友起就一起立下為國立功志氣，如今她身受迫害仍不改少年時理想，這是何等的堅強。

五、求助

李商隱長詩與求助有關，為了宋若荀的生活和工作，不停的向封疆大吏韋愨、鄭亞、盧商、盧弘止、柳仲郢和杜悰、盧鈞求助，敘述自己和戀人身世，請求他人幫助，同時也有奉承和請託意味。

大中元年末，授韋愨鄂岳觀察使，宋若荀往武昌，李商隱《失題　昔帝回沖眷》是有感而發：

《失題　昔帝回沖眷》
昔帝回沖眷，惟皇惻上仁。
三靈迷赤氣，萬匯叫蒼旻。
刊木方隆禹，陛兩始創殷。
夏臺曾圮閟，汜水敢逡巡。
拯溺休規步，防虞要徒薪。
蒸黎今得請，宇宙昨還淳。
纘祖功宜急，貽孫計甚勤。

《老子》：上仁為之而有以為。《齊書・孔稚圭傳》：陛下紹興，光凱帝業，下車之痛，每惻上仁。

《漢書・揚雄列傳》：方將上獵三靈之流。注：三靈，日、月、星，垂象之應也。

《三輔舊事》：漢作靈臺觀氣，黃氣為疾病，赤氣為兵，黑氣為水。《冢墓記》：蚩尤冢在東軍壽張縣闞鄉城中，民嘗十月祀之，有赤氣如一匹絳，名為蚩尤旗。故赤氣主兵。

《爾雅》：春為蒼天……秋為旻天。

《尚書・禹貢》：禹敷土，隨山刊木。

《尚書·湯誓序》：伊尹相湯伐桀，升自陑。遂與桀戰於鳴條之野。陑在河曲之南。《寰宇記》云即雷首山，亦即中條山，在今陝西省永濟縣南。

《史記·夏本紀》：桀乃詔湯而囚之夏臺，已而釋之。湯率兵伐桀，桀謂人曰：「吾悔不遂殺湯於夏臺，使至此也。」

《漢書·高帝紀》：高祖即皇帝位於汜水之陽。注：在濟陰界。

《舊唐書·高祖紀》：隋煬帝多猜忌，人懷疑懼。嘗徵高祖，遇疾未謁。時高祖甥王氏在後宮，帝問曰：「汝舅何遲？」王氏以疾對，帝曰：「可得死未？」高祖聞之益懼，因縱酒沉湎，納賄以混其跡。

《新唐書·高祖紀》：突厥數犯邊，高祖兵出無功，煬帝遣使者執詣江都，高祖大懼，世民曰：「事急矣，可舉事。」已而傳檄諸郡稱義兵。

《抱朴子·外篇·博喻》：規行矩步，不可以救火拯溺。

《漢書·霍光金日磾傳》：客有過主人者，見其灶直突，旁有積薪。客謂主人曰：「更為曲突，遠徙其薪，不可且有火患。」主人嘿然不應，俄而家果失火，鄰里共救之，於是殺牛置酒謝其鄰人，而不錄言曲突者，人謂主人曰：「向使聽客之言，終亡火患。今論功請賓，曲突徙薪無恩澤，焦頭爛額為上客耶？」主人乃悟而請之。

《毛詩·魯頌·閟宮》：至于文武，纘太王之緒。

《毛詩·大雅·文王有聲》：詒厥孫謀。箋：詒猶傳也，孫，順也。……傳其所以順天下之謀。

〔譯文〕

以往逝去皇帝我不清楚，但當今皇上（宣宗）應該是具有仁愛之心的，因為他也曾歷經危難，長期以僧人身份住在江陵廟宇中。

集靈臺上觀氣，日月星辰都在赤氣之中，百姓都在祈求上蒼不要發生戰爭。

她在中條山暫住，當年大禹為鞏固治水效果，在那裡種下許多樹木，這個地方也是商朝發祥地，伊尹相湯伐桀就在附近鳴條。

這裡曾經囚禁過夏桀，從而奠定了商朝根基；漢高祖在濟陰這個地方即皇帝位，李淵也在這裡舉事，可見中條山具有重要意義。

難道急著要救人於水火時還能規行矩步嗎？早就有人提出防火要把灶旁柴火移開，可是沒有重視，纘緒者不勵精圖治所以造成亂階，並不是出於氣數的關係。

處於水火之間黎民百姓總算有了仁愛的新皇帝，從此可以天地清明，萬物復蘇了。應當趕快制定發揚西周太王愛民傳統的制度，提出如文王為子孫謀而順天下的治國方略。

降災雖代有，稔惡不無因。
宮掖方為蠱，邊隅忽邁逃。
獻書秦逐客，間諜漢名臣。
北伐誰將使，南征決此辰。
中原重板蕩，玄象失勾陳。
詰旦違清道，銜枚別紫宸。
茲行殊儼勝，故老遂分新。
去異封於翚，來寧避處鹵。

《春秋·左氏昭元年傳》：在《周易》，女惑男，風落山，謂之蠱。

《史記·陳丞相世家》：陳平既多以金縱反間於楚軍，宣言楚諸將欲與為一以滅項氏，項王疑之。

《毛詩·大雅·板序》：厲王無道，天下板蕩。凡伯刺厲王也。召穆公傷周室之大壞也，厲王無道，天下蕩蕩，無綱紀文章。

《晉書·天文志》：北極五星，勾陳六星，皆在紫宮中……勾陳，後宮也。

《漢書·丙吉傳》：吉又嘗出逢清道。注：謂天子當出，先令道路清淨。

《漢書·高帝紀》：章邯夜銜枚擊項梁定陶。注：銜枚者，止言語喧嘩，欲令敵人不知其來也。周官有銜枚氏，枚狀如（竹者），橫銜之。

《漢書·高帝紀》：秦始皇嘗曰：「東南有天子氣。」於是東遊以厭當之。

《史記·周本紀》：考王封其弟於河南，（至孫）惠公代立，乃封其少子於鞏，以奉王，號東周惠公。

《史記·周本紀》：古公亶父立……薰育戎狄攻之……乃與私屬遂去豳……止於岐下。

《晉書·孝懷帝、孝愍帝紀》：永嘉五年，劉曜、王彌入京師，孝懷帝蒙塵於平陽，劉聰以帝為會稽公……孝愍皇帝建興四年……帝乘羊車，肉袒銜璧與（木親）出降（於劉曜），西晉遂亡。

〔譯文〕

雖然自然災害每個朝代都有發生，但是連年歉收是因為上天實在看不過去某些人作惡。

宮廷事變連連，邊境侵擾不斷。

向皇帝獻書之人即當年被逐出長安的宋若荀，著名宋氏五女之一，曾被邊民認為是漢人間諜。

　　如今北有回鶻、吐蕃，南有南詔、朱提，可是韋皋、李德裕死的死、貶的貶，誰能擔當平定海內的責任呢？

　　中原藩鎮割據，後宮中還有元和餘孽。

　　當年你隨皇帝出巡先有人夫清道，如今環境險惡你我只得在清晨嗛口悄悄離開長安。

　　你往江南可不是像秦始皇那樣為了壓住東南的王者之氣而是避難，因此與故舊分別不知何日能再見。

　　當年周惠公被封於鞏，周太王避戎狄而往岐下，她在蒲州興德宮和中條山間來去，又到寧邑（修武）的雲台山。

> 永嘉幾失墜，宣政遽酸辛。
> 元子當傳啟，皇孫合授詢。
> 時非三揖讓，表請再陶鈞。
> 舊好盟還在，中樞策屢遵。
> 倉皇傳國璽，遼遠屬車塵。
> 雛虎如憑怒，蔜龍性漫訓。

　　《晉書》：懷帝永嘉五年，劉曜、王彌入京師，帝蒙塵於平陽。

　　《唐兩京城坊考》：丹鳳門內正牙曰含元殿，大朝會御之⋯⋯含元殿後曰宣政殿，天子常朝所也。《唐會要》：每月朔望御宣政殿，謂之大朝。

　　《史記・高祖本紀》：諸侯及將相相與共請尊漢王為皇帝，漢王三讓，不得已，乃即皇帝位。

　　《尚書・大傳》：湯以此三讓，三千諸侯莫敢即位，然後湯即位。《漢書・文帝紀》：群臣固請，代王西向讓者三，南向讓者再。

　　《漢書・鄒陽傳》：聖王制世御俗，獨化於陶鈞之上。顏師古注：陶嘉名轉者為鈞，蓋取周回調鈞耳，言聖王制御天下，亦猶陶人轉鈞。

　　《資治通鑒》：太子至靈武，裴冕、杜鴻漸等上太子箋，請遵馬嵬之命，五上，乃許之。肅宗即位靈武城南。

　　《舊唐書・玄宗紀》：玄宗謂肅宗曰：「西戎、北狄，吾嘗厚之，今國步艱難，必得其用。」

　　司馬相如《諫獵書》：犯屬車之清塵。

　　《列子・湯問》：帝憑怒。《左傳》：今君奮焉，震電憑怒。

　　《史記・周本紀》：夏后氏之衰也，有二神龍止於夏后庭，而言曰：「余，褒之

二君也。夏帝卜殺之與去之與止之，莫吉。卜請其漦而藏之，乃吉。於是龍亡而漦在，櫝而去之。比三代，莫敢發之，至厲王之末，發而觀之，漦流於庭，化為玄黿，後宮之童孌，既齓而遭之，既笄而孕，無夫而生子，懼而棄之。……有夫婦買是器者……哀而收之……奔於褒，是為褒姒。」

〔譯文〕

西晉懷帝永嘉五年就是在平陽這個地方蒙塵，你在丹鳳門內宣政殿宣布皇帝詔書時情景如今想起來都感到酸辛。

照理說元子應當繼承大統，可是宦官勢力強盛，左右著皇位繼承；當年漢宣帝是武帝曾孫、戾太子孫雖鬥雞走狗、遊俠戶杜，後來昌邑王去世，群臣奉上國璽成了皇帝。如今穆宗、文宗、武宗去世，憲宗第四子光王怡成了皇帝，就像當年的漢宣帝一樣。

現在已不是你再三推讓時候，還是早點想想辦法，應當怎樣綏靖邊疆吧！

與回鶻、吐蕃、南詔結成的盟約還在，前朝制定的策略制度有的也還可以遵循應用。

你遠程而來的勞頓也還沒有恢復，到處都看見民眾困頓和痛苦。都希望皇帝能處理好邊疆民族事務。

皇帝對邊境之亂十分震怒，大臣們都不知道不知道他的性情如何，究竟會拿出怎樣的治國方略。

封崇自何等，流落乃斯民。
逗撓官軍亂，優容敗將頻。
早朝批草莽，夜縋達絲綸。
忘戰追無極，長驅氣亦振。
婦言終未易，廟算況非神。
日馭難淹蜀，星旄要定秦。
人心誠未去，天道亦未親。
錦水湔雲浪，黃山掃地春。
斯文虛夢鳥，吾道欲悲麟。
斷續殊鄉淚，存亡滿席珍。
魂銷季羔竇，衣化子張紳。
建議庸何所，通班昔濫臻。
浮生見開泰，獨得詠汀濱。

《國語》：伯禹封崇九山。

《漢書‧韓安國傳》：單于入塞，未至馬邑，還去，王恢等皆罷兵。廷尉當恢逗擾，當斬。逗，謂留止也；擾，屈弱也。

《資治通鑒》：靈武文武官不滿三十人，披草萊立朝廷，制度草創。

《資治通鑒》：顏真卿以蠟丸達表於靈武，以真卿為河北招討採訪處置使，並致敕書，亦以蠟丸達之。

《孫子》：兵未戰而廟算勝，得算之多者也。《晉書‧羊祜傳》：外揚王化，內經廟略。

《甘泉賦》：流星旄旗以電燭。

《西京雜記》：揚雄著《太玄經》，夢吐白鳳凰於玄上，頃而滅。

《春秋‧公羊哀十四年傳》：西狩獲麟，孔子反袂拭面，涕沾袍。

《禮記‧儒行》：儒有席上之珍以待聘。

《孔子家語‧致思》：蒯聵之亂，季高逃之，走郭門，刖者守門焉，謂季高曰：「彼有缺。」季高曰：「君子不踰。」又曰：「彼有竇。」季高曰：「君子不隧。」又曰：「於此有室。」季高乃入焉，追者罷。

《論語‧衛靈公》：子張問行，自曰：「言忠信，行篤敬，雖蠻陌之邦行矣。言不忠信，行不篤敬，雖州里行乎哉？」子張書諸紳（大帶子）。

徐陵表：洪私過誤，真以通班。

〔譯文〕

國家封禪事宜還未進行，你上書伸冤時機還未到，還只能繼續流浪生涯。

党項叛亂，一路上只看見逗留的官軍，前線潰敗下來兵將照例應當斬首，現在也沒有人管。

就像當年肅宗即位靈武城南，倉促間草創制度，又如顏真卿夜晚從靈武城牆上用繩子縋著蠟丸向朝廷報的凶訊，接連不斷地送往朝廷。

邊境上將帥都沒有心思防範，如今賊鋒正盛，戎狄有可能會長驅直入。

宮廷中為立太子陰謀不斷，皇帝聽信婦人之言，何況朝廷廟算也不見得有用。

你隨軍去西蜀處理南詔與吐蕃事務，也去過長安西邊的鳳翔，

天道不會特別眷顧某個人，民心固然沒有全部喪失，也已經差不多了。

成都附近錦江和興平馬嵬坡都在見證皇帝一次次「幸蜀」和逃難，我和你都曾經過那裡，知道這是事實。

你的文章美好，如揚雄夢見白鳳；你的見解與人不同，如孔子看見麒麟而悲傷。

你流寓他鄉，如儒者席上有珍寶那樣希望為皇帝賞識。

你言行端正，為人忠信，因而能得到許多公卿幫助。

你的建議中肯可行，非那些名列朝班、自以為是治國方略臻於完善的人可比。

邊境的老百姓都在盼望早日安定，你的建議明明能國泰民安，可是他們不用，至今你還只能在江濱流浪。

　　大中元年鄭亞出為桂管觀察使，李商隱取從桂幕，大中元年十月，「冬如南郡」（《樊南甲集序》），時「以荊南節度使李德裕為東都留守，以鄭肅代充節度。」〔註35〕李商隱作《自桂林奉使江陵，途中感懷，寄獻尚書》詩，詩原注：「公與江陵相國為叔侄。」鄭肅為鄭亞叔父，感謝他們對自己和宋若荀的幫助。同時表達自己「蘆白疑黏鬢，楓丹欲照心」的感情。

　　《自桂林奉使江陵，途中感懷，寄獻尚書》
　　　下客依蓮幕，明公念竹林。
　　　縱然膺使命，何以奉徽音？
　　　投刺雖傷晚，酬恩豈在今！
　　　迎來青瑣闥，從到碧瑤岑。
　　　水勢初如海，天文始識參。
　　　固慚非賈誼，唯恐後陳琳。
　　　前席虛驚辱，華樽許細斟。
　　　尚憐秦痔苦，不遣楚醪沉。

　　　既載從戎筆，仍披選勝襟。
　　　瀧通伏波柱，簾對有虞琴。
　　　宅與嚴城接，門藏別岫深。
　　　閣涼松冉冉，堂靜桂森森。
　　　社內容周續，鄉中保展禽。
　　　白衣居士訪，烏帽逸人尋。
　　　佞佛將成縛，耽書或類淫。
　　　常懷五羖贖，終著《九州》箴。

〔註35〕《資治通鑒‧會昌六年》。

良訊封鴛綺，餘光借玳簪。

張衡愁浩浩，沈約瘦愔愔。

蘆白疑黏鬢，楓丹欲照心。

歸期無雁報，旅抱有猿侵。

短日安能駐，低雲只有陰。

亂鴉沖鏃網，寒女簇遙砧。

東道違寧久，西園望不禁。

江生魂黯黯，泉客淚涔涔。

逸翰應成法，高辭肯浪吟？

數須傳庾翼，莫獨與盧諶。

假寐憑書簏，哀吟叩劍潭。

未嘗貪偃息，那覆議登臨。

彼美回清鏡，其誰受曲針？

人皆向燕路，無奈費黃金。

自注：公與江陵相國韶敘叔任。

《漢書‧地理志》：南郡，秦置，縣十八。江陵古楚郢都。《舊唐書‧地理志》：山南東道荊州江陵府，荊南節度使治。

孟嘗君廚有三列，上客食肉，中客食魚，下客食菜。

楊方詩：因風吐微音。

《後漢書‧童恢傳》：掾屬皆投刺去。《魏志‧夏侯淵傳注》：人一奏刺，書其鄉邑名氏，世所謂爵里刺。

鏃，一種長矛。摧殘，傷殘，鏃羽之鳥。

《漢書儀》：黃門郎日暮入，對青瑣門拜，名曰夕郎。《漢書注》孟康曰，以青畫戶邊縷中。

韓愈《桂州詩》：山如碧玉簪。

杜甫《贈衛八處士》：人生不相見，動若參與商。

《魏志‧陳琳傳》：陳琳字孔璋……太祖蒞以（陳）琳、（阮）瑀為司空軍謀祭酒，管記室。軍國書檄多琳、瑀所作。

曹植《與吳質書》：面有逸境之速，別有參商之闊。

《史記‧賈生傳》：賈生徵見，孝文帝方守犛釐，坐宣室，上因感鬼神事而問鬼神之本，賈生因具道其所以然之狀，至夜半，文帝前席。既罷，曰：「吾久不見賈生，自以為過之，今不及也。」

傅玄：華樽享清沽。

《莊子》：秦王召醫，破癰潰痤者得車一乘，舐痔者得車五乘。所治越下，得車越多。

張協《七命》：簞醪投川，可使三軍告捷。注：楚與晉戰，或進王一簞酒，王欲與軍士共之，則少而不偏，乃傾酒於水，令眾迎流而飲之，士卒皆感惠盡力，遂大捷。

《楚辭》：吳醴白糵，和楚瀝只。

《荊州記》：淥水出豫章康樂縣，其間烏程鄉有酒官，與湘東酃湖酒並稱。

張正見：將軍入大宛，善馬出從戎。

白居易：尋幽駐旌軒，選勝回賓卿。王僧孺序：道合神遇，投分披襟。

《後漢書》馬援威伏波將軍，徵交阯，立銅柱，為漢之極界。《桂海虞衡志》：伏波岩突然而起且千丈，下有洞，可容二十榻，穿鑿通透，戶牖旁出，有懸石如柱，去地一線不合，俗名馬伏波試劍石，前浸江濱，波浪日夜漱齧之。

《禮記》：舜揮五弦之琴，以歌《南風》之詩。《寰宇記》：桂州舜廟在虞山之下。

《蓮社高賢傳》：惠遠居廬山，與慧永、慧持輩，及名儒劉程之、張野、周續之、張詮、宗炳、雷次宗等結社念佛，世號十八賢。《廬山記》：遠公十八賢同結白蓮社。

《孔子家語》：魯人有獨處室者，鄰之嫠婦亦獨處一室。夜暴風雨至，嫠婦室壞，趨而託焉，魯人閉門不納，嫠婦自牖與之言曰：「子何不如柳下惠然？嫗不逮門之女，國人不稱其亂。」魯人曰：「柳下惠則可，我則不可。」

《楞嚴經》：白衣居士。愛談名理，清靜自居，現居士身。

李商隱《飲席代官妓贈兩從事》：新人橋上著春衫，舊主江鞭側帽檐。願得化為紅綬帶，許教雙鳳一時銜。原注：隋獨孤信舉止風流，曾風吹帽檐側，觀者塞路。

《隋書・禮儀志》：宋、齊之間，天子宴私，著白高帽，士庶以烏，其制不定。

《晉書・何充傳》：充與弟準，性好釋典，崇修佛寺。時郗愔與弟曇奉天師道，謝萬譏之曰：「二郗媚於道，二何佞於佛。」

《維摩經》：所生無縛，能為眾生說法解縛，是故菩薩不應起縛。何謂縛？何謂解？貪著禪味，是菩薩縛；以方便生，是菩薩解。

《晉書》：皇甫謐耽翫典籍，忘寢與食，時人謂之書淫。

《史記・秦本紀》：百里奚亡秦走宛，楚鄙人執之，繆公聞其賢，欲重贖之，恐楚人不與，乃請以五羖羊皮贖之，授以國政，號曰：「五羖大夫」。

《左傳》：虞人之箴曰：茫茫禹跡，畫為九州。《漢書・揚雄傳》：箴莫善於《虞箴》，作《州箴》。

陸機詩：愧無雜佩贈，良訊代兼金。《古詩》：客從遠方來，贈我一段綺。文采

雙鴛鴦，裁為合歡被。

《史記》：趙平原使人使楚，欲誇楚，為玳瑁簪。漢人古絕句：何用通音訊？蓮花玳瑁簪。

《文選‧張衡四愁詩》：出為河間相，時天下漸弊，鬱鬱不得志，為《四愁詩》。

《梁書‧沈約傳》：約久處端揆，有志臺司，帝終不用，以書陳請於徐勉曰：「開年以來，病增慮切。百日數旬，革帶常應移孔，以手握臂，率計月小半分。以此推算，豈能支久！」

李白：何惜刀尺餘，不裁寒女衣。

《左傳》：若捨鄭以為東道主。

魏文帝《芙蓉池作》：乘輦夜行遊，逍遙步西園。

江淹《別賦》：黯然銷魂者，惟別而已矣。

《述異記》：鮫人即泉先也，一名泉客。《吳都賦注》：鮫人臨去，從主人索器，泣而出珠滿盤，以與主人。江淹《雜體詩》：涔涔猶在袂。

崔融：逸翰金相發，清談玉柄揮。

《漢書》：陳遵瞻於文辭，性善書，與人尺牘，主皆藏去以為榮。

韓愈：險語破鬼膽，高辭媲《皇墳》。

《晉書》：王羲之書初不勝庾翼、郗愔，及暮年方妙。嘗以草書答庾亮，而翼深歎服，因與羲之書曰：「吾昔有伯英章草十紙，過江顛狽亡失，常歎妙跡永絕。忽見足下答家兄書，煥若神明，頓還舊觀。」

《晉書》：劉琨為段匹磾縮拘，為五言詩贈其別駕盧諶。琨詩託意非常，諶以常詞酬和，殊乖琨心，重以詩贈之。

《晉書‧劉柳傳》：傅迪好廣讀書而不解其義，柳唯讀《老子》而已，迪每輕之，柳云：「卿讀書雖多而無所解，可謂書簏也。」

《小雅》：假寐永歎。

《說文》：鐔，劍鼻也。

魏文帝《濟川賦》：思魏都以偃息。

《詩經》：彼美人兮。

《吳志‧虞翻傳注》：年十二，客有侯其兄者，不過翻，翻追與書曰：「僕聞虎魄不取腐芥，磁石不受曲針，過而不存，不亦宜乎？」

《史記‧淮陰侯傳》：北首燕路。《後漢書‧孔融傳》：向使郭隗倒懸而王不解，則士莫有北首燕路矣。《六帖》：燕昭王置千金於臺上，以延天下士，謂之黃金臺。

〔譯文〕

我追隨鄭亞去了桂林幕，現在又被派去他叔父鎮守的江陵，想必你盧尚書還記得當年鄭蕭和鄭亞吧？

縱然我不辱使命，又怎能回報他們叔侄的好意呢？

雖然我將自己的籍貫、履歷交給鄭亞已經很晚，但是他對我如此關照，此恩此德我將以畢生來報。

宋若荀從江陵來到楊漢公屬下桂林居住，由此看到韓昌黎詩中如碧玉簪群山；

我在荔浦與她相聚，感受到如同海樣的灘江水勢，希望從而結束我們如同參商不相見的日子，但是她又和友人去了其他地方。

她到韋廑容州幕中參謀軍事，固然不能和賈誼相比，但與陳琳有些相似，都是掌管文書、因進忠言而被貶竄之人。

上次我們在荊州虛驚一場，後來到了商州刺史呂述商州，總算可以從容地細斟慢酌了。

她當年因不屑於拍馬奉承而遭到小人陷害；在烏程時總是在回想宮中屈辱日子，以酒澆愁，依然不勝酒力，一喝就醉。

她如今正為方鎮大吏撰寫奏表，同時還不停地閱讀有關資料，撰寫有助官吏瞭解民情文章，希望作為上達聖聽諫草。

她駕著小船到了伏波試劍石的桂江，住在虞山舜廟附近彈琴歌詩，

宅第與府城接近，靠近獨秀峰，

寓所裏清幽安靜，松樹和桂樹很多。

她流落在江漢一帶，與友人一起論詩作賦，受到當地人的保護。

我曾經化裝居士到佛寺尋訪她，又向參與宴會的人打聽她的近況，但是都沒有能見著她。

她如今信佛並且被其說法所縛，然而如皇甫謐那樣不改耽沉典籍習慣。

她希望自己像百里奚那樣被皇帝重新起用，因而即使流浪在外也不改初志，還在撰寫各地風物、人情和《九州箴》。

我希望與她重歸於好，共同生活，每當看到附在公文中的玕瑠簪就知道是如同金子那樣寶貴的她的信件。

我仍然如張衡那樣鬱鬱不得志，她也像沈約那樣日漸瘦弱。

雖經多年頭髮開始變白，如蘆花黏在鬢角上，但是忠於朝廷的心沒有變，像秋日通紅的楓葉一樣。

　　她什麼時候能歸來並不像大雁那樣有定準，流落四方，常常因為與兒子分開而掛心，就像猿那樣肝腸寸斷。

　　日頭苦短，怎能使它不落下呢？萬里雲羅，如此地陰沉！

　　每當看到烏鴉亂飛被殺傷的鳥羽，聽到初冬江邊搗衣女子砧聲，我總是想起她如同萬里雲羅中一隻孤雁淒涼地飛著，隨時有著被摧殘的危險。

　　當年在你家中作客情景還在眼前，而今我還時時回想起西園日子。

　　她又去了越州，我如江淹一樣為分別黯然銷魂；她在松江以織布為生，更是如《雜體詩》中鮫人那樣淚水漣漣。

　　她如陳遵一樣將書法作品藏去了名字，所作詩賦為人隨便吟誦。

　　我不知道她為什麼不肯把自己的作品交給我替她保存，要知道只有知音才能真正賞識，一般人是無法理解她的深意的。

　　有些人不懂裝懂，其實是和傅迪差不多的「書簏」，她知道了也只能敲擊劍鼻，無可奈何。

　　如今她聽說邊境騷亂欲書劍從軍，本身被官府到處追捕，未嘗有過安逸，又何從說起再次起用呢？

　　她固然如同《詩經》中「清揚婉兮，彼美人兮」，但是要知道有人離間之後是難以再次得到信任的。

　　以前皇帝對她們姐妹及家人倒懸的命運尚且沒有憐憫，現在怎麼會像燕昭王那樣置千金於臺來招致她呢？

　　大中四年春，盧弘止為徐州，李商隱《偶成轉韻七十二句贈四同舍》不光寫了與盧弘止關係，更重要的是寫出了一大段平生經歷，是研究李商隱情感經歷的重要資料，而不僅是「歌頌府主之作」〔註36〕。

《偶成轉韻七十二句贈四同舍》
　　沛國東風吹大澤，蒲青柳碧春一色。
　　我來不見隆準人，瀝酒空餘廟中客。
　　征東同舍鴛與鸞，酒酣勸我懸征鞍。
　　藍山寶肆不可入，玉中仍是青琅玕。
　　武威將軍使中俠，少年劍道驚楊葉。

〔註36〕葉蔥奇：《李商隱詩集注疏》，北京：人民文學出版社，1985 年 11 月
　　　　第一版，第 644 頁。

戰功高后數文章，憐我秋齋夢蝴蝶。
詰旦天門傳奏章，高車大馬來煌煌。
路逢鄒枚不暇揖，臘月大雪過大梁。
憶昔公為會昌宰，我時入謁虛懷待。
眾中賞我賦高唐，回看屈宋由年輩。
公事武皇為鐵冠，歷廳請我相所難。
我時憔悴在書閣，臥枕芸香春夜闌。
明年赴闢下昭桂，東郊痛哭辭兄弟。
韓公堆上跋馬時，回望秦川樹如薺。
依稀南指陽臺雲，鯉魚失鈎猿失群。
湘妃廟下已春盡，虞帝城前初日薰。
謝游橋上澄江館，下望山城如一彈。
鷗鴣聲苦曉驚眠，朱槿花嬌晚相伴。
傾之失職辭南風，破帆壞槳荊江中。
斬蛟破壁不無意，平生自許非匆匆。
歸來寂寞靈臺下，著破藍衫出無馬。
天官補吏府中趨，玉骨瘦來無一把。
手封狴牢屯制囚，直廳印巢黃昏愁。
平明赤帖使修表，上賀嫖姚收賊州。
舊山萬仞青霞外，望見扶桑出東海。
愛君憂國去無能，白道青鬆了然在。
此時聞有燕昭臺，挺身東望心眼開。
且吟王粲《從軍樂》，不賦淵明《歸去來》。
彭門十萬皆雄勇，首戴公恩若山重。
廷評日下握靈蛇，書記眠時吞采風。
之于夫若鄭與裴，何甥謝舅當世才。
青袍白簡風流極，碧沼紅蓮傾倒開。
我生苯疏不足數，《梁父》哀吟《鴝鵒舞》。
橫行闊視倚公憐，狂來筆力如牛弩。
借酒祝公千萬年，吾徒禮分常周旋。
收旗臥鼓相天子，相門出相光青史。

　　據史書記載，李德裕「少力於學，既冠，卓犖有大節」（《新唐書‧列傳第一百五‧李德裕》）。唐穆宗時牛僧孺、李宗閔追怨李吉甫，出德裕為浙江觀察使；大和三年召拜兵部侍郎，宗閔秉政，復出為鄭滑節度使，逾年遷劍南西川；以兵部侍郎召，俄拜中書門下平章事，封贊皇縣伯，宗閔罷，代為中書侍郎、集賢殿大學士；鄭注、李訓怨之，乃召宗閔，拜德裕為興元節度使；入見帝，自陳願留闕下，復拜兵部侍郎，為王璠、李漢所讒，貶太子賓客，分司東都，再貶袁州刺史，未幾遷滁州；開成初起為浙西觀察使，遷淮南節度使；武宗立，召為門下侍郎，同中書門下平章事，拜太尉，封衛國公，當國六年，威名獨重於時。宣宗即位，罷為荊南節度使，白敏中、令狐綯使黨人構之，貶崖州司戶參軍，卒。

　　《後漢書》：沛國，古秦泗水郡，高帝改沛郡。《一統志》：大澤在豐縣北六里。漢高祖廟在徐州城東南六里，臨泗水。

　　《三國會要》：征東統青、兗、徐、楊四州。

　　《長安志》：藍田山在長安縣南三十里，其山產玉，亦名玉山。

　　《尚書‧禹貢》：妙琳琅玕。傳：琅玕，石而似珠。《本草》：琅玕，一名青珠。《蜀都賦》所云青珠黃環也。蘇恭曰：琅玕有數種，火齊寶也，出巂州以西烏白蠻及于闐國。張衡詩：美人贈我青琅玕。

　　《戰國策》：養由基去楊葉百步射之，百發百中。

　　《唐書》：天寶二載，分新豐、萬年置會昌縣；七載，省新豐，改會昌為昭應縣。

　　杜甫：一見能傾座，虛懷只愛才。

　　《舊唐書》：盧弘正初佐劉悟府，累擢監察御史。沈傳師表為江西團練副使，後為侍御史。《新唐書‧盧弘止傳》：會昌中，詔河北三節度使討劉稹。何弘敬、王元達先取邢、洺、磁三州，宰相李德裕畏諸帥有請地者，乃以弘止為三州團練觀察留後。制未下，積平，即詔為三州及河北二鎮宣慰使。還，拜工部侍郎。

　　《舊唐書‧盧弘止列傳》：入朝為監察御史、侍御史。會昌五年六月自吏部郎中拜楚州刺史（《題名幢》），復入為給事中，還拜工部侍郎。會昌六年代崔元式判度支，轉戶部侍郎，充鹽鐵轉運使。

　　《舊唐書‧卷一百六十三‧盧簡辭》：會昌中，入為刑部侍郎、轉戶部。《漢官儀》：侍御史，周官也，為柱下史。冠法冠，一名柱後，以鐵為柱，延其審固不饒。《通典》：侍御史一名柱後史，謂冠以鐵為柱。

　　《魏略》：芸香闢紙魚蠹。

　　彌衡《鸚鵡賦》：容貌慘以憔悴。

　　《唐書》：昭州平樂郡、桂州始安郡，俱屬嶺南道。

　　《長安志》：韓公堆，驛名，在藍田縣南二十五里。《白香山集》：韓公堆在藍橋驛南商州北。

　　韓愈：士生為名累，有如魚中鉤。

　　《方輿勝覽》：黃陵廟在湘陰縣北四十里。

　　《寰宇記》：桂州舜廟在虞山之下。

　　《謝脁集》有《泛役湘州與吏民別》

　　庾信《哀江南賦》：地惟黑子，城猶彈丸。

　　《文選注》：鶹鴣如雞，黑色，其鳴自呼。豫章以南諸郡處處有之。

　　《呂氏春秋》：荊有次飛者，得寶劍於干遂，還返涉江，至於中流，有兩蛟夾繞其船，次飛攘臂去衣，拔寶劍赴江刺蛟，殺之。荊王聞之，仕以執圭。

　　《博物志》：澹檯子羽齎千金之璧濟河，陽侯波起，兩蛟夾船，子羽左操璧，右操劍斬蛟，皆死。既渡，以璧三投於河，河伯三躍而歸之，子羽毀璧而去。

　　《本傳》：京兆尹盧弘正奏署掾曹，令典章奏。

　　《通志》：靈臺在戶縣東。

　　狴牢：古代畫狴獸形於獄門。

　　《雲笈七籤》：青要帝君紫雲為屋，青霞為城。

　　王粲《從軍詩》：從軍有苦樂，但問所從誰。

　　陶潛《歸去來辭》：歸去來兮，田園將蕪，胡不歸？

　　《資治通鑑》：大中三年五月，武寧軍亂，詔以盧弘止代之。

　　《樊南乙集序》：大中三年十月，尚書范陽公奏入幕府。

　　曹植《與楊德祖書》：人人自謂握靈蛇之珠。注曰：「隋侯見大蛇傷斷，以藥傅而塗之，後蛇從大江中出銜珠以報之，因曰隋侯之珠。」

　　《晉書》：羅含字君章，嘗晝臥，夢一鳥文采異常，飛入口中，因驚起，自後藻思日新。

　　《詩・魏風・汾沮洳》彼其之子，美如英。彼其之子，美如玉。

　　《晉書》：王導補謝尚為掾，導謂之曰：「聞君能作《鴝鵒舞》，一座傾想。」

　　《蜀志》：諸葛亮好為《梁父吟》，自比管仲、樂毅。

　　《漢書》：相門出相，將門出將。

　　盧氏一門大房、二房、三房皆有宰相，盧弘止為四房，未有相。

〔譯文〕

古稱沛國豐縣的大澤，東風浩蕩，蒲草青青，柳樹綻芽，春天已經來臨。

我來到徐州東南的漢高祖廟，昔時雄才大略之君已然不在，只好用酒祭奠。

我與她曾一起隨師東征，一次酒宴上曾勸我去從軍。

後來她去長安藍田修道，贈我以美玉。

當年你如武威將軍雖然少年，但是已經劍術高強，百步穿楊，顯露出豪俠氣概。

你盧弘止戰功赫赫，閱讀廣泛，攻習文章也卓有令名，如《李納授盧弘止韋讓等徐滑節度使制》中所言：「識略圓名，襟靈倜儻，行有枝葉，文耀菁華」。看到我寫的詩，知道許多為愛戀宋若荀，對我倆十分同情。

朝廷一向重視你的才能，從會昌年間王師討劉稹，命為邢洺磁團練、觀察留後，會昌五年六月自吏部郎中拜楚州刺史，復入為給事中，還拜工部侍郎。會昌六年代崔元式判度支，轉戶部侍郎，充鹽鐵轉運使。大中元年六月出為義成節度使。大中三年五月，以義成軍節度盧弘止為武寧節度使，以折衷恩威，以清厥患，朝廷賜予功臣車馬儀仗；最近更是傳來奏章，拜為兵部尚書。

大中四年你遷檢校兵部尚書、汴州刺史、宣武軍節度使，臘月大雪天趕往宣武駐地開封。

記得大和八年你盧弘止以兵部郎中出宰昭應（會昌），會昌二年王師討劉稹時李德裕命你為邢洺磁團練、觀察留後，例加御史中丞，我前往謁見時你是那樣虛懷若谷，當著眾人的面誇我詩文寫得好，以為可與屈原的作品相仿。

會昌四年你三哥盧簡辭為刑部侍郎、轉戶部，會昌六年你代崔元式判度支，轉戶部侍郎，充鹽鐵轉運使。地位尊貴，可遇到一些問題還走到秘書省來與我磋商。

而那年春天我在秘書省做小官，正是仕途失意、愛人離居，精神萎靡困頓的時候，你們的理解和幫助使我增加了生活的信心。

第二年（大中元年）李德裕失勢，我應鄭亞辟去桂管昭州，在東郊與兄弟們辭別，我心中真是難過，不啻骨肉支離啊！

我在藍田韓公堆驛站旁回馬看秦川，終南山上樹木萋萋，你家門闌已經看不見了，可是我始終不能忘懷你的胸襟寬弘。

我又向南看，好像看見她去了巫山的陽臺，後來她又去了嶺南，我之所以像魚為食、猿求同群那樣去桂林，就是為了她曾在前桂管楊漢公屬下某地啊！

記得來到湘陰黃陵廟時是春末，而到達桂州虞山下舜廟已經是初夏了。

可是她又離開桂州去了湘東和宣州，我借出差機會去看她，她的小船又不知道劃到哪裏去了；池州城小如彈丸，我曾在謝游橋、澄江館裏癡癡地望著江面，等著她回來。

　　鷓鴣聲聲，觸動遊子異鄉羈旅之念，我若能與她晚來有伴，「天意憐幽草，人間重晚晴」，也算不錯的命運了。

　　但是頃刻之間鄭亞被貶，我也失去幕職，只能經洞庭湖北歸，在荊江中遇到風浪。

　　我真想擁有澹檯子羽的千金之璧，可以斬蛟龍，平風浪，使來往的旅客不再有危險。

　　桂府歸來後為周至尉，我住在戶縣靈臺下，生活窮窘。

　　後來被京兆尹鄭涓奏為掾曹，趨赴府中，身體瘦弱。

　　一天到晚管理牢獄，例行公事。

　　大中三年吐蕃亂平，河湟復收，我接連為章奏，慶賀三州七關收復，那時只有你來看我。

　　如今宋若荀浮槎海外，我站在山頂望扶桑歸船，她向來忠君憂民，聽到邊境不寧的消息是不會漠然置之的，加上終南山小路和青松也讓她思念不已，因而她不可能在國外長期居住。

　　此時正好聽說你盧弘止徵聘人才，於是就響往去徐州，希望有機會能與她見面。

　　暫且吟誦王粲的《從軍樂》，不要去想歸隱之事吧！

　　徐州軍經過整頓，軍紀嚴明，士卒皆感戴你盧弘止恩澤。

　　朝廷中評論我們這幾個書記官掌握了寫文章的秘訣，以為我們人人握隨侯之珠，如羅含文藻日新。

　　那是因為我們中間鄭君重友誼，裴君容儀俊美，其餘同僚也都相處、合作得很好。

　　雖然都只是著青袍的小吏，但是他們個個善文瀟灑，

　　只有我身體瘦弱、潦倒笨拙。

　　公座好比諸葛孔明，江淮弩士皆為精兵，

　　舉酒祝願公座壽比南山，我們屬下會按禮數為你效勞。

　　等到凱旋還朝，我希望盧氏中你能輔助天子為相，光宗耀祖。

　　大中五年，盧弘止調防宣武，不久去世，李商隱回到長安，「府罷入朝，復以文章幹綯，乃補太學博士」，「在國子監太學，始主事講經。申誦古道，教太學生為文章。」（《樊南乙集序》）與友人長安聚會，有《詠懷寄秘閣舊僚二十六韻》：

《詠懷寄秘閣舊僚二十六韻》
年鬢日堪悲，沖茅益自嗤。
攻文枯若木，處世鈍如槌。
敢忘垂堂訓，寧將暗室欺？
懸頭曾苦學，折臂反成醫。
僕御嫌夫懦，孩童笑叔癡。
小男方嗜栗，幼女漫憂葵。
遇灸誰先啖，逢齋即更吹。
官銜同畫餅，面貌乏凝脂。
典籍將蠡測，文章若管窺。
圖形翻類狗，如夢肯非羆。
自哂成書簏，終當祝酒邑。

《魏略》：蘭臺為外臺，秘書為內閣。《南史・徐廣傳》：孝武帝以廣博學，除為秘書郎、校書秘閣。

庾信：自憐才智盡，空傷年鬢秋。

陶潛：養真沖茅下，度以善自名。

郭象《莊子注》：與枯木同其不華。陸機《文賦》：兀若枯木。

《晉書・祖納傳》：納於梅陶、鍾雅曰：「君汝穎之士，利如錐；我幽冀之士，鈍如槌。持握鈍槌，捶君利錐，皆當崔矣。」

《漢書》：千金之子，坐不垂堂。《史記・司馬相如傳》：故鄙諺曰：「家累千金，坐不垂堂。」宋之問：昔聞垂堂言，將誡千金子。

《梁・簡文帝紀》：不欺暗室，豈況三光？

《毛詩・卷伯傳》：昔者顏叔子獨處於室。夜，暴風雨至而室壞，婦人趨而至，顏叔子納之而使執燭，放乎旦而蒸盡，宿屋而繼之。

《楚國先賢傳》：孫敬好學，時欲寤寐，奮志懸頭屋樑以自課。

《左傳》：三折肱知為良醫。

《新序》：楚白公之難，有莊善者將往死之，比至公門，三廢車中。其僕曰：「子懼矣。」曰：「懼。」「既懼，何不返？」善曰：「懼者，吾私也；死義，吾公也。君子不以私害公。」及公門，刎頸而死。君子曰：「好義乎哉！」

《晉書》：王湛初有隱德，人莫能知，兄弟宗族以為癡。兄子濟輕之，嘗詣湛，見床頭有《周易》，濟請言之。湛因剖析玄理，微妙有奇趣。濟乃歎曰：「家有名士，三十

年而不知。」武帝見濟，曰：「卿家癡叔死未？」曰：「臣叔殊不癡。」因稱其美。

陶潛《責子詩》：通子垂九齡，但覓梨與栗。

《列女傳》：魯漆室女倚柱而嘯，鄰婦曰：「欲嫁乎？」曰：「我憂魯君老，太子少。」婦曰：「此魯大夫之憂。」女曰：「昔晉客舍我家，繫馬於園，馬佚，踐我園葵，使我終歲不厭葵味。吾聞河潤九里，漸洳三百步。今魯國微弱，亂將及人。」

《語林》：王右軍年十一，周顗異之，時絕重牛心灸，座客未啖，顗先割啖右軍，乃知名。

《楚辭》：懲於羹者吹韲。王逸注：言人歠羹而熱，中心懲之，見韲即恐而吹也。

道源注：《魏志》：明帝詔曰：「選舉莫取有名，名士如畫地作餅，不可啖也。」

《世說》：王右軍見杜弘志，歎曰：「面如凝脂，眼如點漆，此神仙中人。」

《漢書‧東方朔傳》：以莞規天，以蠡測地。張晏曰：瓠瓢也。

《晉書‧王獻之傳》：此郎亦管中窺豹，時見一斑。

《後漢書‧馬援傳》：馬援《誡兄子書》：效季良不得，陷為天下輕薄子，所謂畫虎不成反類狗也。

《六韜》：文王將田，卜曰：「所獲非龍、非彲、非虎、非羆，乃伯王之輔。」果遇太公於渭陽。《楚辭注》：或言周文王夢立令狐之津，太公在後，帝曰：「昌，賜汝名師。」文王再拜。太公夢亦如此。文土出田，見識鎖夢，載於俱歸，以為太師。

羅隱：時來天地皆無力，運去英雄不自由。《贈相士》：運去英雄成畫虎，時來老耆應非熊。

《唐書》：李善淹貫古今，不能屬辭，號為書麓。

《晉書》：劉伶求酒於妻，妻涕泣諫曰：「君飲酒太過，非攝生之道，宜斷之。」伶曰：「善，吾不能自禁，惟當祝鬼神自誓耳，便可具酒肉。」妻從之。齡跪祝曰：「天生劉伶，以酒為名。一飲一斛，五斗解酲。婦兒之言，慎不可聽。」乃飲酒御肉，隗然復醉。

〔譯文〕

正如庾信年過五十空傷年鬢，只是希望如陶潛那樣隱居山林罷了。

我才智已盡，文章風采不再，處世也和鈍槌一樣。

我怎麼敢忘記父母的教訓，做暗中欺人的事呢？

我曾學孫敬懸樑錐刺，苦學文章，三折肱而為良醫。

我也曾不敢以私害公，努力學習玄理。

如今小兒只知道尋找果子，年幼的女兒整天到園中去看菜蔬長沒長大。

少年時曾被看好，如今因為曾經挫折而心存恐懼。

官銜真同畫餅不能充饑，面貌憔悴而不像以前那樣滋潤。

典籍豈能用瓠瓢來測量呢？文章也是管中窺豹，時見一斑。

我是畫虎不成反類狗，怎麼能與被稱為帝師的某人相比呢！

我是屬於書櫥一類，只能傚仿劉伶那樣放情於酒。

　　懶沾襟上血，羞鑷鏡中絲。
　　橐鑰言方喻，樗散齒詎知？
　　事神徒惕慮，佞佛愧虛詞。
　　曲藝垂麟角，浮名狀虎皮。
　　乘軒寧見寵？巢幕更逢危。
　　禮俗拘嵇喜，侯王欣戴逵。
　　途窮方結舌，靜勝但搘頤。
　　糗食空彈劍，亨衢詎置錐！
　　柏臺成口號，芸閣暫肩隨。
　　悔逐遷鶯伴，誰觀擇虱時？
　　甕間眠太率，床下隱何卑。
　　奮跡登弘閣，摧心對董帷。
　　校讐如有暇，松竹一相思。

　　《詩》：鼠思泣血。劉禹錫：夜泊湘川逐客心，月明猿苦沾襟血。

　　《齊書》：高帝曰：「豈有人為人作曾祖而鑷白髮者乎？」范云：欲知憂能老，為視鏡中絲。

　　《老子》：天地之間，其猶橐鑰乎！虛而不屈，動而越出。

　　馬融《樗蒲賦》：排五木，散九齒。《葛洪別傳》：洪少好讀書，指不知棋局幾道，樗蒲幾齒。

　　孟郊：悁懷雖已多，惕意未能整。

　　《北史‧文苑傳》：學者如牛毛，成者如麟角。

　　《禮記》：凡語於郊者，必取賢斂才焉。或以德進，或以事畢，或以言揚，曲藝皆誓之。注：曲藝，為小技能也。

　　《揚子》：羊質而虎皮，見草而悅，見狼而戰。

　　《左傳》：衛懿公好鶴，鶴有乘軒者。注：軒，大夫車也。

　　《左傳》：夫子之在此也，猶燕之巢於幕上。《西征賦》：危素卵之繫殼，甚玄燕

之巢幕。

《晉書·阮籍傳》：能為青白眼，見禮俗之士，以白眼對之。嵇喜來弔，籍作白眼，嵇不懌而退。喜弟康齎酒挾琴遊焉，籍大悅，作青眼。由是禮法之士疾之如仇。

《晉書》：戴逵，字安道，性高潔，以禮度自處，累徵為散騎常侍，不至。太元二十年，太子太傅會稽王道子、少傅王雅、詹事王珣上疏曰：「逵執操貞厲，含詠獨遊。年在耆老，清風彌劭。東宮虛德，式延事外。宜加旌命，以參僚侍。」會病卒。

《晉書·李尋傳》：智者結舌，邪偽並進。

《史記·主父偃傳》：吾日暮途窮。

《尉繚子》：兵以靜勝。

《晉書》：王徽之字子猷，為車騎桓沖騎兵參軍，沖嘗謂徽之曰：「卿在府日久，比當相料理。」徽之初不酬答，直高視，以手版柱頤曰：「西山朝來，致有爽氣。」

《史記·孟嘗君傳》：馮驩蒯縿彈劍而歎曰：「長鋏歸來兮，食無魚！」

《袁安傳》：安子彭為光祿卿，粗袍糲食。

《莊子》：堯舜有天下，而子孫無立錐之地。

李嶠《上高長史書》：滄州密邇，未徵嘉遁之文；閶闔洞開，不列亨衢之步。

《三輔黃圖》：武帝元鼎二年春，起柏梁臺。帝嘗置酒於其上，詔群臣二千石能為七言詩者乃得上坐。《六典》：御史臺曰柏臺。

《禮記》：五年以長，則肩隨之。

秘閣掌秘書圖籍，曰芸閣。韋應物：繡衣猶在篋，芸閣已觀書。

《晉書·顧和傳》：王導為揚州，闢從事。月旦當朝，未入，停車門外。周顗遇之，和方擇蝨，夷然不動。顗既過，顧指和心曰：「此中何所有？」和徐應曰：「此中最是難測也。」

《晉書·畢卓傳》：為吏部郎，比舍郎釀熟，卓因醉，夜至其甕間盜飲之，為掌酒者所縛。明旦視之，乃畢吏部也。

《阮籍傳》：鄰家少婦有顏色，當壚沽酒。籍嘗詣飲，醉便臥其側，籍不自嫌，其夫亦不疑。

道源注：《唐書》：王維私邀孟浩然入內署，俄而玄宗至，浩然匿床下。

《漢書》：董仲舒為博士，下帷講誦，弟子傳以久次相授業，或莫見其面，蓋三年不窺園。

劉向《別傳》：讎校：一人讀書，校其上下得謬誤為校；一人持本，一人讀折，若怨家相對曰讎。

〔譯文〕

她宋若荀不願與我來往，我已經悲傷得麻木，憂慮得白髮叢生了。

老子說天地猶如大風箱，虛而不屈，動而越出，凡事都沒有定數；如今她功勞雖得不到認可，但已委心任運，不與人較勝負。

她如今雖存心愜意山林，但還憂慮有小人背後陷害，因此以修道、學佛為名離開是非之地。

正如《禮記》中所言，凡是隱居者都有自己的理想或考慮，從事技藝只是表面而已；即使如此，她的詩文、繪畫、刺繡都已經達到很高造詣，但她認為這些浮名無足輕重。

雖然她乘上大夫軒車，但並不等於皇帝真的相信她靖邊策略；她如今如玄燕巢幕，時刻憂慮著那一天會傾巢復卵。

向來阮籍之流不受禮法的人是得不到任用的，而她宋若荀一向如戴達那樣執操貞厲，清風彌勁，如今雖然在湘中隱逸，將來一定會被起用和重用。

雖然她的意見得不到認同，周圍大臣也不敢出來支持她，但是用兵的最高境界乃是不戰而勝，這一點人人都知道，可她如今在滄州沒有立錐之地。

春蒐時皇帝徵集能詩功臣，比我年長的同僚們都參加了，我真是羨慕你們啊！

真是懊悔與掖庭鴛友斷交，誰能知道我此刻的心情呢？

我如阮籍不守禮法而遭到眾人擯棄，又如孟浩然隱匿床下只有自卑。

宋若荀努力為國勤勞重登秘書省，聽說她還像當年的董仲舒那樣在帷幕中講誦。

現已近冬，你們校對典籍有空的時候，是不是還記得起我這個人呢？

李商隱寫給杜悰的兩首長詩，《五言述德抒情詩一首四十韻獻上杜七兄僕射相公》和《今月二日，不自量度，輒以詩一首四十韻干瀆尊嚴，伏蒙仁恩，俯賜披閱，獎逾其實，情溢於辭，顧惟疏蕪，曷用酬戴，輒復五言四十韻詩獻上，亦詩人詠歎不足之意也》，都是希望杜悰能照應宋若荀。

大中三年十月杜悰降先沒吐蕃維州，俄復入相，加司空，繼加司徒，也就是說至大中三年十月杜悰已經是「司空相公」或「司徒相公」，「僕射相公」指領衛宰相，詩中「歸期過舊歲，旅夢繞殘更」，「檻危春水暖，樓回雪峰晴」，可見李商隱拜會杜悰作此詩是在大中七年，「悼傷潘岳重，樹立馬遷輕」，王氏妻已經去世，詩中用很長篇

幅介紹宋若荀的身世經歷，同時極盡能事恭維杜悰，「弱植叨華族，衰門倚外兄」，希望他幫助宋若荀。

《五言述德抒情詩一首四十韻獻上杜七兄僕射相公》
帝作黃金闕，仙開白玉京。
有人扶太極，唯嶽降元精。
耿賈官勳大，荀陳地望清。
旌常懸祖德，甲令著家聲。
經出宣尼壁，書留晏子楹。
武鄉傳陣法，踐土主文盟。
自昔流王澤，由來仗國楨。
九河分合沓，一柱忽崢嶸。
得主勞三顧，驚人肯再鳴。
碧虛天共轉，黃道日同行。
後飲曹參酒，先和傅說羹。
即時賢路闢，此夜泰階平。
願保無疆福，將圖不朽名。
　　《史記‧封禪書》：三神山，黃金銀為宮闕。《五星經》：天上有白玉京，黃金闕。
　　《魏書‧釋老志》：先天地生，以資萬類。上處玉京，為神王之宗，下在紫薇，為飛仙之主。《靈樞內景經》：下離塵世，上界玉京。注：玉京，無為之天也，三十二帝之都。
　　《易‧繫辭》：易有太極，是生兩儀。
　　《毛詩‧大雅‧崧高》：惟嶽降神，生甫及申。
　　《後漢書‧郎顗傳》：元精所生，王之佐臣。
　　《後漢書》：耿弇封好畤侯，賈復封膠東侯，二人並畫圖南宮雲臺。《後漢書‧耿弇傳》：光武即位，拜弇為建威大將軍，更封好畤侯。《後漢書‧賈復傳》：拜為命執吾，封冠軍侯。遷左將軍……十三年定封膠東侯。二人並畫圖南宮雲臺。又《後漢書‧朱佑等專論》：「寇鄧之高勳，耿賈之鴻烈。」
　　《後漢書‧荀淑傳》：去職還鄉里，當世名賢李固、李膺皆師宗之。《後漢書‧陳寔傳》：天下服其德……除太丘長，修德清靜，百姓以安。
　　《周禮‧春官宗伯》：司常掌九旗之物名，日月為常，交龍為旗。
　　《尚書‧君牙》：乃祖乃父，世篤忠貞，服勞王家，厥有成績，紀於太常。《周

禮》：春官之屬，司常掌九旗之物名，日月為常，交龍為旂。

《史記‧惠景間侯者年表》：長沙王者，著令甲，稱其忠焉。

孔安國《尚書序》：至魯王共……壞孔子舊宅……於壁中得先人所藏古文，虞夏商周之書及傳《論語》、《孝經》，皆蝌蚪文字。

《晏子春秋‧內篇雜下》：晏子病將死，鑿楹納書焉，謂其妻曰：「楹語也，子壯而示之。」及壯發書，書之言曰：「布帛不可窮，窮不可飾；牛馬不可窮，窮不可服；士不可窮，窮不可仕。國不可窮，窮不可竊也。」

《舊唐書‧杜由列傳》：子式方（杜悰父）……明練鍾律，有所考定。

《蜀志‧諸葛亮傳》：建興元年，封亮武鄉侯，亮推演兵法，作八陣圖，咸得其要。

《毛詩‧周南‧關睢序》：止乎禮儀，先王之澤也。

《舊唐書‧杜佑傳》：杜佑相德、順、憲三宗，封岐國公，撰《通典》二百卷。

《唐語林》：武宗數幸教坊作樂，優倡雜進。……宦者請令揚州選擇妓女，……監軍得詔，詣節度使杜悰，請銅於管內選擇。悰曰：「監軍自承旨，悰不奉詔書，不可擅預椒房事。」監軍怒，奏之，宦者請並下悰，上曰：「不可。藩方取妓女入宮掖，非禹、湯所為，斯極細事，豈宜詔大臣。杜悰累朝舊德，深得大體，真宰相也！」

《毛詩‧大雅‧文王》：思皇多士，生此王國，王國克生，維周之楨。任昉：平生禮數絕，式瞻在國楨。

《春秋‧左氏僖公二十八年》：公會晉侯、齊侯、宋公、蔡伯、衛子、莒子盟於踐土。《通志》：滎澤縣故城西北有踐土臺，即晉文公盟諸侯處。

《尚書‧禹貢》：濟河惟兗州，九河既道。

《尚書‧禹貢》：砥柱，山名，河水分流，包山而過，山見水中，如柱然。今陝州三門山也。

《蜀志‧諸葛亮傳》：先帝不以臣卑鄙，猥自枉屈，三顧臣於草廬之中。

《史記‧滑稽列傳》：此鳥不鳴則已，一鳴驚人。

《漢書‧天文志》：日中有道。中道者，黃道，一曰光道。

《史記‧曹相國世家》：參代蕭何為相，舉事無所變更，一遵蕭何約束……日夜飲醇酒。

《尚書‧說命下》：若作和羹，爾惟鹽梅。

《漢書‧東方朔傳》：願陳泰階六符。注，泰階，三臺也，每臺二星，凡六星。二階平，則陰陽和，風雨時，社稷神祇，咸獲其宜，天下大安，是為太平。

〔譯文〕

當年你在皇家黃金宮闕之中，想必知道當年玉京門內翰林院的宋氏姐妹。

她們是匡扶社稷的大臣，又篤信道教，曾受嵩山法師親授而為仙家。

你就像光武帝時的耿弇、賈復，因為功勳卓著而不斷受封，將來必定會畫圖南宮雲臺；又像荀淑、陳寔那樣修德清靜，百姓安寧，以至於賢名遠揚。

你祖父岐國公杜佑為大唐留下了為國勤勞的美德，你如今也繼承了他的風格。

而她們姐妹祖先也很有名氣，她們故居離發現古文尚書的孔子故里不遠，出身於詩書傳世之家。

你如蜀相諸葛亮那樣深得兵法之要，又如晉文公那樣深明諸侯結盟之道，所以能使戎虜安寧；

你將皇帝恩澤布於四方，是因為大唐國運昌盛，

就像黃河在河內一分為九，到了龍門則包山而過，如中流砥柱，你也是為國分憂重臣。

在淮南時你因為不隨監軍選送良家女得到武宗賞識，而今雖然沒有什麼一鳴驚人政績，但是如同諸葛亮那樣得到先主信任而仕途通暢。

你所作所為都能得皇帝讚賞，如同日隨黃道而行。

有人說你荒湎宴適，厚自奉養，說你不注意邊防，其實你是學曹參無為而治；皇帝之所以認同你的做法，是因為你如傅說一樣深知皇帝內心想法。

皇帝其實也希望邊境太平無事，三臺安泰。

願你保持這種無為之福，同時又能得到不朽之名。

> 率身期濟世，叩額應興兵。
> 感念崤屍露，諮嗟趙卒坑。
> 倘令安隱忍，何以贊貞明。
> 惡草雖當路，寒松貫挺生。
> 人言真可畏，公意本無爭。
> 故事留臺閣，前驅且旆旌。
> 芙蓉王儉府，楊柳亞夫營。
> 清嘯頻疏俗，高談屢折酲。
> 過庭多令子，乞墅有名甥。
> 南詔應聞命，西山莫敢驚。
> 寄辭收的博，端坐掃欃槍。

雅宴初無倦，長歌底有情。
檻危春水暖，樓回雪峰晴。
移席牽湘蔓，回棹撲絳英。
誰知杜武庫，只見謝宣城。
有客趨高義，於今滯下卿。
登門慚後至，置驛恐虛迎。
自是依劉表，安能比老彭。
雕龍心已切，畫虎竟何成。
豈有曾黔突，徒勞不倚衡。
乘時乖巧宦，占象合堅貞。
廢往淹中學，遲回谷口耕。
悼傷潘岳重，樹立馬遷輕。
隴鳥悲丹嘴，湘蘭怨紫莖。
歸期過舊歲，旅夢繞殘更。
弱植叨華族，衰門倚外兄。
欲陳勞者曲，未唱淚先橫。

《晉書》：三臺六星，三公之位也。在人曰三公，在天曰三星。

《詩·大雅》：受福無疆。

《春秋·左氏襄二十四年》：太上有立德，其次有立功、立言，雖久不廢，此所謂不朽。

《易》：蹇之時用大矣哉！疏：能與蹇難之時立其功用以濟世者，非小人之所能也。

《春秋·左氏文三十三年》：晉敗秦師於崤。傳：秦伯伐晉，濟河焚舟，晉人不出，遂自茅津濟，封崤屍而還。

《史記·白起王翦列傳》：秦軍射殺趙括，括軍敗卒四十萬人降武安君（白起），武安君……乃挾詐而盡坑殺之。

《宋書·王僧達傳》：猶欲隱忍，法為情屈。

《易》：日月之道，貞明者也。

《春秋·左氏隱七年傳》：為國家者見惡，如農夫之務去草焉。

《毛詩·鄭風·將仲子》：人之多言，亦可畏也。《後漢書·左雄傳》：雄掌納言，多所匡肅，每有表章奏議，臺閣以為故事。

《後漢書・左雄傳》：雄多所匡肅，章表奏議，臺閣以為故事。

《詩・國風》：伯也執役，為士前驅。

《南史・庾杲之列傳》：王儉……乃用杲之為衛將軍長史。安陸侯蕭緬與儉書曰：「盛府元僚，實難其選。庾景行（杲之字）泛涤水，依芙蓉，何其麗也。」時人以入儉府為蓮花池，故緬書美之。

《漢書・周亞夫傳》：亞夫為將軍，軍細柳，以備胡。上自勞軍，按轡徐行至中營。將軍亞夫揖曰：「介胄之士不拜，請以軍見。」天子為動，改容式軍。

《異苑》：氣激於喉中而濁謂之言，激於舌短而清調謂之嘯。嘯之清可以激鬼神，致不死。出其言善，千里應之；出其嘯清，萬靈授職。

《後漢書・馮衍傳》：申眉高談，無愧天下。宋玉《風賦》：清清冷冷，愈病折酲。

《論語・季氏》：孔鯉趨而過庭，孔子曰：「學詩乎？」

《晉書・謝安列傳》：與謝玄圍棋，賭別墅……玄不勝，安顧謂其甥羊曇曰：「以墅乞汝」。

《唐書》：韋皋將命出西山、靈關，破峨和、通鶴、定廉城，逾的博嶺，遂圍維州。

李衛公奏維州事曰：「此地內附，可減八處鎮兵，坐守千里舊地，臣見莫大之利，乃為恢復之基。況臣未嘗用兵攻取，自感化來降。」

陸機：有集惟髦，芳風雅宴。

《晉書・杜預列傳》：預在內七年損益萬機，不可勝數，朝野稱美，號曰杜武庫，言其無所不有也。

《齊書》：謝朓轉中書郎，出為宣城太守。

《禮記》：小國之上卿，位當大國之下卿。

《後漢書・李膺傳》：膺獨特風裁，士有被其容接者，名為登龍門。

《文選・王仲宣・登樓賦》注：盛弘之《荊州記》曰：「當陽縣城樓，王仲宣登之而作賦。」

《漢書・鄭當時列傳》：每五日洗沐，常置驛馬長安諸郊，請謝賓客，夜以繼日。

《論語・述而》：子曰：「述而不作，信而好古，且比我於老彭。」老彭，商賢大夫。

《史記・孟子荀卿列傳》：談天（騶）衍，雕龍（騶）奭。注：騶奭修衍之文飾，如雕鏤龍文。

《後漢書‧馬援傳》：效杜季良不得，陷為天下輕薄子，所謂畫虎不成反類狗也。

《淮南子‧脩務訓》：孔子無黔突，墨子無暖席。黔突，燒黑的煙囪。

《漢書‧爰盎傳》：千金之子不垂堂，百金之子不騎衡。注：騎，倚也，衡，樓殿邊欄楯也。

《史記‧汲鄭列傳》：黯姑姐子司馬安文深巧善宦，官四至九卿。潘岳《閒情賦‧序》：岳讀汲黯傳，至司馬安四至九卿，良史題以巧宦之目，未嘗不廢書而歎也。

《周易‧明夷》：明夷，利艱貞。

《漢書‧藝文志》：禮古經者，出於魯奄中。注：奄中，里名也。《昭明集序》：淹中、稷下之生，金馬、石渠之士。

《高士傳》：鄭樸字子真，谷口人也，修身自保。揚雄盛稱其德，曰：「谷口鄭子真耕於岩石之下，名振京師。」馮翊人刻石祠之。谷口在今雲陽縣。

潘岳字安仁，集中有《悼亡詩》三首。

司馬遷《報任安書》：特以為智窮罪極，不能自免，卒就死耳，何也？素所自樹立使然也。人固有一死，或重於泰山，或輕於鴻毛。

彌衡《鸚鵡賦》：紺趾丹嘴，綠衣翠衿。命虞人於隴砥。

屈平《九歌‧少司命》：秋蘭兮青青，綠葉兮紫莖。

《晉書》：王遐少以華族，仕至光祿卿。

《春秋‧左氏襄三十年傳》：子產如陳蒞盟，復歸命，告大夫曰：「其君弱植」。

《儀禮‧士喪禮》：姑之子。注：外兄弟也。

《文選‧謝叔源‧遊西池一首》：信此勞者歌。注：《韓詩》曰：「《伐木》廢，朋友之道缺，勞者歌其事，詩人伐木，自苦其事，故以為文。」

〔譯文〕

有人說你只是濟身太平盛世，政績平平，其實你是不願意看到興兵之禍，

更不願意看到如同秦晉崤關血戰和長平坑卒酷烈場景。

如果僅僅隱忍就能使吐蕃和南詔平息事端，那也未免太小看你的治蜀方略了。

農夫尚且除草務盡，你作為國家重臣又怎麼可能養息姑奸、容忍入侵呢！你就像那寒松一樣挺立蒼勁，在惡人當路年代顯示自己高風亮節，使戎虜也知道你與以往剋扣軍糧官員不同，因而不敢來犯。

各種各樣的人言真是可怕啊！其實你自己並沒有爭功的意思。

讓他們胡言亂語的去說吧，你作為皇帝的臺閣輔佐，功勞畢竟最後還是要載入史冊的。

　　你軍中人才眾多，軍紀嚴密，如周亞夫細柳軍時刻防備外虜。

　　希望你任用她為屬下文書，她有如庾杲之那樣的文才，也有如阮籍那樣的文筆。

　　她的言語歌唱不同流俗，但不勝酒量，一喝就醉。

　　她也可以作為家庭教師，使府中子弟裔休、述休、孺休得以學詩習禮，因為琴棋書畫她樣樣精通。

　　她曾經長期在邊疆，深知戎羌內部情況，可以給你作參謀，使南詔聽從朝廷命令，西山諸羌不敢輕舉妄動。

　　認為以德感化，控制維州就可以坐守千里之地，這樣的建議很多人反對，你不要理會那些誹謗之言，讒言又能拿你怎麼樣呢？

　　不妨設宴消遣，她的歌唱必定會使你感到心情舒暢。

　　待到春天雪山消融、錦水活活的時候，她可能會移居到江漢和湖湘，而到了秋天菊花開放時節又會回到川中。

　　有人說你只知道打仗，庫中只有刀槍，其實更是如謝朓那樣富於文采，為人稱道。

　　她嚮往高潔，如今成為你那裡的客卿。

　　當年我中舉已經年近四十，如今我也希望能在你門下服務。

　　她從軍參謀，同時努力將平日所見所聞著述出來，遵循述而不作、信而好古原則，希望能為朝廷提供邊疆民族和各地民俗真實資料。

　　她修改文章如同雕琢龍文那樣細緻，但也有人說畫虎不成反類狗，真是讓人啼笑皆非。

　　她像孔子一樣到處奔走，往往一個地方煙囪還沒有燻黑就得離開；但是她知道自己重任在身，因而也注意保重身體和注意安全。

　　她明於易理，善於把握時機，她自己占卜得明夷卦，可見厄運尚未最後消除。

　　她這個出生於魯地孔子信徒，如同谷口鄭子真那樣修身自保。

　　我如今同潘岳悼傷，她如司馬遷那樣欲死而不能放棄生命，心中的痛苦無法言說。

　　鸚鵡因為丹嘴翠衿而遭到獵人捕殺，她們姐妹也是因為聰明過人而招忌，如屈原那樣忠而見饞；又如湘中紅蘭移植到中原之土不能成活。

　　已近年底，我已經超過了出差期限，可是因為沒有找到她而感到心中遺憾。

　　我家根基薄弱，只能來求你表兄華門大族幫助。

　　我希望像自苦其事的詩人一樣唱勞者之歌向你求助，可是未曾開言就已經流淚不止了。

　　大中七年春，李商隱從西川推獄回，有消息西川節度使杜悰即將移鎮淮南節度使，李商隱再次向杜悰呈詩《今月二日，不自量度，輒以詩一首四十韻干瀆尊嚴，伏蒙仁恩，俯賜披閱，獎逾其實，情溢於辭，顧惟疏蕪，曷用酬戴，輒復五言四十韻詩獻上，亦詩人詠歎不足之意也》，也是希望他能照顧宋若荀。

　　《今月二日，不自量度，輒以詩一首四十韻干瀆尊嚴，伏蒙仁恩，俯賜披閱，獎逾其實，情溢於辭，顧惟疏蕪，曷用酬戴，輒復五言四十韻詩獻上，亦詩人詠歎不足之意也》

　　家擅無雙譽，朝居第一功。
　　四時當首夏，八節應條風。
　　滌濯臨清濟，巉岩倚碧嵩。
　　鮑壺冰皎潔，王佩玉叮咚。
　　處劇張京兆，通經戴侍中。
　　將星臨回夜，卿月麗層穹。
　　下令銷秦盜，高談破宋聾。
　　含霜太山竹，拂霧嶧陽桐。
　　樂道干知退，當官塞匪躬。
　　服箱青海馬，入兆渭川熊。
　　固是符真宰，徒勞讓化工。
　　鳳池春潋灩，雞樹曉曈曨。
　　願守三章約，嘗期九譯通。
　　薰琴調大舜，寶瑟和神農。
　　慷慨資元老，周旋值狡童。
　　仲尼羞問陣，魏絳喜和戎。
　　款款將除蠹，孜孜欲達聰。
　　所求因渭濁，安肯與雷同。
　　物議將調鼎，君恩忽賜弓。
　　開吳相上下，全蜀占西東。
　　銳卒魚銜餌，豪胥鳥在籠。
　　疲民呼杜母，鄰國仰羊公。

置驛推東道，安禪合北宗。
嘉賓增重價，上士悟真空。
扇舉遮王導，樽開見孔融。
煙飛愁舞罷，塵定惜歌終。
岸柳兼池綠，園花映燭紅。
未曾周顗醉，轉覺季心恭。
繫滯喧人望，便蕃屬聖衷。
天書何日降，庭燎幾時烘。
早歲乖投刺，今晨幸發蒙。
遠途哀跛鱉，薄藝獎雕蟲。
故事曾尊隗，前修有薦雄。
終須煩刻畫，聊擬更磨礱。
蠻嶺晴留雪，巴江晚帶楓。
營巢憐越燕，裂帛待燕鴻。
自苦誠先蘗，長飄不後蓬。
容華雖少健，思緒即悲翁。
感激淮山館，優游碣石宮。
待公三入相，丕祚始無窮。

《毛詩‧周南‧關雎序》：嗟歎之不足，故永歌之，永歌之不足，不知手之舞之足之蹈之也。

《後漢書‧黃香傳》：大下無雙，江夏黃童。

《後漢書‧荀爽傳》：爽字慈明……穎川為之語曰：「荀氏八龍，慈明無雙。」

《爾雅‧釋詁》：夏，大也。《管子‧形式解》：夏者陽氣畢上，故為萬物長。謝靈運：首夏猶清和。

《易‧通卦辭》：立春，條風至，東北風也。《白虎通》：距冬至四十五日條風至，條者，生也。

《史記‧蕭相國世家》：高祖以蕭何功最盛……於是乃令蕭何為第一。

《戰國策》：齊有清濟濁河，可以為固。《水經注》：濟水通得清之目焉，亦水色深清，用兼厥稱。

鮑照《白頭吟》：清如玉壺冰。

原注：摯虞《決錄要注》云：「漢末喪亂，絕無玉佩，魏侍中王粲識舊佩，始復

作之，今之玉佩，受法於粲也。」《韻府群玉》：丁當，佩聲，或為丁東。

《漢書・張敞列傳》：敞拜膠東相，自謂治劇郡，非賞罰無以勸善懲惡。敞、入守京兆尹，窮治所犯，盡行法罰，由是枹鼓希鳴，市無偷盜。

《後漢書・戴憑傳》：戴憑以明經徵，試博士，拜為侍中。正旦朝賀，百僚畢會，帝令群臣能說經者，更相難詰，義有不通，輒奪其席以益通者。憑遂重坐五十餘席，故京師為之語曰：「解經不窮戴侍中。」

《史記・天官書》：中官斗魁戴匡六星，曰文昌宮：一曰上將，一曰次將。五帝坐後聚一十五星蔚然，曰郎位，旁一大星將位也。

《尚書・洪範》：卿士惟月。傳：卿士各有所掌，如月之有別。杜甫：卿月生金掌。

《春秋・左氏宣十六年》：士會將中軍，且為太傅，於是晉國之盜逃奔於秦。

《春秋・左氏宣十四年》：申舟以諸孟之役惡宋，曰：「鄭昭宋聾。」注：昭，明也；聾，暗也。

《新唐書・文藝中・宋之問》：子延清，汾州人。父令文，高宗時為東臺祥正學士，富文辭、且工書、有力絕人，世稱「三絕」。都下有牛善觸，人莫敢嬰，令文直往拔其角，折其頸殺之。既之問以文章起、其弟之悌以驍勇聞、之遜精草隸，世謂皆得父一絕。之悌，長八尺，開元中，歷劍南節度使、太原尹。嘗坐事流朱鳶，會蠻陷瓘州，授總管擊之。募壯士八人，被重甲，大呼薄賊曰：「獠動即死！」賊七百人皆伏不能興，遂滅賊。之遜為連州參軍，刺史聞其善歌，使教婢，日執笏立簾外，唱吟自如。

《竹譜》：魯郡鄒山有篠，形色不殊，質特堅潤，宜為笙管。《古詩》：冉冉孤生竹，結根太山阿。

《尚書・禹貢》：嶧陽孤桐。傳：嶧山之陽特生桐，中琴瑟。

《周易・乾卦》：知進退存亡而不失其正者，其為聖人乎。

《周易・蹇卦》：王臣蹇蹇，匪躬之故。《周易本義》：蹇而又蹇，以求濟之，非以其身之故也。注：蹇蹇，忠誠，正直。

《毛詩・小雅・大東》：睆彼牽牛，不可以服箱。《說文》：大車兩較之間，謂之箱。

楊億《漢武》：力通青海求龍種。用武帝伐大宛（今蘇聯阿茲伯克共和國的一個城市）獲汗血馬事。

《史記・齊太公世家》：西伯（文王）將獵，卜之，曰：「所獲非龍非螭，非熊非羆，所獲霸王之輔。」於是周西伯獵，果遇太公於渭之陽。

《老子》：有真宰足以制萬物。《莊子‧齊物論》：若有真宰，而特不得其朕。

《尚書‧皋陶謨》：天工人其代之。賈誼《服鳥賦》：天地為爐兮造化為工，陰陽為碳兮萬物為銅。

《晉書‧荀勗傳》：勗久在中書，專管機事，及失之，甚惘惘悵悵。或有和之者，勗曰：「奪我鳳凰池，諸君賀我耶？」

《魏志‧劉放傳》注：《世語》曰：「放、（孫）資久典機任，（夏侯）獻、（趙）肇心內不平，殿中有雞棲（皂莢）樹，二人相謂：『此亦久矣，其能復幾？』指謂放、資。」

《舊唐書‧刑法志》：「有赦之日，武庫令設金雞及鼓於宮城門外之右，勒集囚徒於闕前，撾鼓千聲訖，宣詔而釋之。」

《史記‧高祖本紀》：與父老約，法三章耳。

《史記‧大宛列傳》：重九譯，致殊俗。

《禮記‧樂記》：昔者舜作五弦之琴以歌南風。注：南風，長養之風也。其辭曰：「南風之薰兮，可以解吾民之慍兮。」

馬融《長笛賦》：昔庖羲作琴，神農造瑟。《淮南子》：神農初作瑟，以歸神反望及其天心也。

《毛詩‧小雅‧采芑》：方叔元老。

《毛詩‧鄭鳳‧狡童》：彼狡童兮。

《論語‧衛靈公》：衛靈公問陳於孔子。孔子曰：「俎豆之事，則嘗聞知矣。軍旅之事，未之學也。」

《春秋‧左氏襄五年傳》：公曰：「然則莫如和戎乎？」（魏絳）對曰：「和戎有五利焉。

《周禮‧秋官司寇》：翦氏掌除蠹物。

《尚書‧舜典》：明四目，達四聰。

《毛詩‧邶風‧谷風》：涇以渭濁。

《禮記》：毋雷同。

《尚書‧說命下》：若作和羹，爾惟鹽梅。

《毛詩‧小雅‧彤弓》序：彤弓，天子賜有功諸侯也。

〔晉〕張悛《為吳令謝詢求為諸孫置守冢人表》：進為循漢之臣，退為開吳之主。庾信《哀江南賦》：況背闕而懷楚，冀端委而開吳。

《晉書‧段灼列傳》：魚懸由於甘餌，勇夫死於重報。

左思《詠史》：習習籠中鳥，舉翮觸四隅。

《後漢書・杜詩傳》：遷南陽太守，時人方召信臣，故為之語曰：「前有召父，後有杜母。」

《晉書・羊祜列傳》：都督荊州諸軍事，與吳人開布大信，於是吳人翕然悅服，稱為羊公，不之名也。

《漢書・鄭當列傳》：每五日洗沐，當置驛馬長安諸郊，請謝賓客，夜以繼日。

《舊唐書・僧神秀列傳》：同學僧慧能⋯⋯往韶州廣果寺⋯⋯天下乃散傳其道，謂神秀為北宗（秀往荊州當陽山），號北宗，慧能為南宗。

劉峻《廣絕交論》：顧盼增其倍價。《詩・小雅・鹿鳴》：我有嘉賓，鼓瑟吹笙。

道源注：佛號無上士，僧稱上士。人法兩空曰真空，即般若智也。《老子》：上士聞道，勤而行之。《佛說海八德經》：吾道微妙，經典淵奧，上士得之。

《晉書・王導列傳》：（庾）亮雖居外鎮，而執朝廷之權。導內不平，常遇西風塵起，舉扇自蔽，徐曰：「元規（庾亮字）塵污人。」

《後漢書・孔融傳》：及退閒職，賓客日盈其門，常歎曰：「座上客常滿，尊中酒不空，吾無憂矣。」

劉向《別錄》：善雅歌者，魯人虞公，發聲清哀，能動梁塵。

《世說新語・任誕》：周伯仁（顗）⋯⋯過江積年，恒大飲酒，常經三日不醒，時人謂之三日僕射。

《漢書・季布列傳》：布弟季心，氣蓋關中，遇人恭謹。

《春秋・左氏襄十一年》：便蕃左右，亦是帥從。注：謂遠人相帥來服從，便蕃然在左右。

《毛詩・小雅・庭燎》：君子至止，鸞聲將將。

《素問》：發蒙解惑。《漢書・揚雄傳》：《長楊賦》：「墨客降席再拜曰：『乃今日發蒙，廓然已昭矣。』」

《荀子・修身》：蹞步不止，跛鱉千里。

《楊子法言・吾子》：或問吾子少而好賦，曰：「然，童子雕蟲篆刻。」俄而曰：「壯夫不為也。」

《戰國策・燕昭王收破秦後》：燕昭王卑身後幣，以招賢者。往見郭隗先生，隗曰：「今王誠欲致士，先從隗始，隗且見事，況賢於隗者乎，豈遠千里哉。」於是昭王為隗築宮而師之。

《離騷》：謇吾法乎前修兮，非時俗之所服。

《晉書・周顗傳》：庾亮謂顗曰：「諸人咸以君方樂廣。」顗曰：「何乃刻畫無鹽，唐突西施也！」

《漢書·枚乘傳》：磨礱砥礪。

江淹《恨賦》：裂帛繫書，誓還漢恩。《漢書·蘇武傳》：漢使復至匈奴，常惠教使者謂單于，言天子射上林中，得雁，足有繫帛書，言武等在某澤中。

《古子夜歌》：黃蘗向春生，苦心隨日長。

曹植：轉蓬離本根，飄飄隨長風。

《漢歌·鼓吹曲》有思悲翁。

《古子夜歌》：黃蘗向春生，苦心遂日長。

《漢書》淮南王安招賓客方術之士數千人。《神仙傳》：八公詣淮南王門，王迎登思仙之臺，日夕朝拜。

《春秋·左氏襄二十九年傳》：夫子之在此也，猶燕之巢於幕上。

〔譯文〕

她是殷商宋微子的後代，叔祖宋之問當年很有名氣，在朝廷安定邊疆事務中有大功勞。

夏日之風為萬物生長所必須，想必你會給她以幫助。

她在靠近濟水地方安置降虜，後來去了嵩山。

她的品德操守如同鮑照《白頭吟》中所說的玉壺冰，是無可指責的；她與朝臣一起參與國家事務。

她在澧曲辦事幹練如京兆尹張敞，閒散又如通經史、善詩賦隱士戴顒。

著名文臣武將排列在皇帝左右如眾星拱月，她的詩文見識與那些朝臣相比毫不遜色。

她曾下令法辦秦地盜賊，主張用計策消解商丘一帶民怨。

她在魯地政事之餘吹奏管簫、彈奏琴瑟。

她辦事有分寸、知進退，肯在皇帝面前為朝臣說話；宋若荀看起來不如被稱為「三英」的姐姐，個性忠直，其實她不是為了自己，而是希望國家採納明智的意見。

她曾去過青海，又在渭川輔佐管理。

雖然朝廷中有中正賢明大臣，但是皇帝沒有用他們。

宋若憲和宋若荀姐妹因為接近皇帝，掌管機密，為姦臣所嫉恨，非欲除之而後快，因此更是難免厄運；希望你能向皇帝稟告，使她們的冤案得以平反。

她知道南詔還是願意遵守與朝廷所定之約，也瞭解了許多番人特殊習俗，還通曉那裡的文字。

這些都可以由你上達聖聽，為皇帝的堯舜之治出謀劃策，如舜帝那樣像南風解

民之困，如神農使民豐樂。

希望皇帝能有大胸襟，恢復被冤屈大臣的政治生命，重用正派有能力的大臣，與那些姦臣只不過是一般周旋。

當年孔夫子對軍事問題不熟悉，魏絳雖然有和戎高見然而沒有相應的對策，宋若荀則兼具著兩方面才能。

她認為戰爭可以用和戎方式來解決，不一定要大軍征討；針對腐敗的改革應當緩緩進行，逐漸實現政治清明，而不至於一下子打亂陣腳。

她的清白是因為我而玷污，所以不肯原諒我，更不肯和我在一起。

皇帝倚重你，即將將有新的任命，

就像當年因為你在淮南政績突出，被任劍南東川和西川節度使的封疆大吏一樣，讓你掌管全部川中事務。

你嚴加管束，使川中兵卒就像倒懸的魚，官吏如籠住的鳥，無法魚肉百姓；

因為你施行仁政，民眾感悅，上下和諧；鄰近地區的人都羨慕川中有你這樣的好官吏。

你又開通了向東的大道，建制了驛站；提倡以禪宗調和佛教南北宗分歧；

各方人才來歸，道教、佛教中有智慧的人都得到啟發。

你不理會朝中議論，只是恭謹地延接寒素，

因而能宴飲無憂，歌舞升平，府邸花園中柳綠花紅，燈火輝煌，

客人們喝得酩酊大醉，但是不失禮儀。

遠方的番虜部族將帥來從，雖然很喧鬧，但是幡然排列在皇帝寶座左右。

京城正式任命的詔書幾時能到呢？你什麼時候才能回到宮中參加除夕皇宮中宴會呢？

今天早上承蒙你啟發，我才明白這些年仕途不順是因為早年我投錯了人。

但是你還是鼓勵我這個如跛鱉一樣進步緩慢的人，獎勵我作詩賦的雕蟲小技。

過去曾經希望有燕昭王這樣求賢若渴的諸侯可以依靠，也曾經有封疆大吏幫助和推薦，但至今仍然沒有得到真正的平反。

難道西施不如無鹽嗎？難道美玉還需要繼續磨礱砥礪嗎？

晴天能看到松州附近岷山上面還有著雪，巴江邊晚霞映著紅楓。

因為有人搗取燕窩，越燕一次次地築窩，甚至吐出自己的血；我盼望鴻雁傳書，希望在你的幫助下也如築好窩等待宋若荀歸來。

她在烏程唱著內心如黃連苦的《子夜歌》，我也因不斷追尋她而命運如飄蓬。

雖然看起來我們容顏還不算太疲憊和衰老，但是內心都充滿了悲傷。

　　你如今移鎮淮南，感激李玨在淮南對我們的款待，後來我們又去崔璵任職的秦皇島碣石宮遊覽，在那裡也談起你。

　　希望你不久以後能第三次為宰相，光宗耀祖，我作為親戚也是真心為你高興。

　　杜悰會昌四年由淮南入為相，大中三年十月降先沒吐蕃維州，俄復入相，加司空，繼加司徒，大中七年四月移鎮淮南，因此有三入相之期。

　　大中七年，柳仲郢劍南東川節度使，李商隱隨之往江陵，作《病中聞河東公樂營置酒口占寄上》，希望取得他的幫助。

　　《病中聞河東公樂營置酒口占寄上》
　　　聞駐行春旗，中途賞物華。
　　　緣憂武昌柳，遂憶洛陽花。
　　　稽鶴元無對，荀龍不在誇。
　　　只將滄海月，常壓赤城霞。
　　　興欲傾燕館，歡於到習家。
　　　風長應側帽，路隘豈容車？
　　　樓回波窺錦，窗虛日弄紗。
　　　鎖門金了鳥，展幛玉鴉叉。
　　　舞妙從兼楚，歌能莫雜巴。
　　　必投潘岳果，誰摻彌衡撾。
　　　刻燭當時忝，傳杯此夕賒。
　　　可憐漳浦臥，愁緒獨如麻。
　　　《後漢書》：謝夷吾位鉅鹿太守，行春，乘柴車，從兩吏。

　　《晉書》：陶侃鎮武昌，嘗課諸營種柳。都尉夏施盜官柳，植之於己門，侃後見，駐車問曰：「此是武昌西門前柳，何由盜來？」施惶怖謝罪。

　　《舊唐書·憲宗紀》：元和八年「十月，湖南柳公綽為鄂岳觀察使。」兼鄂州刺史，領鄂、岳、蘄、黃、安、申六州。

　　《新唐書·宰相表下》：正月，牛僧孺檢校禮部尚書、同平章事、武昌節度使。

　　《新唐書·列傳第八十八·柳仲郢》：牛僧孺闢武昌幕府，有父風矩，僧孺歎曰：「非積習名教，安及此邪！」

　　《群芳譜》：唐宋時洛陽牡丹之花為天下冠，故竟名洛陽花。何遜《范廣州宅聯

句》：洛陽城東西，卻作經年別。昔去雪如花，今來花如雪。

《晉書》：嵇紹始入洛，或謂王戎曰：「昨於稠人中見嵇紹，昂昂然如野鶴之在雞群。」

《後漢書》：荀淑子把人，並有才名，時謂八龍。

宋之問詩：樓向滄海月，門對浙江潮。

赤城霞：天台山峰名赤城，山頂圓形，石色微紅，遠看如紅霞映照在城牆上。燕館即碣石宮。

《晉書・山簡傳》：簡鎮襄陽，惟酒是耽。諸習氏有佳園池，簡每出遊戲，多至池上，置酒輒醉，名之曰高陽池。時有兒童歌曰：「山公出何許？往至高陽池。日夕倒載歸，酩酊無所知。」

《漢書》：高祖令戚夫人楚舞，自為楚歌。

原注：獨孤景公信，舉止風流，嘗風吹帽傾，觀者滿路。李商隱詩《飲席代官妓贈兩從事》：「新人橋上著春衫，舊主江鞭側帽檐，願得化為紅綬帶，許較雙鳳一時銜。」

《北史》：信在秦州，嘗因獵日暮，馳馬入城，其帽微側。詰旦而吏民有戴帽者咸慕信而側帽焉。

《樂府》：相逢狹路間，路隘不容車。

《晉書》：潘岳美姿儀，少時嘗挾彈出洛陽道，婦人遇之者，皆連手縈繞，投之以果，滿車而歸。

原注：彌處士擊鼓，能為《漁陽參撾》。

《南史・王僧孺傳》：竟陵王子良嘗夜集學士，刻燭為詩，四韻者則刻一寸。蕭文琰曰：「頓燒一寸燭而成詩，何難之有？」乃與邱令楷、江洪打銅缽立韻，響滅詩成，皆可觀。

劉楨詩：餘嬰沈痼疾，竄身清漳濱。

〔譯文〕

我聽說你河東公行春宴上賓客眾多，一起欣賞春天的景色。

寶曆年間你亦曾在牛僧孺武昌幕府，想必聽說過大和年間元稹幕中能詩善賦而又多才多藝的宋若荀吧？她如今在荊州楊漢公那裡。我當年遇見宋氏姐妹，就是在鄆州春天軍營旁柳樹下，如今你還記得當年被稱為洛陽姐妹花的宋若憲和宋若荀嗎？她如今在江邊流浪。

你們柳氏是禮法之家，子弟一個個都很出色；你像荀淑子那樣文詞出眾，而我

也如鶴立雞群，而今卻是難以與你們這些朋友相比的啊！

　　宋若荀的三個姐姐被稱為「三英」，其實她們姐妹五人都有才名；她曾泛海東瀛，如今又從天台山勝地歸來。

　　我們在碣石宮相處是多麼難忘，她如今在襄陽一帶居留，還是像以前那樣不會喝酒，一喝就醉如泥。

　　在秦地時我們正當年少風流，人們都羨慕和模仿我們；可是冤家路窄，有人向皇帝面前說了我們的壞話，

　　罰她在玉樓上裁剪，如織女關在天宮中不得自由；

　　宮門被鎖，善歌女子住處的簾幃下垂著，我無法與她會面，更無可能與她一起欣賞名畫。

　　她的歌舞美妙，從來就像楚王宮中細腰女子，現在長久在川中流浪，想必其舞蹈和歌唱都受到當地民風影響。

　　當年洛陽人稱我為潘岳，可是如今又有誰能記得起當年妙解搖鼓音樂的她呢？如果能再次去洛陽多好啊，可是現在她只能流落在武昌江邊。

　　我們曾為刻燭吟詩之會，現在再要傳杯，可就少了人了。

　　可憐她像叔祖宋之問一樣曾竄身蠻瘴之地，如今又像劉楨一樣在水邊愁悶無伴。

大中六年，盧鈞複檢校司空、太原尹、北都留守、河東節度使，大中七年秋，李商隱《寄太原盧司空三十韻》，回顧近年來宋若荀行蹤，描述了她在書劍從軍同時如同庾信那樣多愁善感，表明自己對宋若荀終生不渝感情。

《寄太原盧司空三十韻》
隋艦離淮甸，唐旗出井陘。
斷鼇搘四柱，卓馬濟三靈。
祖業隆盤古，孫謀復太庭。
從來師俊傑，可以煥丹青。
舊族開東嶽，雄圖奮北溟。
邪同獬豸觸，樂伴鳳凰聽。
酣戰仍揮日，降妖亦鬥霆。
將軍功不伐，叔舅德惟馨。
《隋書·食貨志》：帝造龍舟、鳳艒、黃龍、赤艦……以幸江都。

楊廣《早渡淮》：淮甸未分色，決莽共晨暉。

《新唐書‧地理志》：鎮州……獲鹿（今山西獲鹿）有故井陘關，一名土門關。《括地志》：井陘故關在并州石艾縣。陘東十八里即井陘口也。

王褒《從軍行》：西征度疏勒，車驅出井陘。

道源注：卓馬，猶云立馬也。《真誥》：卓靈虛之駿。

《舊唐書‧高祖本紀》：大業十三年為太原留守，遂起義兵。

《列子‧湯問》：昔者女媧氏……斷鼇之足，以立四極。

《述異記》：盤古氏，天地萬物之祖也，然則生物始於盤古。

《左傳‧昭公十八年》：先儒舊說階雲炎帝號神農氏，一曰大庭氏。稽康：延頸慕大庭，寢足俟皇羲。

《詩經》：貽厥孫謀，以燕翼子。鄭箋：孫，順也，謂傳其所以順天下之謀。朱熹注：謀及其孫，則子可以無事矣。

《漢書‧蘇武傳》：李陵置酒賀武曰：「雖古竹帛所載，丹青所畫，何以過子卿（武字）」

《新唐書‧宰相世系表》：盧氏出自姜姓。食采於盧，濟北盧縣（今山東長清縣）是也，其後因以為氏。

《莊子》：北海有魚，其名為鯤。

《論衡》：獬豸，一角羊也。青色，四足，能別曲直。皋陶治獄，疑者令羊觸之。

《漢書‧律曆志》：黃帝取竹嶰谷，製十二管以聽鳳鳴，其雄鳴為六，雌鳴為六。

《淮南子‧覽冥訓》：魯陽公與韓構難，戰酣日暮，援戈而揮之，日為之反三舍。

《北史‧薛孤延列傳》：神武（齊高祖神武皇帝高歡）嘗閱馬於北牧，道逢暴雨，大雷震地，火燒浮圖。神武令延視之，延案稍直前，大呼繞浮圖走，火遂滅。延還，須及馬鬃尾皆焦，神武乃歎其勇決曰：「延乃能與霹靂鬥。」

《尚書‧大禹謨》：如惟不伐，天下莫與汝爭功。

〔譯文〕

她從淮南道揚州乘船回中原，又到了你駐守的井陘關，準備出征。

就像女媧斷鼇四足以立神州，為答天地人三靈蕃祉立馬揚鞭。

這裡是炎帝發祥地，奠定了中國疆域，並且謀及子孫；當年唐高祖在并州起義，如今子孫們希望驅逐北虜，恢復邊境安寧。

她從漠北安定邊境歸來，如同蘇武的功勳應當著於丹青。

她去過你封地盧縣，如今又隨河東節度使追擊虜狄，直到北海。

她還被皇帝任命為侍御史，曾巡查各地樂律曆法。

在魯地軍隊酣戰過程中時光倒轉，

你遵循不戰為上兵法準則，所以沒有人能比得上你的功勳；

尤其你的德行向來為人稱道，所以她希望能到你的軍隊中效勞。

> 雞塞誰生事，狼煙不暫停。
> 擬填滄海鳥，敢競太陽螢。
> 內草才傳詔，前茅已勒銘。
> 那勞出師表，盡入大荒經。
> 德水縈長帶，陰山繞畫屏。
> 祇憂非綮肯，未覺有膻腥。
> 保佐資衡漢，扶持在杳冥。
> 乃心防暗室，華髮稱明廷。
> 按甲神初定，鳴鑾思欲醒。

《漢書・匈奴傳》：發邊郡士馬以千數，送單于出朔方雞塞寨。

《酉陽雜俎》：狼糞煙直上，烽火用之。

傅咸《螢火賦》：當朝陽於戢景兮，必宵昧而是證。進不競於天光兮，退在晦而能明。

《左傳・宣公十二年》：前茅慮無。注：慮無，如今軍行前右斥侯蹋伏，皆持以絳及白為幡，備慮有無也。

《三國志・諸葛亮傳》：建興五年，率諸軍北駐漢中，臨發，卜疏曰：「臣亮言：先帝船創業未半，而中途崩殂。」即《出師表》

《山海經》有大荒東、南、西、北、中經。

《郊祀志》：秦文公出獵，獲黑龍，此其水德之瑞，於是秦更名河曰德水。

《漢書・高惠高后孝文功臣表》：封爵之誓曰，使黃河如帶。

《史記・秦始皇本紀》：北拒河為塞，并陰山，至遼東。

《舊唐書・地理志》：安北大都護府，北至銀山七十里。

《莊子・養生主》：技經綮肯之未嘗。綮，筋骨結合處；肯，著骨肉。

《資治通鑑》：六月，河東節度使李業縱吏民侵掠雜虜，又妄殺降者，由是北邊擾動。閏月，以太子少師盧鈞節度河東，鈞舉度支郎中韋宙為副使。宙徧詣塞下，悉召酋長諭以禍福，禁唐民毋入虜境侵掠，由是雜虜遂安。

陸雲：收彼紛華，委之衝漠。

《南史‧阮長之列傳》：一生不侮暗室。

《漢書‧韓信傳》：不如按兵休甲。

《禮記》：鼓鼙之聲讙，君子聽鼓鼙之聲，則思將帥之臣。

〔譯文〕

雞鹿塞又生事端，告急文書不斷傳來，長城邊境狼煙幾乎沒有停歇時候。

北虜逃往滄海，大概想像精衛一樣去填海吧？真是蠢蠢欲動，如螢火蟲想與太陽比光輝。

其實內廷剛起草討伐的詔令，前部已經做好了安定雜虜工作。

何必要諸葛亮的《出師表》，她隨著軍隊已經走遍了東南西北。

雖然沒有正式的名分，更不可能得到嘉獎，但是正如如帶的黃河是她封爵標誌，陰山如畫，為她的辛勞見證。

不怕筋骨勞累，也不覺得牛羊腥膻有什麼不好聞。

要邊境安定不在於分清是非曲直，而在於襟懷淡泊、語言簡默，保持一種沖漠境界，

不用任何欺詐的方法，使誠信為溝通基礎，就能使諸部來歸而不必興師動眾。

按兵休甲，使軍民各自安寧。

義之當妙選，孝若近歸寧。
月色來侵幌，詩成有轉檯。
羅含黃菊宅，柳惲白萍汀。
神物龜酬孔，仙才鶴姓丁。
西山童子藥，南極老人星。
自傾徒窺管，於今愧繫瓶。
何有叨末席，還得叩玄扃。
莊叟虛悲雁，終童漫識鼃。
幕中雖策劃，劍外且伶俜。
倀倀行忘止，鰥鰥臥不瞑。
身應瘠於魯，淚欲溢為榮。
禹貢思金鼎，堯圖憶土鉶。
公乎來入相，王欲駕雲亭。

《晉書》太尉郗鑒使門生求女婿於王導，導令就東廂徧觀子弟，歸謂鑒曰：「王氏諸少並佳，然咸自矜持，惟一人在東床坦腹食，獨若不聞。」鑒曰：「正此佳婿耶？」

訪之乃羲之也，遂妻之。

　　《晉書·夏侯湛列傳》：夏侯湛，字孝若。官散騎常侍，卒。潘岳稱其文非徒溫雅，乃別見孝悌之性。

　　錢起：才子欲歸寧，棠花已含笑。

　　《晉書·文苑傳》：羅含致仕還家，階庭忽蘭菊叢生，以為德行之感。

　　柳惲《江南曲》：汀洲採白萍，日暖江南春。

　　《晉書》：孔愉字敬康，會稽山陰人。建興中以討華軼功，封余不停候。愉嘗行經余不亭，見籠龜於路者，置而放之溪中，龜中流左顧者數四。及是，鑄候印，而印龜左顧，三鑄如初。印工以告，愉乃悟，遂佩焉。

　　《搜神後記》：丁令威，學道於靈虛山，後化鶴歸遼東，止於城門華表上，有少年舉弓欲射，遂在空中盤旋而歌：「有鳥有鳥丁令威，去家千年今始歸；城郭如故人民非，何不學仙家累累。」歌畢飛入高空。《述異記》：相州棲霞谷，昔有橋、順二子於此得仙，服飛龍一丸，故魏文帝有詩曰：「西山一何高，高高殊無極。上有兩仙童，與我一丸藥，光耀有五色。服藥四五日，身輕生羽翼。」

　　《史記·天官書》：狼比地有大星曰南極老人。老人見，治安；不見，兵起。常以秋分時候之南郊。

　　《晉書·王獻之傳》：此郎亦管中窺豹，時見一斑。

　　《左傳》：雖有繫瓶之智，守不假器。注：係瓶汲者喻小智。

　　《晉書·張憑傳》：王濛就劉惔清言，有所不通，憑於末座評之。

　　《漢書·揚雄傳》：侯芭常從雄居，受太玄、法言。

　　《莊子》：莊子舍於古人之家，故人喜，令豎子殺一雁而烹之，豎子曰：「其一能鳴，其一不能鳴，請奚殺？」主人曰：「殺不能鳴者。」

　　《漢書》：終軍，字子雲，年十八，選為博士弟子，卒時年二十餘歲，世號終童。

　　《文選·潘安仁·寡婦賦》：伶俜，單子貌。

　　《毛詩·邶風·簡兮》：碩人俁俁。

　　《左傳·襄公二十九年》：何必情魯以肥杞，

　　《禹貢》：導沇水，東流為濟，入於河，溢為滎。

　　《左傳·宣公三年》：昔夏之方有德也，貢金九牧，鑄鼎象物。

　　《史記·李斯列傳》：堯之有天下也，粢糲之食，藜藿之羹，飯土簋，啜土鉶。

　　《漢書·郊祀志》：無懷氏封泰山，禪云云；黃帝封泰山，禪亭亭。晉灼注：云云山在蒙陰縣故城東北，下有云云亭。《地理志》：鉅平有亭亭山。

　　虞世基：望雲亭而駐蹕，禮升中而告成。

〔譯文〕

宋若荀天賦極高，可是當年沒有王羲之這樣的人來相配，她生性孝順，春末去過故鄉中條山。

她如今在江東茅山隱居，文才敏捷，詩成而月僅轉窗櫺。

她曾在江陵羅含宅邊居留，又去了吳興白萍洲。

她在紹興停留，又往遼東為國勤勞，

後來又到過江西洪州西山和海南崖州。

她承認自己曾如管中窺豹，剃度為僧人只看到有利的方面。

為這一得之見十分慚愧，有所不通只能憑人評說；

如今還是希望你能接受她，使她回到老子的眾妙之門。

正如莊子悲歎那能鳴多識的雁、如終童突然識得鼺鼠一樣，又有何益！

她雖在軍隊中為參謀，也能提出一些很好的建議，但除了軍務之外，畢竟還是女子心態，值得憐憫。

雖然她與莊姜一樣碩長，冒充男子也看不出多少差異，但晚上一個人時就不一樣了，就像寡婦那樣睜著眼睛到天亮。

她的身體瘦瘠得如同魯國的土地，眼淚就像孟姜女哭長城那樣如同溢出的濟水了吧？

大禹當年鑄造九鼎，堯帝勤儉治國，如今的宣宗皇帝號稱「中興之主」，想必不會拒絕一個希望報效國家的人的請求。

希望你盧公早日為相，皇帝封禪泰山，將會到蒙陰、鉅鹿的云云山和亭亭祠來祭山，你的功勞就會刻在磐石上，流芳千古。

李商隱詩集中有許多詩的內容過去不清楚，現在看來其實都與他的情感生活有關，即使是在遊歷各地的詠史詩中也往往夾雜了他對戀人的種種情感。李商隱與宋若荀約定「長定相逢二月中」，每年起碼一二次探望她，《秋日晚思》：「桐槿日零落，雨余方寂寥。枕寒莊蝶去，窗冷胤螢消。取適琴與酒，忘名牧與樵。平生有遊舊，一一在煙霄。」是他為追陪宋若荀而與友人遊歷各地的回憶和感慨，詩壇盛會中較為著名的有會昌元年蘇臺開尊、會昌二年淮南詠史、江黃預會，而會昌四年金谷秋露、會昌五年上陽秋風、會昌六年七里漁家，大中元年利用出差機會相會的秦嶺雲橫、大中二年的循州紫桂喧

明，以及大中三年任周至尉時與友人「來京師遊」，大中三年底和大
中四年初的黔南之遊，大中五年秋與李燁、宋若荀等友人一起往海南
迎回李德裕丹柀，大中六年春在徐州幕中等待宋若荀魯蒂安置降虜後
海外歸來，大中七年借川幕送柳仲郢子考試機會攜韓偓到武夷山送別
宋若荀，因其隨楊漢公將有東南亞之行，三年後大中九年春在福建東
南迎接她一起經江南回長安……，實行了諾言，可以說是身在情長
在，在古代交通不發達情況下實屬難得。當然，這些見面機會少不了
前輩和詩侶的理解和幫助，包括白居易、杜牧、李紳、盧簡辭盧弘正
關心，李景讓、楊漢公、杜悰等幫助，還與李彥佐、李璟、李玭、李
拭、李廓等少年友人援助有關，當然也少不了陪同宋若荀流浪的張
祜、許渾、溫庭筠、李群玉、陳陶等友人照應，才使宋若荀度過艱難
歲月，從而為李商隱到處探望創造了條件。

　　李商隱對宋若荀的感情是真實的、深刻的，但也是實利的、善變
的。平心而論，李商隱不畏艱險多次探望，「劉楨原抱病，虞寄數辭
官」（《楚澤》），幾次從幕均在爭取與宋若荀的會面機會，幾乎走遍了
大半個中國，但是李商隱也確實有負於宋若荀，同時也有負於王氏。
由於李商隱對於仕途前程的過分嚮往，關鍵時刻缺乏承擔精神，加上
未能處理好感情和婚姻問題，不僅造成自己生活不幸、道路坎坷，而
且也對宋若荀、王氏等親人造成傷害，與歷史上關於李商隱與王氏妻
因言語齟齬導致分離說法相合。如他在《南朝·玄武湖中》中「滿宮
學士皆顏色，江令當年只費才」，將宋氏姐妹與南朝女學士袁大舍與
諸貴人狎客共賦新詩，互相贈答相比；《吳宮》中「吳王宴罷滿宮醉，
日暮水漂花出城」影射她當年與自己的幽會；開成二年的《殘花》和
後來的《南朝·玄武湖中》中「誰言瓊樹朝朝見，不及金蓮步步來」，
又將宋若荀比作不終婦道的「徐妃」；而《隋宮守歲》中「昭陽第一傾
城客，不踏金蓮不肯來」在趙昭儀基礎上又加上了齊廢帝東昏侯蕭寶
卷的「潘妃」來挖苦宋若荀；《陳宮》、《定子》、《北齊二首》中又把她
比作陳後主妃子張麗華和隋煬帝妃子，尤其把她比作「晉陽已陷休回

顧，更請君王獵一回」的北齊妃子馮小憐，更是引起宋若荀憤怒，導致最後的感情破裂。李商隱對宋若荀當年進宮受到皇帝恩寵的事始終不能原諒，不僅是對皇帝霸佔妻子的憤慨，更認為宋若荀自願投入皇帝懷抱，可以說是惡言相向，極盡謾罵，這不僅是家教不嚴缺乏教養過於尖刻表現，更是自私到殘忍的表現。在與王氏妻結合後，在向高位者求援時總是有意無意地提及「尚平婚嫁之累」，如會昌四年的《上陳許李尚書狀二》中「豈期妻族，亦構禍凶」之說，謂不僅有如今王茂元涉及的牛、李之爭，還有以前宋氏姐妹和如今王氏啟造成的「禍凶」，正因為這種將自己仕途不順歸之於外因和他人的想法和做法，使親者寒心、疏者遠離，尤其李商隱多次變換立場和言論，使人感到他是不是出於推卸責任而故意狡辯，顯然有失正直。如在希望得到令狐綯引薦《錦瑟》詩中出現「莊生曉夢迷蝴蝶，望帝春心託杜鵑」詩句，表現出感情方面的不負責任。也就是說，李商隱不顧宋若荀感受，熱戀宋若荀時她是牡丹、海棠，不滿時就是「高花」、「尖花」，當宋若荀被皇帝摧殘後又變成了「落花」、「殘花」，深深地傷害了戀人，表現出他個性中任性惡毒成分，因而朋友們對他的評價不高，如杜牧詩句「我乏青雲梯，君無買笑金」就是針對李商隱《戲題友人壁》中「相如解作長門賦，卻用文君取酒金」而來。再加上關於著作權問題的一些執著也使他處於孤立地位，因此後來不僅是令狐綯，而且杜牧、許渾等也開始與之疏遠，造成無人援救局面。宋若荀雖然理解和同情他，認為李商隱是因為從小缺乏教育造成自卑心態，但在自身身家性命問題尚未解決，迫切需要多方面友人幫助情況下，即使內心還存有對李商隱感情也必須深埋在心底；況且李商隱確實有自我中心毛病，缺乏溝通和協調能力。

　　宋本詩集將《錦瑟》列在卷首，元遺山《論詩絕句》認為這首詩是李商隱的身世之慨，清代朱鶴齡、朱彝尊、何焯、馮浩等認為是悼亡詩，錢良擇甚至說：「瑟本二十五弦，斷而為五十弦，取『斷弦』之意」，近人張采田認為是自序、自傷之詞……這些都說明從宋代開

始，就有人懷疑李商隱有一個長期的戀愛對象，但沒有確切的根據。因此，清代的紀昀認為只是宋初錢若水搜集時偶列卷首，「皆風幡不動，賢者心自動也。」只是一般的追憶舊歡之作，不存在某個長時期的戀愛對象。清代姚瑩《論詩絕句六十首》更是認為：「錦瑟分明是悼亡，後人枉自費平章。牙旗玉帳真憂國，莫向無題覓瓣香。」我們通過考查李商隱生平經歷，證實李商隱確有一個一生情感所繫的戀人，他與她相識在湘川，相知在王屋和嵩山，因為陷入政治漩渦而不得不分離；也因為「蕙蘭蹊徑失佳期」導致終生遺憾，但是李商隱為追隨戀人而作「江鄉之遊」、「巴蜀之遊」和「嶺南之遊」等，可以說不僅用心、而且用行動表現了他的專注愛情，所以才能寫出「春蠶到死絲方盡，蠟炬成灰淚始乾」（《無題　相見時難》）這樣至情至理、刻骨銘心的詩句。由此李商隱的《錦瑟》詩也得到了破譯和解讀——詩人五十歲時的回憶和感慨之作，與汪師韓、姜炳璋二家的「自傷說」不謀而合。〔註37〕

為了生活，宋若荀做過箏伎、侍妾，也求助過當年並不友好的任秀才和蔡京，但是在李商隱王氏妻去世後仍然不肯復合，大中七年宋若荀明知李商隱為她而來川，還是毅然決然地離開李商隱，除了環境方面原因也說明兩人之間思想分歧很大，李商隱自己也明白宋若荀不會迴心轉意，但還是婉謝柳仲郢好意，不願意再締結沒有感情基礎的婚姻。《上河東公啟》中更是明確說出：「寧復河裏飛星，雲間墮月，窺西家之宋玉，恨東舍之王昌？誠出恩私，非所宜稱。」正如崔珏詩《哭李商隱》：「成紀星郎李義山，適歸黃壤抱長歎。詞林枝葉三春盡，學海波瀾一夜平。風雨已吹燈燭滅，姓名常在齒牙寒。只應物外攀琪樹，便著霓衣上絳壇。　　虛負凌雲萬丈才，一生襟抱未曾開。鳥啼花落人何在，竹死桐枯鳳不來。良馬足因無主腕，舊交心為絕弦哀。九泉莫歎三光隔，又送文星入夜臺。」〔註38〕「竹」指李商隱曾

〔註37〕汪師韓：《詩學纂聞》，姜炳璋：《選玉谿生詩補說》。
〔註38〕《全唐詩・卷五百九十一・崔玨》。

在戶縣為宋若荀移種她喜歡的竹子,而「桐」指在永樂縣所栽桐樹,都是希望宋若荀能迴心轉意回到他身邊,《韓詩外傳》云:「鳳止於黃帝東園,集梧桐,食竹實,沒身不去。」「鳥啼花落人何在,竹死桐枯鳳不來。」即為李、宋糾葛導致離居形象描述;而「舊交心為絕弦哀」則入木三分地說出了宋若荀對李商隱既愛又恨心態。李商隱是一個既關注政治,又追求自由戀愛的詩人,但也是一個情感真摯然而不善處理各種矛盾、同時又遭到政治厄運的悲劇人物。如果把這些詩都看作是向令狐綯討官做的文字,豈不真是「格意俱下」(紀昀語)?

歷代詩評謂李商隱只有愛情詩或政治詩,其實還有邊塞詩、求助詩,但是這些詩裏邊,都離不開他的真情,正是這些詩構成了李商隱完整的人和完整的經歷。

第六章　李商隱詩是盛唐詩後又一高峰

　　唐朝是詩的時代，但唐詩並不是從一開始就臻於完善的。唐初貞觀年間，唐太宗李世民及其重臣們對文學的倡導，對唐詩發展有著至關重要影響。

　　隋朝滅亡，李淵及其太子建成、秦王李世民、齊王元吉的軍事勝利吸引了相當文人，在政治勝利同時以吸引人才方式籠絡人心，李世民於武德四年在長安宮城之西開設文學館，聚集了著名的「十八學士」；武德九年（公元 626 年）「玄武門之變」後第二個月太宗李世民就設立弘文館，「聽朝之際，引入內殿，講論文義，商量政事。或至夜分而罷」，〔註1〕用科舉網羅人才，這就是無名氏詩中所謂「太宗皇帝真長策，賺得英雄盡白頭」。由於上層倡導和科舉試詩賦，唐代成為詩歌發展興盛時代。「齊永明中，文士王融、謝朓、沈約文章始用四聲，以為新變。至是（指梁大同中），轉拘聲韻，彌尚麗靡，復逾於往時」，〔註2〕形成所謂「宮體」詩，唐太宗與大臣、文人宴飲唱和，魏徵、令狐德棻在戰爭形勢中造就的闊大胸懷、非凡抱負與隋末萎靡詩風形成極大對比，而盧駱王楊「文章四傑」提倡南北融合，要求「江

〔註 1〕〔宋〕王溥撰：《唐會要》卷六十四。
〔註 2〕《梁書·卷四十九·庾肩吾傳》。

左宮商發越，貴於清綺；河朔詞義貞剛，重乎氣質」兩者結合，促成了從齊梁永明體向律詩的轉變。「自晉陽舉義，開館宮西以延文學，竟用詩賦取士，士以操觚顯者無慮數百家」，〔註3〕詩歌創作成為唐代文學重要方面。同時，關於詩歌形式研究也日漸注重，一些詩歌創作技藝著作問世。據皎然《詩式序》引李洪言，「早歲曾見沈約《品藻》、惠休《翰林》、庾信《詩箴》」。在齊梁風轉為律詩過程中，一些更為嚴密的律詩形式開始形成，經過唐太宗時期上官儀和武則天時上官婉兒形成所謂「上官體」，將對仗作為律詩基礎，針對詩的聲調、病犯加以規範，成就了律詩基礎。而律詩形式成熟則功在沈、宋。「魏建安後，迄江左，詩律屢變，至沈約、庾信，以音韻相婉附，屬對精密。及宋之問、沈佺期又加靡麗，回忌聲病，約句整篇，如錦繡成文。學者宗之，號為『沈宋』。」〔註4〕如《杜甫傳·贊》所云：「唐興，詩人承陳、隋風流，浮靡相矜，至宋之問、沈佺期等，研揣聲音，浮切不差，而號律詩，競相襲延。」元稹也說：「唐興，學官大振，能者互出，而沈、宋之流，研煉精切，穩順聲勢，謂之律詩。由是之後，文變之體極矣焉。」〔註5〕也就是說，唐詩到沈佺期、宋之問時已經形成較為嚴格形式，以對仗工整、聲律和諧為美，唐詩得到形式美奠基，沈、宋也就成為當時詩壇宗師。

　　梁代蕭子顯云「若無新變，不能代雄」，詩歌必須不斷創新才有不斷超越。盛唐李白、杜甫、王維領導了唐詩的黃金時代，但天寶之後出現程式化傾向，中唐白居易、元稹、劉禹錫才又突破藩籬，名家輩出。如權德輿、武元衡、裴度、令狐楚等臺閣詩人以「無黨無仇，舉世莫疵」〔註6〕為旗幟，強調溫柔敦厚、含蓄中正的儒家詩論，被稱為「中興」之象；白居易既吸收陶潛、韋應物的「閒適」，又繼承陳

〔註3〕洪邁：《黃御史集序》，引自錢仲聯主編：《歷代別集序跋綜錄》，江蘇教育出版社，2005年9月第一版，第202頁。

〔註4〕《新唐書·列傳一百二十七·宋之問》。

〔註5〕《全唐文·卷六五五·元稹·唐檢校工部員外郎杜君墓系銘》。

〔註6〕韓愈：《唐故相權公墓碑》。

子昂、杜甫「諷喻」手法，與王建、劉禹錫、李紳的平實自然、含情雋永而又富音樂感的詩歌一起形成現實主義詩派；而孟郊、盧全、李賀、賈島則另闢蹊徑，走「怪奇」之路，與「雅正」派相抗衡，以「苦吟」詩派著名。因而「詩到元和體變新」，〔註7〕這一時期的詩人對唐詩形式和內容作出推進，形成唐代詩歌藝術的新高峰。李商隱是在以李白、杜甫為代表盛唐詩和大曆、元和詩人群體之後出現的一位卓有成就的詩人，他的詩之所以能達到爐火純青的地步，既與他生活經歷豐富、情真意切有關，也和他對詩歌創作技藝的博採眾長、切磋提煉有關。

　　具體說來，李商隱的詩具有以下特點：

一、李商隱詩是情詩藝術極致

　　詩歌創作究竟是「言志」還是「緣情」？按儒家文學觀，詩應當「情」「志」合一，所謂「情」指的是內心情感，「志」與理智、道義」相連，「情動於中而形於言」則為詩。早期詩歌有兩個主要源頭，分別代表了「情」與「志」（理）兩方面：《詩經》主要在「風教」，關係政治或教化，以諫諷為詩人責任和理想，文學價值以其外在的社會價值為判斷基礎，偏重於「理」或「志」，表現手法主要是現實主義；而《離騷》是屈、宋「發憤以抒情」作品，更多地表現個體主觀情感，與「情」的關聯更明顯，表現為浪漫主義。事實上中國詩歌從一開始就是風騷並重、情感與理智相結合產物，表現愛情的文學傳統一直存在。如《詩經》雖強調「思無邪」、「情動於衷而至乎禮」，但同時以其純正無邪、溫潤含蓄情感表現成為中國詩歌史中絢麗之化。魏晉南北朝是中國文學開始自覺的時代，晉代陸機《文賦》提出「詩緣情而綺靡」說，認為情感應當是詩歌創作重要基礎，是「喜柔條於芳春，悲落葉于勁秋」，更多的是個體感受、一己情感的抒發。唐初更是將詩歌修辭形式作為表現情感重要方面，上官體的「綺錯婉媚」風格實際

〔註 7〕白居易：《余思未盡加為六韻重寄微之》。

上就是以精緻、靈動的美感形式融入意蘊無窮的情志，以音韻協暢的美感創造心物、情景無間密合詩境；沈佺期、宋之問的「約句準篇」更是以精妙之言抒發個體感受，提出「詩窮靡麗」審美形式觀，包括詞藻色彩、聲韻律式、駢麗偶對、使事用典等各個方面；而李白、杜甫、王維等也分別以不同風格抒發對自然、社會的主觀感受。這就是說，在李商隱之前已經有種種表現個體情感的詩歌創作經驗，但是基本上是「言志」「緣情」相結合作品，少有以個人愛情為主要題材的詩人。李商隱則不然，明確提出以情為詩：「人秉五行之秀，備七情之動，必有詠歎，以通性靈。」(《獻相國京兆公啟》)，韓偓《香奩集序》亦云「不能忘情，天所賦也」，又說「言情不盡恨無才」，可見晚唐詩人對詩歌抒發感情重視。

李商隱的詩不僅表現了對美好愛情嚮往、追求與追憶、感慨，還記錄了一生情感發展經過，可以說是詩歌體的「情史」，其詩歌語言的精妙和富於表現力、藝術性和情感性統一，在情詩藝術上是史無前例的，可以說是獨步當時、空前絕後。劉熙載說「李樊南深情綿邈」〔註8〕就是指李商隱詩歌的內在精神，他以刻骨銘心的情感經歷為基礎，將自己與戀人之間的情感刻畫得如此深刻、如此感人，既是他內在情感的自然流露，也是他殫精竭慮的藝術創作，以至於讀詩的人雖然不明其真正意義，也能引起強烈共鳴。一些詩中名句如：「身無彩鳳雙飛翼，心有靈犀一點通」(《無題二首》)、「相見時難別亦難，東風無力百花殘。春蠶到死絲方盡，蠟炬成灰淚始乾」(《無題　相見時難》)、「來是空言去絕蹤，月斜樓上五更鐘」、「劉郎已恨蓬山遠，更隔蓬山一萬重。」(《無題四首》)之所以經常為人們所引用，是因為李商隱詩歌表現出人們情感生活中某些共同特質，其相思之切、離別之苦，甚至人性中某些本來屬於「言不盡意」部分，只要引用李商隱詩句就可以順利傾瀉思緒和情感，同時又「無工可求」，

〔註8〕劉熙載：《藝概・詩概》。

因此強烈震撼著歷代讀者心靈。尤其李商隱使《無題》詩成為情詩藝術的自覺形式，用以表現難言的深層思想，並且運用神話、典故使隱曲事實和情感得以蘊集和宣洩，使唐詩用事和意境達到新的審美高度，是中國詩歌史中瑰寶。如著名的《錦瑟》詩：「錦瑟無端五十弦，一弦一柱思華年。莊生曉夢迷蝴蝶，望帝春心託杜鵑。滄海月明珠有淚，藍田日暖玉生煙。此情可待成追憶，只是當時已惘然。」起句摯重，年輕時熱望和追求，只落得縹緲迷離而又刻骨鏤心懷念；雖然已經過去了那麼多年，今天痛定思痛難堪之情依然。以種種朦朧意象使情隱於中，不僅情景交融，更見意境之美，如「羚羊掛角，無跡可求」，同時又綜合運用多種創作技藝使之昇華為具有「水月鏡花」般「不可湊泊」境界，是中國詩歌史中不可多見的精華，可以說達到了愛情詩藝術極致。總之，李商隱的詩都是心有所感而作，往往用比喻、指代、假借等方式傳達自己心中的「恨」，許多常用詞語具有特定的借代意義，或者說是蘊含著某種隱曲情結。正如馮浩所說：李商隱「總因不肯吐一平直之語，幽咽迷離，或彼或此，忽斷忽續，所謂善於埋沒意緒者。」〔註9〕也有說李商隱是學李賀而意象朦朧，其實李商隱用典故隱諱其事，尤其託名、假借綜合運用的詩歌創作方式是特定環境產物，他在《謝先輩防紀念拙詩甚多，異日偶有此寄》中提到自己的創作方法時所說：「曉用雲添句，寒將雪命篇。良辰多自感，作者豈皆然。熟寢初同鶴，含嘶欲並蟬。題詩長不卷，得處定應偏。南浦無窮樹，西樓不住煙。改成人寂寂，寄與路綿綿。星勢寒垂地，河聲曉上天。夫君自有恨，聊藉此中傳。」是寂寞的李商隱寫給寄給原先住在西樓、而今浪跡天涯戀人的詩。也就是說，只有解開這些關鍵詞語的意義，才是解譯李商隱詩篇的鑰匙，我們如果不知道他身世、寫作的對象和背景，僅僅從字面上是不能揭示他作詩的真實意圖的。

〔註 9〕馮浩：《玉谿生詩集箋注》，上海古籍出版社，1979 年版，第 639 頁。

　　李商隱和宋若荀之間不僅有著生死不渝的感情和精神方面的高度契合，同時他們本身都是造詣極高的詩人，所創作詩歌為唐詩藝術增添了愛情詩對作的新形式，也為唐詩創作藝術發展提供了互相影響和切磋範例。與李商隱蘊集深厚的詩風相比，宋若荀的詩具有清新靈動特點，兩人對作情詩表現了「心為絕弦哀」的深切感情。一生中不僅李商隱是「重衾幽夢他年斷，別樹羈雌昨夜驚」（《銀河吹笙》），宋若荀也是「還將兩袖淚，同向一窗燈」（《別薛喦賓》），兩人都用生命實行了「研丹劈石天不知，願得天牢銷冤魄」（《燕臺四首》）的感情誓言。這就是李商隱許多未解之詩的寫作緣由和內在精神。他們的對作詩不僅在實現兩人間信息交流和交換的價值，也通過典故使情感意象的高度密集和變化成為可能，使讀者感受和領悟到人性、自然的至善至美，同時將律詩的對偶、虛實運用得十分自然，達到語言美和音韻美統一的整體效果。而且隨著兩人情感變化和年事增長，李商隱詩風也由年輕時代的俊麗挺拔向中年時期的深婉包蘊、晚年的淒麗悲涼發展，宋若荀的詩作則更多地由清麗、靈動向參透人生哲理發展，這是中國詩歌史上空前絕後對作戀歌，也是世界詩歌史上罕見的情詩傑作。因為宋若荀詩歌創作年代較李商隱為長，其詩歌創作風格、理論較之李商隱有更多領悟。如源於唐代宮廷教坊燕樂曲子詞形式，唐詩發展過程中長短句形式，以及逐漸完善的曲牌詞形式，結合她在流落生涯中吸收各地民歌曲調經驗，更是將蒼茫理性和婉曲、纏綿風格相聯繫，將戀愛心理、身世經歷表達得一唱三歎、餘音繞梁，達到了極高詩歌藝術水準，這也是李商隱在《河陽詩》中指出的「楚絲微覺竹枝高，半曲新詞寫綿紙」，可見宋若荀對推進唐末五代詞發展也作出了自己貢獻。

　　總之，李商隱和宋若荀不僅在愛情詩方面具有旁人難以企及的技巧，而且將愛情詩昇華為與憂國憂民相聯繫的境界，從而為唐詩創作提供了新的情感表現方式。

二、李商隱的詩深得杜甫精神

　　元遺山《論詩絕句》之二十八云：「古雅難得子美親，精純全失義山真。論詩寧下涪翁拜，不作江西社里人。」認為李商隱詩深得杜甫精髓，具備杜甫詩歌創作「精純」技藝，而江西詩社僅僅追求形式，失去了李商隱詩的主要特點——真情。這既是對江西詩社的批評，也是對李商隱與杜甫詩之間承繼和發展關係的肯定。

　　李商隱詩與杜甫一樣具有憂國憂民基調。杜甫詩是時代的折射、詩教的典範，也是唐詩創作的一大高峰。杜甫被尊為「詩聖」，一方面是因為他集詩歌藝術之大成，所謂「盡得古今之體勢，而兼人人之所專」〔註10〕，「子美窮高妙之格，極豪邁之氣，包沖淡之趣，兼峻潔之姿，備藻麗之態，而諸家之作，所不及焉。……孔子之謂『集大成』。」〔註11〕歷來說詩者以「沉鬱頓挫」來形容杜詩，謂杜甫不僅擅長各種詩體，融會前人成就，而且形成自己風格，強調詩的「風教」和「諫諷」功能。另一方面，杜甫的詩具有「詩史」地位，他的詠史詩既是社會現實反映，又是詩人對人事與社會盛衰關係的歷史反思和戒鑒。他善於將慷慨述懷長篇議論與社會現實高度概括相結合，把詩人對民眾苦難的關懷憂憤、對政治遠見卓識用開合排蕩、雄渾深厚的詩歌表現出來，從而反映當時重大政治和社會變故。如《兵車行》、《自京赴奉先縣詠懷五百字》，以及《哀王孫》、《哀江頭》、《蜀相》等，將統治階級驕奢淫逸、窮兵黷武、瘋狂搜刮和民眾苦難作強烈對比，交織著詩人對太平盛世的追思、懷念，表現了詩人憂時感亂而又不能兼濟天下的內心無比痛苦。李商隱的詩與杜甫一樣表現出積極用世態度，有著強烈「用世」精神，關注現實，渴望建功立業，但是無情現實使他經歷了仕途失意和情感挫折的洗禮，在經歷了理想破滅、政治困惑焦慮和人生情感煉獄之後，深化了對社會的體驗，激發了種種感慨，創作了許多批判皇帝荒淫無恥、昏庸誤國時事詩、詠史詩，

〔註10〕元稹：《唐故檢校工部員外郎杜君墓系銘》。
〔註11〕秦觀：《韓愈論》。

與杜甫詩有著某些方面相似。李商隱沒有顯赫家族背景可以倚靠，希望通過應舉和建功立業來改變自己命運，但是一開始就遭到權門貴族打壓，於是他把自己比作剛破土而出的竹筍，責問權貴們為何「仍剪凌雲一寸心？」（《初食筍呈座中》）同時也對令狐楚遲遲不推薦自己不滿，因而有「躁進」之說，但是他主要還是具有強烈報國之心的青年，希望國家強盛、政治清明，希望民眾不要再受戰爭禍害，他自比王粲，「賈生年少虛垂淚，王粲春來更遠遊」，毅然投筆從戎，針對友人誤解發出「不知腐鼠成滋味，猜意鵷雛竟未休」（《安定城樓》）感歎。在《隨師東》以軍旅生活感受對藩鎮割據、軍帥冒功的深痛惡絕，「東征日調萬黃金，幾竭中原買斗心」，眼前是一片「可惜前朝玄菟郡，積骸成莽陣雲深」淒慘景象，表現出疾惡如仇的正直。他同時也歌頌板蕩忠臣，表現出自己的愛憎分明，《復京》、《渾河中》就是他對李晟、渾瑊豐功偉績予以頌揚的詩作。這個時期是李商隱事業心高漲、正義感增長時期。但是在現實一次次打擊下，他逐漸看透封建政治的腐敗、皇帝的昏庸和殘暴，《五松驛》：「獨下長亭念過秦，五松不見見輿新。只應既斬斯高后，尋被樵人用斧斤。」為功臣被貶被殺叫屈；在《四皓廟》中更是指出即使像張良這樣勳殊功高之臣，也不得不採取韜晦之計以自保。李商隱在進一步瞭解宦官弄權和皇室血腥內幕基礎上，對皇帝利用各方力量實現獨夫統治的險惡用心有清楚瞭解，對封建統治者表面上招攬人才、利用人才，實質上摧殘人才、迫害人才本質已經有了較為深刻認識。李商隱某些詩作風格也與杜甫有著一定相似。不僅李商隱許多真摯深婉的愛情詩句為人傳頌，許多沉鬱老辣詠史詩句亦為後世所重，如「江海三年客，乾坤百戰場」（《夜飲》），「永憶江湖歸白髮，欲回天地入扁舟」（《安定城樓》），「雪嶺未歸天外使，松州猶駐殿前軍」（《杜工部蜀中離席》），「管樂有才真不忝，關張無命欲如何」（《籌筆驛》），「幾時拓土成王道，從古窮兵是禍胎」（《漢南書事》），表現出李商隱努力學習杜甫創作經驗後達到的成就，詩風極似杜甫。

　　李商隱的詠史詩、時事詩往往將客觀事實與主觀感受密切結合，將主觀評論甚至投射作為詩歌主體，這是與杜甫、杜牧詩作不同之處。李商隱許多即景生情、詠史懷古不朽詩篇，將個人身世與社會背景、現實政治與歷史教訓相結合，形成一種寫景、抒情和議論相結合的詩歌創作形式。從表面上看，李商隱許多詩是針對某地某事而發，實際上是李商隱因戀人宋若荀被皇帝迫害觸景生情或懷古諷今、詠史抒懷。如《南朝‧地險悠悠》對地勢之雄不能代替國力之雄的感歎，《定子》對隋煬帝奢侈亡國為何人的諷刺，《隋宮‧乘輿南遊》：「乘輿南遊不戒嚴，九重誰省諫書函。春風舉國裁宮錦，半作障泥半作帆。」「紫泉宮殿鎖煙霞，欲取蕪城作帝家。玉璽不緣歸日角，錦帆應是到天涯。於今腐草無螢火，終古垂楊有暮鴉。地下若逢陳後主，豈宜重問後庭花。」都是諷刺昏庸之君，一為陳後主，一為隋煬帝，暗用李白《上皇西巡南京歌　十首》中「誰道君王行路難？六龍西幸萬人歡。地轉錦江成渭水，天回玉壘作長安」之意，諷刺天寶年間唐玄宗以成都為長安，但也涉及戀人過去與現在到揚州不同待遇，都加進了個人的經歷和感慨。這些詠史詩中除了歷史上實有其事、諷刺和告誡現在皇帝之外，李商隱加進了自己的聯想和主觀評論，如吳王宮宮女出去會見自己情人之類，都是某種痛苦心情的抒發，不是「實事」，因此有人指出李商隱的詠史詩有「虛寫」，其實這是他個人經歷和心境在觸景生情過程中的自然流露。《馬嵬二首》：「海外徒聞更九州，他生未卜此生休。空聞虎旅傳宵柝，無復雞人報曉籌。此日六軍同駐馬，當時七夕笑牽牛。如何四紀為天子，不及盧家有莫愁。」將客觀環境與主觀感受、歷史經驗與個人經歷結合在一起而達到「天衣無縫」境界。尤其《南朝‧玄武湖中》：「玄武湖中玉漏催，雞鳴埭口繡襦回。誰言瓊樹朝朝見，不及金蓮步步來。敵國軍營漂木梯，前朝神廟鎖煙煤。滿朝學士皆顏色，江令當年只費才。」以《陳書‧後主沈皇后傳》後魏徵史論：「後主每引賓客對貴妃等遊宴，則使貴人及女學士與狎客共賦新詩，互相贈答，採其尤豔麗者以為曲詞，被以新

聲，選宮女有容色者以千百數，令習而歌之，分部迭進，持以相樂。
其曲有《玉樹後庭花》、《臨春樂》等。」諷刺德宗、文宗任用女學士
事，直接將時事入詩。而《赤壁》：「折戟沉沙鐵未消，自將磨洗認前
朝。東風不予周郎便，銅雀宮深鎖二喬。」由赤壁戰場想到曹操鄴都
陵墓並非一般思古幽情，而是想起戀人曾被皇帝作為陵園妾往事，字
字都是血淚。再，李商隱《曲江》詩：「望斷平時翠輦過，空聞《子
夜》鬼悲歌。金輿不返傾城色，玉殿猶分下苑波。死憶華亭聞唳鶴，
老憂王室泣銅駝。天荒地變心雖折，若比傷春意未多。」以平常乘著
翠輦經過曲江的宋若憲姐妹與如今空無一人曲江邊別宅相對照，指
出「甘露事變」已經導致「天荒地變」，生者與死者都只能徒然「傷
春」了，這是李商隱獨特生活經歷所致。這樣的詩在李商隱詩集中很
多，「歷覽前賢國與家，成由勤儉敗由奢」（《詠史》），「莫持金湯忽太
平，草間霜露古今情」（《覽古》）既是當代史實沉痛教訓，也是宋氏
姐妹冤案某些注解。也就是說，李商隱與杜甫詠史詩有所不同，主要
在抒發詩人的主觀感受而不是根據客觀史實進行評價。他在對歷史、
時事認識不斷昇華過程中，不僅繼承了杜甫「以詩論史」和「沉鬱」
風格，並且使愛情詩與批判詩、時事詩與詠史詩相統一，在情景融合
和情感表現的深刻程度方面更具神韻，在批判的尖銳性、藝術性方
面更具特點，從而形成卓而獨立的一派；也正是因為李商隱和宋若
荀許多詠史詩中夾雜了個人情感和經歷成分，成為後人難以完全揭
開其內在意義的障礙。

　　李商隱詠史詩與杜甫中正態度、杜牧的氣魄宏大有所不同，詩
中經常表現出對統治者的譏諷和仇恨情緒。李商隱政治態度受宋氏
姐妹影響，但又與宋氏姐妹忠君思想不同，具有對封建皇帝的尖銳批
判性。宋氏姐妹出身儒學世家，父親從小教以經史，形成正統忠君觀
念是十分自然的。她們姐妹自貞元四年（公元 788 年）開始進入皇
宮，歷經德宗、憲宗、穆宗、敬宗、文宗、武宗、宣宗諸朝，前後達
六、七十年，對於宦官專政、朝中黨爭均有閱歷。宋氏姐妹並沒有和

什麼人結成政治集團，但是明顯是站在朝臣一方，堅持直道，反對內
豎、黨爭，因此有宋若莘推崇裴度、宋若憲為劉蕡求情、宋若荀為李
德裕送行情況出現，她們在皇帝面前既為牛黨朝臣說話，又與李德裕
保持良好關係。正因為宋氏姐妹與宦官王守澄、仇士良等立場不同，
身為皇帝重臣而「直言」的尚宮宋若憲才會遭到鄭注之流嫉恨。宋氏
姐妹從小接受正統觀念，又曾是政治既得利益者，對皇帝多持肯定態
度，在《全唐詩》應制詩中未見到宋氏姐妹譴責皇帝的言語，即使是
宋若憲、宋若荀姐妹受到皇帝褻玩並遭到政治厄運後也僅僅是後悔
為皇帝盡忠反遭棄的感歎，遠遠沒有達到批判和控訴皇帝罪惡的程
度，宋若荀後來甚至不計個人恩怨仍然為大唐王業盡心竭力，表現了
中國知識分子特有的愛國情懷和行動。李商隱則不然，他一則是出身
寒門，對富貴子弟不用努力便可獲得官位不滿，再加上仕途不順、情
感受挫，造成他對統治階級仇恨心理；二則從宋氏姐妹關係知道宮中
黑暗內幕、皇帝昏庸兇殘，尤其是敬宗霸佔他的戀人更引起他強烈反
感，從而就比較能看出「在上者」本質，對皇帝荒淫殘暴十分鄙視和
痛恨，詩作中較多表現出憤激情緒。如《華清宮》以商紂王寵褒女和
安祿山之亂諷刺唐玄宗，「未免被他褒女笑，只叫天子暫蒙塵」，「當
日不來高處舞，可能天下有胡塵？」將場景刻畫與警策議論相結合，
表明了青年詩人的憤怒；「夜半宴歸宮漏永，薛王沉醉壽王醒」（《龍
池》），「平明每幸長生殿，不從金輿惟壽王」（《驪山》）將唐玄宗霸佔
李瑁妃子楊玉環、納為貴妃的醜事加以揭露和張揚；而《富平少侯》
中「當關不報侵晨客，新得佳人字莫愁」，則直接將矛頭指向了霸佔
戀人的敬宗皇帝。再，李商隱《哀箏》、《燒香曲》《無愁果有愁北齊
曲》，不僅敘述了自己與戀人之間種種情感經歷，更突出了皇帝殘暴
冷酷，是愛情詩與歷史批判詩的結合。李商隱在揭露皇帝荒淫無恥方
面採用諷刺、挖苦的方式，這在杜甫詩歌中是少見的。李商隱詠史詩
與杜牧也不同，杜牧懂軍事，重國家，將經綸之才與警拔議論相結
合，而李商隱則將個人命運與政治相聯繫，將個人感情融入歷史畫

面，在政治厄運背景下加深了對封建統治者仇恨，發出近乎尖刻抨擊。在李商隱詩中所表現的皇帝是昏庸和剛愎自用，如竭盡民力的隋煬帝、不肯赦免燕太子的秦王、強迫宮人守陵的魏武帝、荒淫無恥的陳後主，實際都是用來影射當今皇帝。如《北齊二首》：「一笑相傾國便亡，和老荊棘始堪傷。小憐玉體橫陳夜，已報周師入晉陽。巧笑知堪敵萬機，傾城最在著戎衣。晉陽已陷休回顧，更請君王獵一回。」詩句直露和揭露成分更多，有些甚至近乎破口大罵，表現了李商隱性格中的倔強成分，但這些都是他生活遭遇真實感受，是他政治厄運和婚姻悲劇應激反應，也正是因為李商隱詠史詩較為強調個人恩怨，因而與杜甫、杜牧等氣魄宏大詠史詩拉開了距離。

　　釋道源認為「義山之詩，推原其志義，可以鼓吹少陵。」其報國之志、忠君愛國思想是一致的，但由於所處時代和個人遭遇不同，表述方式有所不同。朱彝尊謂「少陵之志直，其詞危。義山則當南北水火，中外箝結，不得不紆曲其指，誕謾其詞，此風人、《小雅》之遺，推原其志義，可以鼓吹少陵。」〔註12〕《新唐書‧文藝上》指出，大曆、貞元以後「言詩則杜甫、李白、元稹、白居易、劉禹錫，鷫怪則李賀、杜牧、李商隱，皆卓然以所長為一世冠，其可尚已。」將李商隱與杜甫、李白等區別，而與杜牧、李賀一起為相類的「鷫怪」，可見歷史亦認定李商隱確有與杜甫不同之處，是什麼不同呢？其實，李商隱之所以沒有能實現自己報國之志，或者說李商隱的詩不如杜甫、杜牧那樣闊大弘雋，就是因為李商隱心胸不如杜牧開闊，對國家和民眾的悲憫心腸不如杜甫那樣深切，李商隱思想往往侷限在個人情感圈子，很長一段時間脫不出仕途前程考慮，正如他自己在《錦瑟》詩中所言「此情可待成追憶，只是當時已惘然」，如果放開眼界，堅定志向本來也有可能多少實現理想。也就是說，李商隱詩之所以不如杜甫、杜牧，就是因為他格局所限。當然也可以說，對李商隱其人其詩不必

〔註12〕朱彝尊：《靜志居詩話》。

一定只用某種政治、道德標準去衡量、去要求，如果他是憂國憂民的詩人，其詩就應當多為政治諷喻詩；也不必僅以封建時代道德標準作褒貶，認為其詩如果多數都與戀愛有關，就降低了李商隱的人格，屬於輕薄無行，事實上李商隱是一個既有政治理念，又有七情六欲活生生的人，他的詩作是與其生活經歷密切相關作品，是一個被封建統治者剝奪愛情自由和個人發展的知識分子吶喊；他的詩不是從某種概念或理念出發的文字，而是內心情感的真實表現，他從自己和戀人一家所遭受的政治迫害看出統治階級真面目，是深刻揭露黑暗政治內幕、封建統治者的罪惡並與自己親身經歷相結合血淚相滲文字，這些詩既是反對封建皇權粗暴干涉個人情感的有力抗爭，也是紀錄唐代政治事件和流人、左臣命運的有力見證。總的來說，李商隱是封建王朝政治腐敗、官場黑暗環境下犧牲的悲劇性人物，因此他的詩歌作品在紀昀等看來當然不會是屬於溫柔敦厚這一類。

三、李商隱詩博採百花釀成蜜

　　李商隱的詩之所以成為晚唐精品，是因為洛陽、開封和長安時期他學習諸多詩歌大家，博採眾長而又自成風格的緣故。

　　李商隱對初唐、盛唐詩人十分敬慕。在《漫成五章》中「沈宋裁詞矜變律」，「李杜操持事略齊」，指的是沈佺期、宋之問為詩的章法結構、字句對偶、聲律的精妙彈心竭慮，從而使律詩形式在盛唐德以成熟。唐代重視詩賦，詩人輩出時代為其學習詩歌創作提供諸多機會。「文宗好五言詩，品格與肅、代、憲宗同，而古調尤清峻。嘗欲置詩學士七十二員，宰相楊嗣復曰：『今之能詩無若賓客分司劉禹錫。』」〔註 13〕令狐楚經常主持詩歌盛會，白居易、劉禹錫等詩人詞客經常與會，濃厚的文學氣氛為吸收當代詩歌巨匠的藝術精華創造了有利條件，正如李商隱所說：「淮邸夙叨於詞客，梁園早廁於文人。

〔註13〕〔宋〕王讜撰：《唐語林》，周勛初校證，中華書局，1987 年 7 月第一版，第 150 頁。

每至因事寄情，寓物成命，無不搦管興歎，伏紙多慚。」(《上令狐相公狀二》)「某比興非工，顓蒙有素。然早聞長者之論，夙託詞人之末。淹翔下位，欣託知音。」(《獻侍郎鉅鹿公（魏扶）啟》)他注意學習和吸收唐詩巨匠們詩歌創作經驗，詩歌創作技藝有長足進步，在諸多詩人影響下李商隱將沈、宋的屬對精切、音韻調和發揮到極致，既有杜甫沉鬱頓挫、韓愈宏大蘊籍，又吸收元、白詩瀟灑流暢，同輩詩人杜牧的清新蘊籍，賈島的好用典故，溫庭筠的綺麗富彩，都在李商隱詩歌中有所表現。杜牧謂李賀詩「理雖不及，而辭過之」〔註14〕，李商隱「宗其體而變其意，託寓隱約，恍惚迷幻，尤駕昌穀上之，真騷之苗裔也。」〔註15〕去李賀之詭異而變為淒美芳悱，〔註16〕以長吉體鐵網珊瑚映日澄鮮、廣寒仙樂幽渺婉媚特點，形成含蓄哀怨、思深語煉、以詩言事獨特風格，更具有攝人心魄的感染力。李商隱因斬不斷的情思鬱結和沉痛，形成飽含真情、纏綿蘊籍、寄脫深而措辭婉特點，尤其《錦瑟》詩為集諸詩家之長而呈現言盡意不盡、境外還有境，實現了深層情感表達、隱曲思想傳達。因此，李商隱不僅有《韓碑》、《籌筆驛》、《行次西郊作一百韻》等具杜甫、韓愈、杜牧風格詠史詩，還有與李賀風格相近《效長吉》、《效徐陵體贈更衣》，有《燕臺四首》、《燒香曲》、《河內詩》、《河陽詩》等與溫庭筠哀怨綺絕風格相近愛情詩，是李商隱學習諸家詩法後達到的新境界。大中年間有「小李杜」──李商隱、杜牧並稱說法，奠定了李商隱在晚唐詩壇上地位。甚至有人認為李商隱在詩歌風格創新方面成就超過杜牧，如劉熙載《藝概·詩概》中所云：「杜樊川雄姿英發，李樊南深情綿邈。其後李成宗派而杜不成，殆以杜之較無巢臼於？」這裡的「巢臼」，就是指某種藝術創作範式，謂李商隱更能自成一體。

　　從詩歌藝術的傳承來看，宋若荀是與李商隱一起總結和吸收唐

〔註14〕杜牧：《樊川文集》，上海古籍出版社，1978年版，第149頁。
〔註15〕吳企明：《李賀資料彙編》，中華書局，1994年版，第414頁。
〔註16〕繆鉞：《詩詞散論》，開明書局，民國三十七年版，第65頁。

代詩歌創作藝術各方面精華的良師益友。他們不僅具有相通感情和
文學基礎、宗教情愫，並且具有相似政治觀點和歷史觀念，在多次與
友人相攜相遊江山過程中，相互影響、相互切磋，創作出詩歌史上堪
稱「絕唱」作品。

　　李商隱和宋若荀從青年時代相識、相愛開始，詩歌創作一直是他
們之間傳情達意工具，也是他們志同道合畢生事業。宋若荀因從小有
參與皇帝應制詩機會，並由於其「三英」姐姐關係在中唐時期詩歌愛
好者中具有特殊地位，結識了許多著名詩人，為她詩歌藝術技巧成熟
奠定了良好基礎。後來在流浪途中，因為竄逐人生遭遇、荒蠻瘴癘現
實處境，以及憂憤哀傷心緒感慨，宋若荀將早期詩歌創作技巧與人生
領悟相結合，使她詩歌創作突破過去應制詩、宮體詩和愛情詩範圍，
敢於直面人生，創作出以個人命運痛定思痛的反思，反映民眾勞苦等
多種風格詩篇，包括了愛情、詠史、山水、邊塞等題材，真正實踐了
《詩》《騷》精神結合。同時，她還結識了許多道教和佛教高人，正是
因為「句早逢名匠，禪曾見祖師」〔註17〕（《渚宮莫問詩十五首》），
對其詩歌創作的意境和技藝亦有不少啟發，她由王昌齡和僧皎然提出
的「生思」、「感思」基礎上實現「取思」，「搜求於象，心入於境，神
會於物，因心而得」〔註18〕的「取境」、「物境」之說，並且與佛教天
台宗「心色一體，無前無後，皆是法界」（《大藏經》）觀念相結合，運
用主觀移情作用構造心象創作方法，用象徵、烘托等方法實現物境、
情境之上的「心境」、「意境」，其對仗之貼切，音韻之自然，使自然界
中音、色及個人心情相得益彰，對李商隱詩歌創作亦具有重要影響。
也就是說，宋若荀後期詩歌將中唐詩人王維、白居易、劉禹錫、李
賀、杜牧、賈島等人詩歌藝術加以融會貫通達到情景如畫、情景交融
新境界，後期的詩不僅用語清新、對仗工整、風格灑脫、音調流暢，
而且儒道佛三教交匯，成為融會貫通精品。尤其隨著大中、咸通年

〔註17〕《全唐詩·卷八百四十二·齊己》。
〔註18〕王昌齡：《詩格》。

間轉戰南北，胸襟和筆力受邊塞風光、民間疾苦影響詩作風格變為鏗鏘雄健，脫出「小我」而融入社會，李商隱正是借鑒和融煉宋若荀周圍詩人群體多方面詩歌創作技藝，通過與宋若荀不斷切磋實現詩歌創作造詣飛躍，逐漸奠定了在晚唐詩壇上的地位。

　　宋若荀與李商隱都有報效國家的願望，在這一點上他們是「志同道合」的，但是他們的詩歌創作思想和風格是有所不同的。宋若荀出身儒家，受「正統」詩學觀影響，在宋若荀的詩歌創作過程中始終具有一種明確指導思想，那就是詩歌創作絕不僅僅是表現情感，強調的是中國古代詩歌一脈相承的「風教」傳統，並以傳揚詩歌藝術為己任。雖然身世坎坷但其後期詩歌在清新灑脫詩風同時表現某種理性思辨內容，如對人生的反思、統治得失的規諍、佛道思想的比較，甚至緣情山水的詩歌中也透露出某種對造物的欣賞、敬畏、感歎等思緒，在一定程度上實現了個體與宇宙融合。尤其是在李商隱去世後，在沒有親人和朋友逐漸凋零情況下，「久以官為苦，乞歸輒見留。一朝兵事起，乃與國同休」〔註19〕的輕俠性格使她再次投入為國分憂隊伍，在明知俸祿很少、轉遷無常地方簿吏和學塾教師職位上一直服務到八十高齡才退休，才回到縈回夢思南方度過殘年。羅根澤先生指出：「初盛唐是講對偶的時代，中唐是講詩的社會使命的時代，晚唐五代以至宋初是講詩格的時代。」〔註20〕可貴的是宋若荀不僅博採眾長而達到詩歌創作新水平，而且帶動前後幾十年的中、晚唐詩歌切磋團體，對唐詩創作方法有新的體會和推進，她大力演繹詩歌的「言志」、「諫諷」功能，使晚唐詩歌在「緣情」同時強調「理道」。她在長達半個世紀的詩歌創作和交往過程中，不僅唐詩技藝得到傳承、而且使唐詩「風教」宗旨得到發揚，重申了白居易「文章合為時而

〔註19〕《樊樊山詩集・樊山集外卷一・五言古詩》，上海古籍出版社，2004年版，第 1759 頁。
〔註20〕羅根澤：《中國文學批評史》，世紀出版集團上海書店出版社，2003 年1 月版，第 287 頁。

作，歌詩合為事而作」思想。雖然中唐詩學嗣響未能扭轉晚唐緣情體物的大勢，唐末詩人的作品也不可能在深度與力度方面與李白、杜甫、杜牧、李商隱等人相比，但畢竟也注意到詩歌重心由個體內心感受向客觀社會，較好地承傳了反映民風、推廣王澤傳統，她因課徒需要將唐代詩歌技藝整理的詩格著作，對於唐詩藝術傳承和研究具有相當價值。

　　從詩歌創作指導思想來說，李商隱較同時代詩人「前衛」，突破了當時一般「風教」傳統，具有某種反叛和敢於首倡精神。他青年時代在《上崔華州書》中就對古文家宗經史進行攻擊，「直揮筆為文，不能攘取經史」，提出「夫所謂道豈古所謂周公、孔子獨能邪？蓋愚與周孔俱身之耳！」表現出一種反叛精神。中年以後的《容州經略使元結文集後序》針對當時論者以元結「不師孔氏為非」而提出「孔氏固聖，次山安在其必師之邪？」反對當時古文家為文必載周孔指導迂腐做法。李商隱在《獻相國京兆公啟》中說：「人秉五行之秀，備七情之動，必有詠歎，以通性靈。」強調詩的「緣情」、「言志」作用，而不是「載道」作用；詩歌主要是為了實現作者表現情感目的，詩應當講究技藝但不應拘泥於技藝，詩歌創作應當綜合各種技藝為表達情感和思想服務，而不是以炫耀技巧為目的。他在《獻侍郎鉅鹿公（魏扶）啟》中提出：「屬詞之工，言志為最。」「言志」為實質，「屬詞」為形式；而「言志」的傳統「自魯毛兆軌，蘇、李揚聲，代有遺音，時無絕響。……我朝以來，此道尤盛。」缺少的是一流的「緣情」「言志」結合作品，因為過分講究聲律、對偶而「皆陷於偏巧」，或者流於孤峭寂寥，或者是綺靡淫逸，或者怨刺居多，或者以神仙鬼怪為主題，「罕或兼才」。也就是說，李商隱詩論與中唐講究詩的社會使命、強調正統觀念不同，強調個人情感、意志表現。他注意不同文體特點，吸收他們優點使自己的創作不斷進步，但目的始終是以文感人，他在《樊南甲集序》中云：「樊南生十六能著《才論》、《聖論》，以古文出諸公間。後聯為鄆相國、華太守所憐，居門下時，敕定奏記，始通今體。

後又兩為秘省房中官，恣展古集，往往咽嚶於任（昉）、范（雲）、徐（陵）、庾（信）之間。有請作文，或時得好對切事，聲勢物景，哀尚浮壯，能感動人。」李商隱以典故入詩，《唐才子傳》云：「商隱為文瑰邁奇古，辭隱事難。」「昧屬綴，多檢閱書冊，左右鱗次，號『獺祭魚』。」「後評者謂其詩如百寶流蘇，千絲織網，綺密瓌妍。」表達方式較為隱諱，他在《謝先輩防紀念拙詩甚多，異日偶有此寄》中說到當時人感到李商隱詩晦澀難懂，用事失體，但不瞭解他「夫君自有恨，聊解此中傳」苦衷，正是因為有「恨」而借用隱喻、託名、假借，目的是為了傳達自己不便公開的情意；正因為是真情實感，再加上邏輯徊環思維綿密的修辭手段，使李商隱詩具有「旨能感人，人謂橫絕前後」〔註21〕的效果。可以說，李商隱詩歌創作思想隨著他自己生活經歷而逐漸成熟，強調詩歌關注人生、表達主體情感觀點在李商隱一生中一以貫之，這是與中唐以來強調詩的社會使命的主流思想很不同的詩歌理論，也是與純以客觀歷史入詩並加以評論的詠史詩風有所不同。正是這一風格表現出李商隱較為注重自我、表現自我的性格特點，反映出他個性中某些狹隘方面，晚唐政治漩渦利用這一點將李商隱捲入並且幾乎吞沒，個人情感生活傷痛又使他心肝俱裂，致使「虛負凌雲萬丈才，一生襟抱未曾開」，〔註22〕這也說明李商隱畢竟只是一個詩人，而不是像杜牧、李德裕那樣胸懷高遠的政治家兼詩人。

斯皮爾伯格指出，所有偉大作品的淵源，就是人的靈魂以及他所經歷的痛苦和歡樂。中國詩論中也有「詩窮而後工」、「得江山之助」之說，認為詩人必須在經歷諸多困厄、體會種種情感，同時又在相當的遊歷和閱歷之後才能發人之所不能發、實現詩歌藝術突飛猛進。李商隱和宋若荀的詩，正是因為情感真切和思想深刻，加上對詩歌創作

〔註21〕〔元〕辛文房撰：《唐才子傳‧李商隱》，上海：古典文學出版社，1957年4月第一版。

〔註22〕崔鈺：《哭李商隱》，《全唐詩‧卷五百九十一》。

宗旨和技藝的不斷切磋、提煉，才使他們成為晚唐詩壇的傑出代表。如果說詩是人內心的某種如幻、如夢的情感和精神表現，那麼即使宋若荀在詩歌創作技藝和反映社會生活、甚至具有詩畫交融和某種哲理優勢的話，李商隱的詩也不僅僅屬於現實主義而同時具備浪漫主義色彩，是兼備深入人的內心和詩的本質精神的藝術傑作；如果說詩人是真理、靈魂的覺悟者和使者，那麼李商隱和宋若荀不愧為愛與美統一境界的追求者和實踐者。李商隱和宋若荀在詩歌創作思想和人生態度方面不同，必然會造成了後人對他們不同評價：李商隱是一個真摯的優秀詩人，他以其真實的內心感受和深沉的情感表現、深刻的歷史認識及其理想交織而成的詩歌錦章，以「若無江氏五色筆，奈何河陽一縣花」(《縣中惱離席》)的絕世才情，無愧於李白、杜甫所樹立的詩歌豐碑，也不愧為白居易、劉禹錫以來唐詩藝術又一塊麗篇章。宋若荀是一個優秀而堅韌詩人，她在種種厄運和打擊面前堅持「正道直行」，在對社會認識逐漸擴大和逐漸深化過程中保持愛和美的信心，創作出包括詩文和學術著作在內許多傑作，同時在傳承和發展詩歌藝術過程中逐漸淡化個人名利觀念，逐漸融入社會、歷史和宇宙的「大我」之中，這種精神力量是巨大的同時也是難能可貴的。

　　有人說，詩人是能感受和傳達人心之美、天地之美的人，他們不僅僅是才情過人，更是思想超前、智慧超群者，是最接近規律和真理的人，是怎樣的幸運使唐代有如此之多的詩人！創造出如此傑出的詩歌成就！

主要參考書目

1. 〔後晉〕劉昫等撰:《舊唐書》,北京:中華書局,1975 年 5 月第一版。

2. 〔宋〕歐陽修、宋祁撰:《新唐書》,北京:中華書局,1975 年 2 月第一版。

3. 〔宋〕王溥撰:《唐會要》,中華書局重印國學基本叢書本,1955 年。

4. 〔宋〕司馬光編:《資治通鑒》,中州古籍出版社,1996 年 10 月第一版。

5. 〔宋〕李昉等編:《文苑英華》,北京:中華書局,1990 年版。

6. 〔清〕吳廷燮編:《唐方鎮年表》,北京:中華書局,1980 年 8 月第一版。

7. 〔清〕徐松編:《登科記考》,中華書局,1984 年版。

8. 〔清〕彭定求等編:《全唐詩》,北京:中華書局,1960 年 4 月第一版。

9. 〔清〕董浩等編:《全唐文》,上海古籍出版社,1983 年 11 月第一版。

10. 王重民、孫望、童養年輯錄:《全唐詩外編》,北京:中華書局,1982 年 7 月第一版。

11. 岑仲勉著:《郎官石柱題名新考訂》,上海古籍出版社,1984 年
    5 月第一版。

12. 陳尚君輯校:《全唐詩補編》,北京:中華書局,1992 年 10 月第
    一版。

13. 郁賢皓著:《唐刺史考》,南京:江蘇古籍出版社,1987 年 2 月
    第一版。

14. 郁賢皓著:《唐刺史考全編》,安徽大學出版社,2000 年 11 月版。

15.〔唐〕白居易著,朱金城箋校:《白居易集箋校》,上海古籍出版
    社,1988 年 12 月版。

16.〔唐〕白居易著,丁如命、聶世美校點:《白居易全集》,上海古
    籍出版社,1999 年 5 月第一版。

17.〔唐〕劉禹錫著,瞿蛻園校點:《劉禹錫全集》,上海古籍出版社,
    1999 年 5 月第一版。

18.〔唐〕陸贄撰,劉澤民校:《陸宣公集》,杭州,浙江古籍出版社,
    1988 年 10 月第一版。

19.〔唐〕裴延翰編:《樊川文集》,陳允吉校,上海古籍出版社,1978
    年 9 月第一版。

20.〔唐〕賈島:《長江集》,李嘉言新校,上海古籍出版社,1983 年
    11 月第一版。

21.〔唐〕羅隱:《羅隱集》,雍文華校注,北京:中華書局,1983 年
    12 月版。

22.〔唐〕鄭谷著,嚴壽徵、黃明、趙昌平箋注:《鄭谷詩集箋注》,
    上海古籍出版社,1991 年 5 月第一版。

23.〔唐〕皮日休:《皮子文藪》,蕭滌非、鄭慶篤整理,上海古籍出
    版社,1981 年 11 月第一版。

24.〔金〕元好問,郭紹虞箋釋:《元好問論詩三十首》,人民文學出
    版社,1978 年版。

25.〔元〕薩都剌:《雁門集》,上海古籍出版社,1982 年 1 月第一版。

26.〔清〕馮集梧注:《樊川詩集注》,上海古籍出版社,1978 年 5 月新一版。

27.〔清〕王琦撰:《李賀詩歌集注》,上海人民出版社,1977 年 12月版。

28.〔清〕曾益等箋注:《溫飛卿詩集箋注》,上海古籍出版社,1980年 7 月第一版。

29.〔清〕錢牧齋、何義門評注,韓成武、賀嚴、孫微點校:《唐詩鼓吹評注》,保定:河北大學出版社,2000 年 7 月第一版。

30.〔清〕富察明義:《綠煙瑣窗集》,上海古籍出版社,1984 年 4 月版。

31.〔民國〕易順鼎:《琴志樓詩集》,王颺校點,上海古籍出版社,2004 年 4 月第一版。

32.〔民國〕樊增祥:《樊樊山詩集》,涂曉馬、陳宇俊校點,上海古籍出版社,2004 年 4 月第一版。

33.〔唐〕劉餗:《隋唐嘉話》,張鷟撰:《朝野僉載》,北京:中華書局,1979 年 10 月第一版。

34.〔唐〕段成式撰,方南生點校:《酉陽雜俎》,中華書局,1981 年12 月第一版。

35.〔唐〕李冗:《獨異志》,張讀:《宣室志》,北京:中華書局,1983年 6 月第一版。

36.〔唐〕劉恂撰,魯迅校勘:《嶺表錄異》,廣州:廣東人民出版社,1983 年 6 月第一版。

37.〔唐〕圓仁撰:《入唐求法巡行記》,上海古籍出版社,1986 年版。

38.〔五代〕王定保:《唐摭言》,上海古籍出版社,1978 年版。

39.〔五代〕孫光憲撰,賈二強點校:《北夢瑣言》,北京:中華書局,2002 年 6 月第一版。

40.〔宋〕王讜:《唐語林》,上海:古典文學版社,1956 年 11 月版。

41.〔宋〕王讜撰:《唐語林》,周勳初校證,中華書局,1987 年 7 月
　　第一版。

42.〔宋〕劉斧撰輯:《青瑣高議》,上海古籍出版社,1983 年 5 月第
　　一版。

43.〔宋〕計有功編撰:《唐詩紀事》,上海古籍出版社,1987 年版。

44.〔宋〕王禹偁:《五代史闕文》。

45.〔宋〕贊寧:《宋高僧傳》,北京:中華書局,1987 年 8 月第一
　　版。

46.〔宋〕景定(辛酉)年間金華雙桂堂刻「雪岩耕田夫」宋伯仁《梅
　　花喜神譜》。

47.〔宋〕錢易撰,黃壽成點校:《南部新書》,北京:中華書局,2002
　　年 6 月第一版。

48.〔元〕辛文房:《唐才子傳》,上海:古典文學出版社,1957 年 4
　　月第一版。

49.〔元〕辛文房:《唐才子傳校箋》,傅璇琮校箋,中華書局,1999
　　年版。

50.〔清〕朱鶴齡:《箋注李義山詩集》,清懷德本刻本。

51.〔清〕馮浩:《玉谿生詩箋注》,上海古籍出版社,1979 年 10 月
　　第一版。

52.〔清〕何焯:《義門讀書記卷上·李義山詩集》,清乾隆三十一年
　　蔣元益序刻本。

53.〔清〕張采田:《玉谿生年譜會箋》,中華書局,1963 年 8 月第 1
　　版。

54.〔清〕陸崑曾:《李義山詩解》,上海書店,1985 年版。

55.〔清〕馮浩注,王步高、劉林輯:《李商隱全集》,廣州:珠海出
　　版社,2002 年版。

56. 吳調公:《李商隱研究》,上海古籍出版社,1982 年 2 月第一
　　版。

57. 陳永正：《李商隱詩選》，廣州：廣東人民出版社，1984 年 2 月第一版。

58. 葉蔥奇：《李商隱詩集注疏》，北京：人民文學出版社，1985 年 11 月第一版，1998 年 8 月第一次印刷。

59. 郁賢皓、朱易安：《李商隱》，上海：上海古籍出版社，1985 年版。

60. 董乃斌：《李商隱傳》，西安：陝西人民出版社，1985 年版。

61. 周振甫：《李商隱選集》，上海古籍出版社，1986 年 5 月第一版。

62. 蘇雪林：《玉谿詩謎正續合編》，臺灣商務印書館，1988 年版。

63. 黃世中：《李商隱無題詩校注箋評》，江西人民出版社，1988 年版。

64. 劉學鍇、余恕誠編：《李商隱詩歌集解》，北京：中華書局，1988 年 12 月第一版。

65. 黃世中、余恕誠、劉學鍇編：《李商隱資料彙編》，北京：中華書局，2001 年版。

66. 劉學鍇、余恕誠編：《李商隱文編年校注》，北京：中華書局，2002 年 3 月第一版。

67. 劉學鍇：《李商隱傳論》，合肥：安徽大學出版社，2002 年 6 月第一版。

68. 余恕誠主編：《中國詩學研究第 2 輯·李商隱研究專輯》，上海古籍出版社，2003 年版。

69. 黃玉蓉：《注評李賀李商隱詩選》，黃山書社，2007 年版。

70. （美）宇文所安著，賈晉華、錢彥譯：《晚唐──九世紀中葉的中國詩歌（827～860）》，北京生活、讀書、新知三聯書店，2011 年 1 月版。

71. 夏承燾：《唐宋詞人年譜》，上海古籍出版社，1979 年 5 月第一版。

72. 王重民：《敦煌古籍敘錄》，北京：中華書局，1979 年版。

73. 繆鉞：《杜牧年譜》，北京：人民文學出版社，1980 年版。

74. 譚優學：《唐詩人行年考》，重慶：四川人民出版社，1981 年 7 月第一版。

75. 朱金城：《白居易年譜》，上海古籍出版社，1982 年 6 月第一版。

76. 陳治國編：《李賀研究資料》，北京師範大學出版社，1983 年 3 月第一版。

77. 傅璇琮：《李德裕年譜》，濟南：齊魯書社，1984 年 10 月第一版。

78. 譚優學：《唐詩人行年考（續編）》，重慶：四川人民出版社，1987 年 8 月第一版。

79. 王仲鏞：《唐詩紀事校箋》，成都：巴蜀書社，1989 年 8 月第一版。

80. 孫映達：《唐才子傳校注》，中國社會科學出版社，1991 年版。

81. 吳企明：《唐音質疑錄》，上海古籍出版社，1986 年第一版。

82. 吳企明：《李賀資料彙編》，中華書局，1994 年 10 月第一版。

83. 饒宗頤：《詞集考》，中華書局，1992 年版。

84. 胡可先編撰：《杜牧研究叢稿》，北京：人民文學出版社，1993 年 9 月第一版。

85. 楊松年著：《姚瑩〈論詩絕句六十首〉研究》，臺北：文史哲出版社，1999 年 5 月第一版。

86. 傅璇琮著：《唐詩論學叢稿》，北京：京華出版社，1999 年 10 月第一版。

87. 王重民編：《敦煌古籍敘錄》，北京：中華書局，1979 年版。

88. 王重民著：《敦煌遺書論文集》，北京：中華書局，1984 年版。

89. 姜亮夫著：《敦煌學概論》，北京：中華書局，1985 年 10 月第一版。

90. 徐俊纂輯：《敦煌詩集殘卷輯考》北京：中華書局，2000 年 6 月第一版。

91. 徐復觀著：《韓偓詩與〈香奩集〉論考》，引自《香港中國古典文學研究論文選粹》，南京：江蘇古籍出版社，2002 年 4 月第一版。

92. 張伯偉編撰：《全唐五代詩格匯考》，南京：江蘇古籍出版社，2002 年 4 月第一版。

93. 張伯偉編校：《稀見本宋人詩話四種》，南京：江蘇古籍出版社，2002 年 4 月第一版。

94. 張伯偉著：《朝鮮本〈唐宋分門名賢詩話〉校證》，見蔣寅、張伯偉：《中國詩學》，北京：人民文學出版社，2002 年 6 月版。

95. 倪進、趙立新、羅立崗、李承輝著：《中國詩學史·隋唐五代卷》，廈門：鷺江出版社，2002 年 9 月版。

96. 羅根澤著：《中國文學批評史》，上海：世紀出版集團上海書店出版社，2003 年 1 月版。

97. 房日晰著：《唐詩比較研究》，合肥：安徽大學出版社，2005 年 2 月第一版。

98.〔漢〕陳直校證：《三輔黃圖》，西安：陝西人民出版社，1980 年版。

99.〔唐〕李吉甫撰：《元和郡縣圖志》，北京：中華書局，1983 年版。

100.〔宋〕范成大撰：《吳郡志》，江蘇古籍出版社，1999 年 8 月第一版。

101.〔明〕曹學佺撰，劉知漸校：《蜀中名勝記》，重慶出版社，1984 年 10 月第一版。

102. 徐松，張穆補校：《唐兩京城坊考》，北京：中華書局，1985 年版。

103.〔明〕祁元等撰：《關中陵墓誌》，《四庫全書存目叢書》史部卷二百四十三，齊魯書社，1996 年 8 月第一版。

104.〔明〕盧襄撰：《石湖志略》，《四庫全書存目叢書》史部卷二百四十三，齊魯書社，1996 年 8 月第一版。

105.〔明〕莫震撰，莫里增補：《石湖志》，《四庫全書存目叢書》史部
　　卷七百二十九，齊魯書社，1996 年 8 月第一版。

106.〔清〕顧嘉譽撰：《橫山志略》，蘇州圖書館戴方文抄本。

107.〔清〕王鎬輯：《靈巖志略》，道光刻本，蘇州圖書館藏本。

108.〔清〕康熙：《衢州府志》，衢州市圖書館藏本。

109. 鄭渭川編：《衢縣志》，民國二十七年版，衢州市圖書館藏本。

110. 張一留撰：《靈巖山志》，民國三十七年版。

111.〔明〕楊循吉等著，陳其弟標點：《吳中小志叢刊》，揚州：廣陵
　　書社，2004 年 12 月第一版。

112. 朱春陽點注：《穹隆小記》，吳昌綬著，陳其弟標點：《吳郡通
　　典》，蘇州市地方志編纂委員會辦公室、蘇州市政協文史委員會
　　編《蘇州文史資料》，總第三十八輯，2005 年。

113.《英藏敦煌文獻》，重慶：四川人民出版社，1994 年起出版。

114.《法藏敦煌西域文獻》，1～8 冊，上海古籍出版社，1995 年 10
　　月～1998 年 6 月。

115.《俄藏敦煌文獻》，1～10 冊，孟列夫、錢伯城主編，上海古籍出
　　版社，1992 年 12 月～1998 年 12 月。